されど罪人は竜と踊る Ⅶ

まどろむように君と

12:48:22
なんで、こんなやつと組んでいるんだろう——

10月30日
16:05:58
俺が失ったものは——

されど罪人は竜と踊るⅦ

まどろむように君と

浅井ラボ

角川文庫 13823

されど罪人は竜と踊る Ⅶ

まどろむように君と

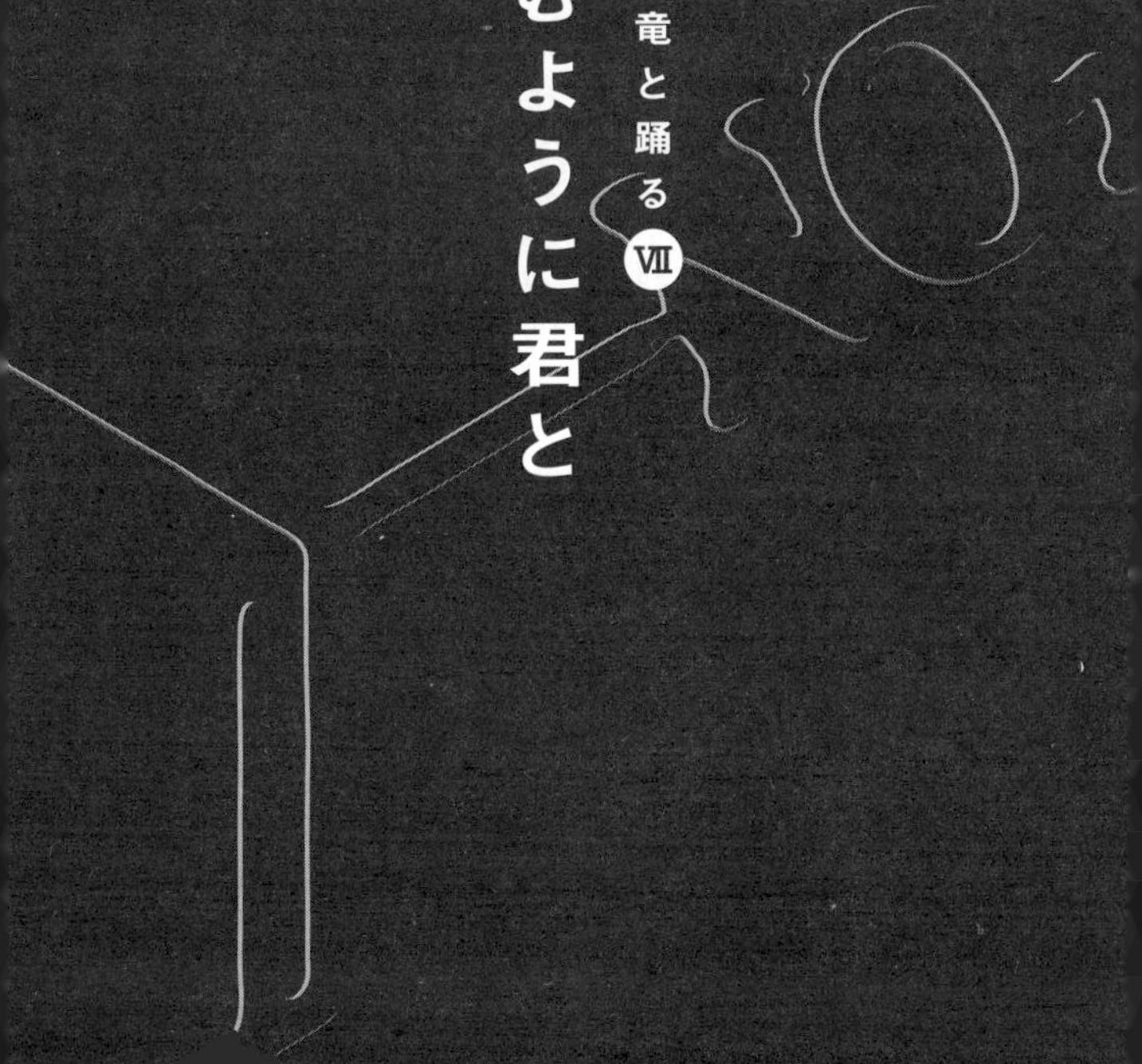

目次

ニトロベンゼン

口絵・本文イラスト　宮城
口絵・本文デザイン　中デザイン事務所

序章

緑の芝生の競技場で、十一人と十一人の戦士たちが戦っていた。

シグルスのパレリウスが疾駆、ナイツのリドッキアを蹴倒し防御の壁を抜けた。パレリウスはミディーンの低空体当たりを跳ねて回避、その背中を踏みつけて跳躍。シグルスの指令塔のイハーラが、絶妙の球を蹴りだす。高速で飛来する球をパレリウスが胸で受け、横蹴りを叩きこむ。

炸裂した球が飛翔。ナイツ門番のペリオットの手を吹き飛ばす弾丸となって、網に突き刺さった！

五万人の大観衆の壮絶な歓声。膨大な紙吹雪が舞い、応援と非難の大合唱があがる。

「ふざけるなパレリウス！」

立体光学映像の前で、イアンゴが頭を掻きむしって絶叫する。

「タルフォルズにいた時は控え選手だったくせに、裏切ってシグルスに移籍した途端に得点王候補になるなっ⁉」

俺は優しい目をしつつ、隣に座る弁護士の前に手を差し出す。イアンゴは怒りの目とともに、俺の手に通貨素子を叩きつけた。

エリダナ東署の刑事詰め所。机の上で、ヴォックル競技の立体光学映像が中継されている。

そして、俺、弁護士のイアンゴ、ベイリック警部補が椅子に座って観戦していた。

俺が贔屓にしているオラクルズは、健闘したが東地区三位に止まり、ベイリックの応援するグレネイズも西地区四位で優勝決定戦には出られなかった。イアンゴが熱狂的に愛するタルフォルズは西地区六位、ようするに最下位だ。

それぞれ応援し賭けあっていた球団が全滅し、仕方なくエリダナ東署で待ちあわせをし、三人で優勝決定戦で賭けることにしたのだ。

刑事が署内で賭け事をしていいのかとも思うが、他の刑事たちも毎年堂々と賭けている。腕利き弁護士のイアンゴを逮捕もできまい。

とうぜんながら、俺とベイリックはシグルスに、イアンゴは裏切り者のパレリウスのいないナイツに賭けていた。ある事情から、俺はシグルスの筆頭株主を嫌っているのだが、前期節の補強が当たって強いのは分かっていた。

才能ある若手のパレリウスが活躍できなかったのも、旧態依然としたタルフォルズの監督と経営陣と合わないだけで、シグルスに入れば実力を発揮するはず。ここが賢い俺と、好き嫌いだけで賭けるイアンゴとは違うところだ。

「ま、これで前期節はほぼ決まったな、いい移籍をしたパレリウスのお蔭で」

イアンゴが悔しそうな顔をしていた。

「今年のタルフォルズは惜しかった、あとちょっとで優勝決定戦に出られたはず」

「あと、ほんのちょっと、三十ほど勝てば優勝決定戦に出ていたのに、か？　それだけ勝てばどこの球団でも優勝するぞ」

後ろに座っていたベイリックが笑い、自販機の紙杯を勧めてくる。受けとった俺が笑う。

「ベイリックお気に入りのグレネイズも、たいがい弱いぞ？」

「グレネイズは百年の伝統があるし、優勝も九回している。オラクルズなんて、三回しか優勝していない中途半端で新規球団好きは帰れ」

「中途半端言うな。経営が大変なのに、がんばっているところに好感がもてるんだよ！」

「やはりタルフォルズが最高。優勝も十五回しているしな。格と伝統が違う」

「タルフォルズの最後の優勝は、二十年以上前のことだろうが。創立百五十年でそれって救われない」

「そうだな、どこの球団にしろタルフォルズよりはマシだ」

俺の意見に、ベイリックも納得する。イアンゴの顔だけが渋い表情。

「うるさい。後期節こそはタルフォルズが優勝する」

「おまえ、その宣言を毎年言っているよ。で、毎年外れるし」

「そうそう、試合の節が始まる前は、いつも強気。それが、タルフォルズ好きが唯一楽しめる時期だからだ。試合が始まった瞬間、タルフォルズ好きの儚い夢が覚めるからな」

俺の言葉に、イアンゴが唇を噛みしめる。なにか反論したいのだが、思いつかないらしい。法廷での鮮やかな弁舌はどこにいったのやら。まぁ、無から有は生み出せないけどね。

笑いつつ、俺は紙杯に口をつける。警察のクソ不味い珈琲だった。俺はこれが嫌いだと言っているのだが、ベイリックは執拗に勧めてくる。なにかの宗教なのか？

イアンゴが俺に向かって手を突き出す。

「呪われろガユス」

イアンゴが右拳を握り、人差し指と小指を立てて、指の先端をくっつける。それで親指を回して完成。

タルフォルズは弱い。どうしようもなく弱い。だから、相手の不調と不運を願うという、なんとも悲しいタルフォルズ好きの呪いの印をやってきたのだ。イアンゴの回る親指がアホさを強調。

「金に困れ。男女関係でもめろ。ついでに咒式士の才能も枯れ果てろ」

俺は笑って無視した。そして再開された優勝決定戦の観戦に戻る。

イアンゴの呪いも効き目がないだろう。

なぜなら、俺にとって、そんなことは日常茶飯事だからだ。

おれたちにとっては
お馴染みのいつもの日常だ。
いつかこんな生活から抜け出したいもんだな――

されど罪人は竜と踊る

黄金と泥の辺

黄金のひとかけら。

それは、親指と人差し指でつまんだ一〇万イェン金貨だった。

電子通貨が世界を飛びまわる現在。それでも、厳然として貨幣は残っている。

富の象徴、力の根源。我が愛しき金。

重い溜め息を吐いて、最後の金貨を応接机の上に置く。指先で弾くと、真円の金貨が転がっていく。

転がる金貨が、人差し指と親指で止められる。指先が金貨をつまみ、積みあげられた金貨に銀貨、プラチナ貨、通貨素子の山頂に導く。高利貸しは、顔も上げずに金を数えていった。

「一〇万イェン金貨を足して、これで七一四万七五八六イェン。まだ一万二〇一イェンほど足りないな」

「うるせえ。異常に金に困っていなければ、誰がおまえから借りるか」

財布から残金を取り出し、投げつけてやる。俺が貧民状態なのは、国家的規模の巨大な陰謀か、犯罪組織の計画的犯行……、だと思えたら幸せ人生なのに。

横目で借金の原因を眺める。当のギギナは、応接椅子の肘掛けに頬杖をついていた。退屈そうな銀の瞳で、奪われていく金の山を眺めていやがる。

ギギナの呪式具購入が原因で、事務所財政が急死しそうになり、またギギナの取ってきた仕事で大金が入ってきたのも確かだが。

粘着質な計測が終わったらしく、男が顔を上げてくる。

「元本五〇五万イェンに利子が十日で三〇・〇五％の複利契約だから（五〇五万×（（一＋（三〇・〇五÷一〇〇））の一乗））＋（（六五六万七五二五×〇・三〇〇五）×十分の三）で十三日後の返済額は七一五万九五八七・四イェンとなる。端数の〇・四イェンは負けておこうか」

俺は足を机の上に投げだした。人生も投げ出したい。

「それはそれはご親切なことで。s×（一＋α／一〇〇）のn乗という複利計算の式、元金×（一＋利率／一〇〇）の冪乗を暗算で可能にするなど、さすが数法系咒式士」

「金融業でなくても、商業に携わる数法系咒式士ならとうぜんだ。攻性咒式士ではないから、戦闘演算や戦術立案などいっさいできないがね。そんなものより、よほど強い力だ」

「その商業に携わる数法系咒式士さんには、正気とは思えない金利を、死んで反省する機能はついていないのか？」

「狂気の金利だろうが、それを知っていて借りたマヌケには返す義務がある。マヌケの安い命を売らせてでも返済させる」

高利貸しの声には、ふざけた成分はまったく含まれていない。どこまでも本心からの言葉なのだろう。

「俺の魂（たましい）ごと全部もっていけ」

悔（くや）しさまぎれに靴（くつ）の踵を机の上で滑（すべ）らせ、山から零（こぼ）れた貨幣を押しやる。貨幣の山の向こうのデュピュイの顔を睨（にら）みつけてやる。

削（そ）げた頬（ほお）、落ちくぼんだ眼窩（がんか）の奥に鎮座（ちんざ）する瞳。貸す相手をどう搾取（さくしゅ）しつくしてやろうかという、爬虫類（はちゅうるい）の冷ややかな目だった。

デュピュイ・ミワ・ブランネルは、かつてはこんな顔と目をしてはいなかった。

十一ヵ月前までは。


「ええと、そこのヒマそうな咒式士（じゅしきし）さんたち。話しかけていいかい？」

最近の習慣に従い、俺とギギナはバルート亭（てい）の屋外席で夕飯を食べていた。かけられた声に、俺たちは顔を上げる。その呼びかけに素直（すなお）に反応してしまったことに、道義的後悔（こうかい）。

初夏の薄曇（うすぐも）りの夕暮れ、行き交（か）う人々を背景に、男が立っていた。

着崩（きくず）した背広に、東方の血が混じっているらしい、四十がらみの細い顔。その上に、締（し）まらない口許（くちもと）と、他人の機嫌（きげん）を敏感（びんかん）に捉（とら）えようとする目があった。

遊び人すぎて解雇（かいこ）寸前の銀行員か、愛想（あいそ）のよい高利貸しのような風情（ふぜい）。どんなだ？

「残念ながらヒマじゃない。こいつの、ギギナの称号（しょうごう）を考えるのに必死だ」

肉叉（フォーク）で、ギギナの顔を示す。

「ええと、わりとあっさり風味で出た。ギギナの新称号は、バカの単独首位。打つ、守る、走るがそろったバカの三冠王。バカを極めるべく海外に行くが、堕落した本場の現状に失望。まだ見ぬバカの高みを目指し、宇宙に行くが、やっぱり真空で死ぬ」

「長々と、そしてつまらない」

「だったらてめえが面白いことを言え。無口な美形とかいう雰囲気だけのアホが通用するのは、一世代昔の話だ」

「完全無欠の不幸顔よりは良かろう。貴様が犬の糞を踏んだのなら、謝罪しておけ。向こうののほうが社会的に上位の存在だからな」

「食事時に出すたとえじゃない。どうにも繊細さが足りないね。ギギナの生き方というか存在には」


俺とギギナは料理を食べつつ、しかも目は合わせずに会話していた。今月も事務所財政は悪く、二、三日中に何とかしないと、事務所が差し押さえられる。貧しさで不機嫌にならないのは、童話世界の住人だけだね。

「ええと、その、俺はデュピュイ・ミワ・ブランネルというものでね。ちょっと仕事を依頼したいのだが？　あっ、それ美味そうだな」

俺たちの発言を無視しつつ、デュピュイとやらが手を伸ばして海老をつまもうとする。しかし、音速で閃いたギギナの指先が、ルチアミ海老を奪う。

真っ赤に茹でられた海老を、殻ごと齧るギギナ。前衛の超反射神経のムダ遣いだ。

愛想笑いをしつつ、デュピュイが手を戻す。代わりなのか、金属製の鞄を椅子に投げだしてくる。黒い革が貼られた鞄だった。

俺はルチアミ海老の身を肉叉で刺し、口に運ぶ。ギギナが殺意の目で睨んでくるが、割り勘なので数は平等。話に戻ろう。

「で、依頼とは？　料理も仕事も、ついでに女もえり好みしない俺だけど、飛びこみの依頼は、ろくでもないことに決まっているから割り増しになるが？」

「金なら心配ない。前金で半分を振りこんでおく」

デュピュイが携帯咒信機を出したので、俺も携帯を取りだして合わせる。振りこみ確認の音で画面を見てみると、本当に納得の額が振りこまれていたことに、軽く驚く。

「これだけの前金を一括で払えるとは、豪勢なことだな。会社の金を持ち逃げしたか、普通に金持ちさん？」

「これから後のほうになる予定だ」意味ありげな笑みから、デュピュイの顔は交渉用に移行する。

「実は、かなり急ぎの仕事を依頼したい。今から夜の零時まで、たった六時間だけ、俺の護衛を頼みたいのだが？」

俺とギギナが横目を合わせ、互いの疑念を確認。

結論として、眼前のデュピュイは直球ど真ん中で危険。呪式士の報酬相場を分かっているのは、まともな種類の人間じゃない。

断ろうとも思ったが、前金を返すのが惜しい。返せば経済的に死ぬ。

慌ただしい足音。店の前、路上に集まってきたのは、黄味がかった肌や赤銅色の肌という異民族の男たち。手に手に提げた魔杖剣以上に、並んだ悪相が、どう見てもその筋の人間だ。険のある目つきで周囲を見回しているから、誰かを探しているのだろう。どうやら当の標的らしいデュピュイが、俺の陰に隠れようとしやがった。親切に蹴り出すまでもなく、追手はデュピュイを発見。

襲撃者どもがバルート亭に突入し、客や店員が悲鳴をあげる。立ち上がりざまに自分も抜刀し、デュピュイの手を引っつかんで奥に投げる。先頭の男の突きを受け、火花を散らしつつも流す。半回転し、勢いのままに次の追手の脇腹を薙ぎはらう。

立ち上がりざまにギギナは、男の腹に直蹴りを繰りだす。追手は血と胃液を撒き散らしながら吹っ飛び、壁に叩きつけられる。

「弱っ」

その間も、ギギナの上半身は食事を続行し、美しい唇からはパスタが垂れている。

真面目にやれよと言う前に、デュピュイの腕を引いて、重なるように横転。寸前までいた場所を影が横切り、厚い木の机が両断され、料理の破片が宙を舞う。ギギナは、唇から長いパスタの尾を曳きながらも屠竜刀を抜き、戦闘態勢となって突進。

料理や皿が落下。店員や客の悲鳴が混乱の度を強め、逃げまどう。

宙を裂いて襲いかかってくる銀光。ギギナの屠竜刀が閃き、弾く。

後退した人影が、路上に着地。追手の列に並ぶ。

「いやいや、その姿はギギナさんにガユスさんですか。ホアンさんがいない時に、面倒な護衛に傭われてしまいましたな」

男たちの中央で魔杖刀を提げていたのは、灰色の背広の中年男。七対三に分けた黒髪に、銀縁の眼鏡。どこからどう見ても、固い企業の真面目な勤め人だ。

緩く湾曲した魔杖刀は、あくまで細身。刀を握った背広姿が旋回。回転の終わりとともに、放たれる白光。ギギナの刃が弾き、床になにかが突き立つ。

それは名刺だった。白い紙片には蘭の花の紋章と文字の列。

「私はキクチ・サダノリと申します。有限会社〈蘭宗会〉で、第一保安部門係長兼実行班の班長をさせていただいております。並んでいるのは、まあ部下のようなもの。以後のお見知りおきをいただきたいものです」

「貴様が、あの〈鬼斬り〉キクチか」

ギギナが屠竜刀を掲げていく。

「エリダナ最強剣士に、ご存じいただいていたとは光栄です」キクチは呼応するように刀を水平に寝かせる。

「デュピュイさんの処分ついでに、その称号、いただいてもよろしいですかな？」

剣士たちが同時に疾走。バルート亭の店先で激突。ギギナが放つ銀の円弧で、石柱に線が刻まれる。

一拍遅れて傾斜していく柱。剣舞士の刃の下を、キクチの体が潜行していた。

地を這うような下段斬りを、屠竜刀を歩道に突き立ててギギナが防御、刀身を切り返して垂直斬りを放つ。

革靴がアスファルトを踏み、キクチが刃から逃れるべく後退。続いて閃くギギナの超重量級の追撃を、細い刀で受けながす。

二条の銀光が舞いもどり、再び交錯。

跳ねた料理の皿が空中で両断。落下する間にさらに切断。弾ける料理が、断片に変えられた。見えざる数十条もの剣撃が、両者の間で交わされていく。

他の追手たちは、デュピュイと俺に向かってくる。室内、しかも店員や客がいる状態において、咒式で一掃するのは人として無理。襲撃者の水平斬りの下を前転。途中で摑んだデュピュイの手を引き、店外に飛び出る。

外には、切りとばされ両断された椅子と机の荒野。路上には、対峙するギギナとキクチの姿が見えた。咒式剣士たちの周囲にだけ、硬質の沈黙があった。

互いの剣尖が上昇していき、動いた。キクチの革靴が一歩を踏みこみ、凄まじい速度の刃が放たれる。

重々しい金属音。

渾身の振り下ろしを、ギギナが受けきっていた。

「いやいや、一度ならず二度までも私の刃が止められるとは、さすがです」キクチの目には感情の揺らぎがなかった。

「ですが、この大陸の剣士はたいしたことがないですな」

男の声音と表情は、事実を述べているだけの平坦なものだった。対して、ギギナの顔は苦痛に歪んでいた。

刃を受けきったはずが、左肩口が切り裂かれ、黒煙をあげていたのだ。ギギナが、口から垂らしたパスタを呑みこむ。

「喰いながら勝てる相手ではないか」

「お金様、いや、依頼人の安全確保が先だ、引くぞっ！」

俺の叫びを合図に、ギギナが後方跳躍。間合いを詰めてくる他の追手に〈爆炸吼〉を叩きこむ。

トリニトロトルエンの爆裂が机と椅子を破壊、路上へと吹き飛ばす。爆煙の合間に、部下を抱えて楯にしていたキクチが見えた。自らが直撃を回避するためとはいえ、鬼かよ。

もう一発の〈爆炸吼〉を放ち、前に向きなおる。間をおかずに疾走に移行。

人々の悲鳴と渦巻く爆煙の中を、俺とギギナ、そしてデュピュイが逃げていった。

曇り空は、小雨を呼びはじめていた。逃げだした俺たちは、濡れるのを避け、路地の壁に凭れていた。

飯を喰ったあとで全力疾走したので、横っ腹が痛い。よく考えたら食事の代金を支払っていないので、バルート亭には二度といけない。月ごとに行ける店が少なくなっていくのは、気のせいだと思いたい。何年か後、エリダナに俺の居場所はあるのか？

重い息を吐くと、横のギギナが左肩の傷を検証していた。防刃繊維の服が切り裂かれ、骨まで焼け焦げていた。人肉が焦げる異臭が、俺の胸を悪くさせる。

「剣技と一体化した呪式、正体はおそらく光学系」

「そして、あの細い片刃の魔杖刀から推測されるのは、危険すぎる相手だ」

「ああ、貴様の昔話とは、かなり印象が違うようだが……」

言葉を濁しつつ、ギギナが治癒呪式を発動。傷口に、未分化細胞が集まった再生芽が盛りあがり、瞬時に修復されていく。向かいの壁に凭れたデュピュイが、責めるような目を向けていた。

「な、なんなん、だあの様は？　せっかく傭っ、たのに、逃げだす、とは」

「アホかてめえ」俺は、この最低の疫病神を睨みつける。

「あいつは〈蘭宗会〉の処理係のキクチ・サダノリ。〈鬼斬り〉とかいう、頭の悪さ全開の異名があるくらいの殺し屋だ」

世界の様々な国で、様々な勢力が争っている。敗れたものがどうするかといえば、国外に逃げるしかない。

そして、最近は大きな戦のなかったウコウト大陸は、最初に思いつく逃げこみ先だ。さらには、法の網が緩く、異国人の流入を放置するエリダナは、そんな食いつめ者たちの吹き溜まりになる。

だが、地盤のない異国人は、当然ながら立場が弱い。互助会を作って、労働や居住の権利を主張するようになるのはよくあることだ。そして、他の人間や組織と争っているうちに武装し組織化し、変質していくことも。

互助会だった蘭宗会は、ついにロワール、ノイエ党、ファルモア剣友会という三大組織に次ぐ規模となり、エリダナの夜に暗躍しているのだ。

祖国を何らかの理由で離れたキクチも、蘭宗会に剣技を貸しているというわけだ。

デュピュイの締まりのない顔が、俺の癇に障った。一歩を踏み出して、依頼人の襟元を掴む。

「蘭宗会が腕利きを寄越してくるとは、おまえ、なにをやらかしたんだ？」

呼吸を整えるばかりで、デュピュイは沈黙を貫くのみ。大事そうに抱えている鞄が目についた。

「それが原因か？」

「事情を聞かないのも含めての依頼料。分かっているかと思ったが、最近の咒式士はそこまで頭が悪いのか？」

　デュピュイと俺の視線が、空中で激突。

「その男の言うとおりだ」

　治療を終えたギギナが、左肩を回して治り具合を確かめている。

「私も貴様のくだらぬ事情とやらに興味はない。ただ、面白い相手が出てきた」

　ギギナの返事に、デュピュイが満足そうにうなずく。

「護衛契約は、午前零時までに、マグリス市にあるネフリール貿易の社屋に、俺を無事に届けること。それ以上でも以下でもない。お分かりかな？」

　デュピュイの軽薄な笑顔に、俺の腸が煮えくりかえりそうになる。だがしかし、金の愛しさには勝てない。

　銀の紗幕のように街の姿を曖昧にさせ、小雨は降りつづいていた。

停めていたヴァンには、すでに〈蘭宗会〉の見張りがついているだろうから、戻るのは危険だ。俺たちは、情報屋のヴィネルに用意させた盗難車で走っていた。

まったく現状に関係ないが、疑問発生。

「ギギナ、自殺未遂に失敗すると、生き残るのか？　それとも死ぬのが正しいのか？」

「病と飢えで死にかけの犬ですら、もう少し有意義なことを考えているだろうな」

ムダ話をしつつ、エリダナ市の検問を抜けて、郊外の街並みを進んでいく。

地図によると、目的地のネフリール貿易はエリダナを囲む衛星都市のひとつ、マグリス市の中心にある。妨害に遭わなければ、目的の時間には余裕で間にあうだろう。

沈んでいく夕日、その最後の光が、郊外の道から去っていく。道の右手には、真紅から群青色へと装いを変えていくオリエラル大河が見下ろせた。

車は、古い建物が入りくんだ一角に停車。そこは旅行者が利用するような、よくある酒場兼料理屋。

呑気に食事しているわけにはいかない。だが、ここまでの間だけでも、蘭宗会らしき男たちが検問を作っていたのを、二度も見かけた。中規模組織とはいえ、正規組員に関係者までをも含めると、千人ではきくまい。

包囲網の穴を抜け、街並みに隠れて走り、検問を迂回し、疲れないほうがおかしい。少し休憩をとるくらいはいいだろう。

夜の駐車場には、自販機の薄っぺらな人工光が並んでいた。疲れきっていたので、ドニエ飲料社の砂糖入りの缶珈琲を買う。

歩道の境目の防護柵に腰を下ろし、一口飲んで気を落ちつける。ギギナも同じように水を飲んで一息ついていた。自販機に好みの飲み物がないのか、デュピュイは毒づいていた。すべてを細かな雨が濡らしていく。

携帯咒信機を取り出して、善後策を講じておく。

「バルート亭の修理代は後で払うとして、ヴィネルに情報操作と蘭宗会の動きの監視料金、代えの自動車代。もう一回くらいは車を替えたいし、できるなら囮も撒きたい。だとすると当座の資金がないな。おいギギナ……」

うながすと、ギギナが不思議そうな目を返してくる。屠竜刀を抜こうとしやがった。

「……うながしたのは、俺を殺せということではないですよ？　はい、おまえに何かを期待した俺が夢見がちすぎでした。本当にすいませんでした、世界中にごめんなさい」

「分かりが早いのはいいが、それはそれで腹が立つ。だが、素直に謝ったことに免じて、貴様を許そう」

「俺が素直に謝ったことを許したギギナの素直さに免じて、俺を許すことを許そう」

とりあえずテキトーに返してみたが、自分で自分の芸風の方向がまったく見えない。会話の軌道の修正。残る可能性を探る。

「デュピュイ、まとまった現金を持っているか？　ちょっと貸してくれ」

「利子がつくが？」

「ガユス貨で返す。俺考案のオレ貨幣で」

「常に為替相場が零イェンなんて貨幣に、価値などあるか」

「誠意が通じない世の中はイヤだね。ま、冗談はともかく、とにかく金貸してくれ」

デュピュイの口許に皮肉な笑みが貼りつけられる。

「俺にそんな金があるわけないだろうが」

「ちょっと待て」俺の機嫌が急速に悪くなっていく。「報酬の残りは踏み倒しするつもりだったとか、愉快発言をするつもりか？」

「いや、払える。手持ちにはないというだけで、あてはある。心配するな」

「そろそろ背景事情を話せ。契約の仕切りなおしどころか、解除をさせてもらうぞ」

俺の態度に、デュピュイが決心の表情を浮かべる。

「場合によっては、向こうにおまえを売り渡す。むしろ進んでそうしたいのが、俺なりの勇気」と雄弁に語る表情を見ては、話さざるをえないだろう。

「ここまで巻きこめば、おまけに話してもいいだろう。実は、俺は数法系咒式士だ。技能を活かして、あのクソったれた〈蘭宗会〉の咒式会計士をやっていた」

淡々と語るデュピュイ。持っていた金属製の鞄を叩いてみせる。表情と口調に地金が出てきた。

「蘭宗会の全構成員の名簿に、資金の流入経路。不正や犯罪の証拠もそろっている。これが流出すれば、蘭宗会は組織として完全に終わる」

「悪事の証拠を司法の手に渡す正義の味方、というわけじゃないよな？」

俺の言葉に、デュピュイが身を折り曲げた。声を殺して笑っていやがる。

「そんなことをしても、一イェンにもならない。そのつもりなら、おまえら攻性咒式士を傭うわけないだろうが？」

デュピュイの目が、真剣な色を帯びる。

「報酬と今後の安全なら心配はいらない。すでにファルモア剣友会とは話がついている。これがどういう意味か、さすがに分かるだろう？」

その昔、東の大陸の央華系と極東の島国のヒナギ、そして東南諸島の人間ごとに組織があった。だが、利益で敵対していたのが、あのゴーゼス三大組織の一角たるファルモア剣友会。それは異国人たちが互いの手を握らねば、相手にもならないほどのゴーゼス一の武闘派組織。

強敵を相手に、仕方なく三組織が蘭宗会として合併したのが五年半前。真意が見えてきた。

「蘭宗会も何とかやってきたが、寄りあい所帯の常として、長い抗争に足並みがそろわない。そこに、この内部情報という爆弾が炸裂すれば、組織は壊滅というわけか」

「そう、俺の善行で黒社会は今まで以上に安定し、平和になる。そして俺は大金を得て、あんたらも分けまえにありつける。蘭宗会がつぶれれば後腐れもない。四方すべてが丸く収まるという、すっばらしい計画だ」

デュピュイの裏切りの告白にも、俺は平然としていた。

「俺を見捨てるか？　だが、裏切った俺と、それを助けた者を蘭宗会は許さないし、さらなる裏切りはファルモア剣友会の、あの〈豚騎士〉ネイアスの怒りを買う。俺を助けて蘭宗会をつぶすしか、あんたらが生き残る道はない」

悪いことが極めて自然に起こることに、俺はもう驚かない。むしろ驚きたい。

「頭の悪い若造にも、事態が呑みこめてきたか？　これが大人の取引ってヤツさ」

デュピュイが底意地の悪い表情を見せる。腕の立つ呪式士たる俺たちに話しかけてきたことも計画のうちなのだろう。最近の俺たちが、毎週木曜日にバルート亭で夕食をとることも、あらかじめ調べておいたのだろう。

「そこまでして、金が欲しいのか？」

嫌悪感とともにギギナが吐き捨て、デュピュイは挑発的な笑みを返す。

「欲しいね」

渇望が、男の双眸を支配していた。

「金こそが現代に実在する魔法。欲しいものが手に入り、やりたいことを可能にする。幸福も平穏も愛も、すべてが金しだいだ」

小雨すら弾きかえすような熱い視線が、俺とギギナを見据える。瞳の意志の光が、どこか縋るようなものに見えた。仕切りなおすように、デュピュイは獰猛な笑みを浮かべる。

必要だ」

「誇りは買えない」

ギギナが鼻先で笑った。

「そんな邪魔臭いものは欲しくないね。その、くっだらねえ誇りとやらを維持するのにも金が必要だ」

デュピュイの言葉に冷たいものが宿る。

「あんたの誇りとやらを構成する、ごたいそうな呪式具や服を得るにも、ご立派な体を維持する食事も、金がなければどうにもならない。あんた、そこのところが分かっていないだろう？　そういう雑事を相棒に任せ、俺に説教してる自分をどう思うの？」

「不必要とは言わない。だが、たかが経済の道具に囚われすぎだ」

燃えあがるようなデュピュイの意志を、ギギナの瞳が冷たく跳ね返す。

「俺にそのお金様で傭われている、あんたが言うかね？　金が欲しいからこそ、お強い呪式士様が、俺の糞まみれの尻穴を舐めるような真似をしているんだろうが？」

デュピュイが、吊りあがった目を俺に向けてくる。

「ま、ありがちな意見だ」俺は珈琲を飲みきる。「糞まみれの尻には、おむつの代わりにゴミ袋でも当てておけ。ついでに袋の口を上まで伸ばして結べば、不要な頭ごと包んで捨てられるしな」

俺は感慨もなく言い放った。

「貧民思想が丸出しすぎて、ちょっと痛い。金がないと恥知らずになると言うが、そのまま今のおまえだ」

「ハッ、そんなことではあいつは……、知るか、戯言を勝手に言っていろ」

自分でもバカらしくなってきたらしく、デュピュイが口を閉じる。不機嫌に唾を吐き捨て、小雨の中を歩いていく。

「どこに行く？」

「飲み物を買うんだよ。俺のお金様でな」

去っていくデュピュイの背中と、自販機の場所を眺め、俺たちの守備範囲だと確認。

空になった缶の飲み口を噛む。唇の動きに合わせて、空き缶が揺れる。

一方で、俺はデュピュイの言葉に同意していた。

生きることとは経済活動だ。自分の時間や能力、心と体の資源を売って、他人の資源を買う。それだけのことだ。

逆に言えば、経済活動をしていない人間は、社会的に存在していないことになる。だからこそ人間は、利益につながらない言動をしない。利益のない言動は相対的に損であり、続ければ破滅する。

そして生きるためには、魂だの夢だの誇りだの、まとめて売ることを迫られる時がある。俺にしても、数えきれないほどの回数で魂を売った。

もう少しの金がありさえすれば、俺のくだらない人生も変わっていただろうか？

どこまでも利益なし。つまり、がっちりムダ思考だ。銜えていた空き缶を噛んで、上げてみる。空き缶の示す先に、自販機に背を預けたギギナの姿があった。

「デュピュイの言うことにも一理ある、ということだ。というわけでギギナ、今後はムダ遣いをやめろよ」

「無駄遣いではない。それは理解していると思っていたが？」

「家具はともかく、他はな」

気持ちとともに、空き缶も下がる。

ギギナの咒式具の購入はムダではない。俺たちの命を守るのは、己の腕と頭脳、そして装備品だけだ。〈異貌のものども〉の爪や牙、咒式士の刃や咒式を防ぐ鎧や防刃服。敵を倒す咒式を紡ぐ、魔杖剣に宝珠に咒弾。

安物の装甲が破られ、不良品の宝珠が止まり、粗悪品の咒弾が不発で死ぬのは、ちょっとアホすぎる。命のかかった現場では、信頼できる最高級品を使うのが当然だ。

「どこまでも金が生命線だとは、私も理解している」

珍しくギギナが溜め息。俺も同様だ。

「どこも不景気で大変。会社が倒産して、首を吊る人間も多い。俺たちの近未来もそれのお隣さんだ」

「雑事担当の貴様がなんとかしろ」

「そのなんとかを具体的にするのが、すべての困難の元なんだけど？　具体策が思いつくなら、世界中の人間が夢を叶《かな》えているだろう」唇から空き缶を離《はな》す。「具体的な方法を思いつくなら、俺も今ごろ銀河大皇帝《こうてい》ガユス一世陛下さ」

小用を終えたデュピュイが戻《もど》ってきた。俺は缶を屑籠《くずかご》に投げ捨てる。

仕事で金を得る、今はそれだけだ。


マグリス市に到着《とうちゃく》した車は、雨の夜を駆《か》けていく。小雨《こさめ》に煙《けむ》る街並みの向こうに、中央市街を囲む城壁《じょうへき》が見える。

だが、これからが問題だ。マグリス市に入ってからも、大陸の人間はあまり使わない魔杖刀を提《さ》げた人間を見かけた。蘭宗会も必死なのだろう。

「目的地が読まれているとしたら、ちょっとした問題だな」

「いや、読まれていたら、俺たちは嬲《なぶ》り殺しにされている。単に、思いつくかぎりのファルモアの勢力圏《けん》や拠点《きょてん》を張っているだけだろう。気をつければ問題にはならない」

ギギナと俺が会話を交《か》わし、路地に進路をとる。後部座席に身を沈《しず》めたデュピュイは、街に入ってからは一言も発しない。

ギギナの言葉で、本当の問題を思い出してしまった。

「蘭宗会の追手《おって》どもは、低・中位の呪式士《じゅしきし》がほとんどだった。幸いなことに、看板呪式士の〈虎爪拳士《こそうけんし》〉ホアン・マオリエは外に行っているらしい。となると、やはり問題はキクチだ」

俺の指摘《してき》に、ギギナが耳を傾《かたむ》けてきた。

「前にギギナにも話したと思うが、あれは〈侍《さむらい》〉だ」

キクチは剣士《けんし》としては並以上の使い手だろうが、筋力や速度、各種身体能力においてはギギナの半分にも満たない。しかし、それはギギナの優位を意味しない。

その昔、俺は曲刀の剣士と旅したことがある。そいつは自らが〈侍〉という東方の呪式《じゅしき》剣士だと語ってくれた。歴史に磨《みが》かれてきた刀術と、一体化した呪式を使うと語ったが、俺より小さなそいつが、前衛として役立つとは思えなかった。

ある時、俺と旅の道連れは呪式剣士たちと共同で依頼《いらい》を受けた。事実は、依頼主が的外れに恨《うら》んでいる要人の娘《むすめ》の暗殺。あくまで依頼を遂行《すいこう》する呪式士たちと、〈侍〉が激突《げきとつ》。〈侍〉の華麗《かれい》な刀術の前に、大男たちが倒れていった光景は、魔法《まほう》でも見ているかのようだった。

大陸の騎士《きし》にも似た、誇《ほこ》りと忠義、武士道とやらを貫《つらぬ》く〈侍〉は、俺の胸に鮮烈《せんれつ》な印象を刻んだ。あのキクチは、印象がまったく違《ちが》うのだが。

道の先に、蘭宗会らしき肌《はだ》の色の違う異国人の姿。自然に見えるように右折。なかなか中心部に行けない。

「勝率をどう見る？」

ギギナの問いかけ。俺は知覚眼鏡（クルークブリレ）を起動。取っていた数値と情報を基に計算し、そして結論を口にする。

「俺の見積もりでは、キクチの東方の剣技に慣れていなくても、接近戦ならギギナの勝率は七割。だが、先手を取られ、精緻（せいち）な咒式（じゅしき）剣技に引きこまれてしまえば、勝率は四割以下。それも他の追手を、俺がすべて引きうけての話だ」

「貴様も、少しは目が良くなってきたな。私の見立てもそれくらいだ。それくらいの賭（か）け率でなくては、私の楽しみにはならない」

「薬物投与（とうよ）の疑いが濃厚（のうこう）な発言だけど、あえてそこは流して、こういう諺（ことわざ）があることを教えてやろう。『賭けを楽しむことは、負けることを楽しむに等しい』と」

「ドラッケンの諺では『一度も賭けない者は、誰（だれ）にも何一つとして勝てない』とある」

ギギナの紅の唇（くちびる）が、不敵な弧（こ）を描（えが）く。

「どちらにしろ、死ぬか生きるかだ」

「出た、頭の悪いヤツが大好きな五分五分理論。それは確率論じゃなくて、結果を分類しているだけだって知ってる？」

「どちらでも大して変わらぬ。それで、不可視の刃の正体は理解しているのか？」

嫌味（いやみ）のお返しなのか、俺の観察眼がさらに試された。今までの状況（じょうきょう）を思い返す。届かない刃がギギナに届き、傷口は焼き切れていた。

「おそらくだが、刃(やいば)の正体は、高出力のX線を収束させたものだろうな。X線は肉眼では見えないし、ある程度の質量を透過(とうか)して防御(ぼうぎょ)しにくい。そのうえ、収束した刃は凄(すさ)まじい熱を発生させる」

　答えはひとつしかない。

「つまり、電磁光学系第三階位〈透熈過刃(シメイス)〉に近いということだろう?」

　俺の推測が当たっていたらしく、ギギナがうなずく。さすがに剣舞士(けんまいし)たるギギナは、正確に咒式(じゅしき)を読みとっていたようだ。

「だが、俺たち大陸の咒式士(じゅしきし)は刀身から延長した熱線を、射撃(しゃげき)咒式として使うだけ。〈侍〉は各系統ごとの咒式を流派とし、前衛の剣技・刀術と組みあわせる。あれは反則だ」

　今さらながら〈侍〉という咒式職の恐(おそ)ろしさが分かってきた。

　キクチのX線の出力は、瞬間(しゅんかん)的に数千度に達するほど強力ではなく、不可視の刃の背景が、陽炎(かげろう)のように揺(ゆ)らめいて見える程度。

　だが、逆にそれが危険だ。いくらギギナといえど、半不可視の刃を、侍特有の超(ちょう)高速の太刀(たち)筋で動かされては視認できない。そして伸縮(しんしゅく)自在の刃は、剣士の死線を分ける間合いを支配する。ついでに、質量のない刀身は、侍の剣速を落とさないというおまけつき。

「後衛に近い間合いで、前衛職でも最速の剣技を振(ふ)るう。前衛の最強職のひとつ、〈侍〉が相手とは、人生がイヤになるな」

「だが、そこまで分かっていれば、対処法はいくらでもある」

強敵を前にしたギギナが必ず浮かべる、この笑みが怖い。

「着いた、もうすぐ、だ。もうすぐ……」

デュピュイが嗄れた声をあげ、俺は車を急停止させた。俺たちは、やっとマグリス市の中心部に到着した。

高い壁を、色とりどりの灯が飛び越えていた。

車は防御壁の門を潜っていく。途端に、城砦都市に特有の狭っくるしい道が現れる。当然ながら先には進めず、車を停車させる。俺が降りると、小雨はいつの間にか止んでいた。水たまりが靴底を濡らす。

目を戻すと、車の周囲に男たちが立っていた。釘を刺した棍棒や鉄管という手製の武器がおそろいだった。男が笑みとともに話しかけてくる。

「あんたら知らないのか？　ここはな、駐車料金がいるんだよ」

「こんな裏道で駐車料金ね。私設の税金徴収がここの原住民の珍風習？」

嘲笑の目が俺たちを迎える。その瞳を見るだけで、生まれてから今まで、不遇一筋、社会に怨念たっぷりといった経歴が見てとれる。しかも、組織のいる街で勝手な犯罪をするのは、かなり頭が悪い。

ギギナが車から姿を現すと、男たちは車から離れた。そりゃ、巨大な屠竜刀を背負った、ドラッケン族の大男に難癖つける気にはなるまい。どうやら俺は呪式士には見えにくいらしい。繊細な顔だからと自己欺瞞。

「あ、ちょっといい考え発生。ギギナとデュピュイは先に行って待っていろ」

「性格が悪いな。私も少し時間が欲しいから、ゆっくり交渉してくるがいい」

鼻を鳴らしたギギナが、デュピュイを連れて先に行く。残された俺はその場で半回転。顔には営業用の笑顔。

「あー、そこの高等遊民さんたち。ちょっとお話ししてみない？」

愛想の良さだけは自信がある俺は、周囲の男たちと交渉することにする。

後は簡単。通行税代わりに、要らなくなった車を貸すと交渉。返すつもりのない彼らは、喜んで乗っていったとさ。めでたしめでたし。

囮にされたとも知らずに。

そろそろ車体番号を摑まれたであろう盗難車の始末をしたかったので、ちょうど良かった。車が手に入るなんて、彼らのクソったれ人生でも一番の幸運だろうから、刺客に殺されても満足だろう。

デュピュイと同じように金品の力を使ったことに、ちょっと自己嫌悪。一秒後にはどうでもよくなったので大丈夫。

先行させた二人を追うことにする。

ギギナのように対処法を用意することも重要だろう。だが、必然ではない困難なら、避けるほうに全力投球するのが俺だ。真っ向勝負なんて前衛職の思考などクソ食らえ。

煉瓦造りの高架道路の下を潜っていく。出口では、鞄を抱えたデュピュイが、壁に背を預けていた。

「あれは、あんたの相棒は凄い剣士だな」

デュピュイが感嘆のつぶやきを漏らしていた。視線を辿ると、小さな広場。雨にぬれた石畳の中央に、ギギナの孤影があった。

巨大な屠竜刀が小枝のように旋回し、そこから裂帛の突き。刺突は薙ぎはらいに変化し、薙ぎはらいからさらに複雑な太刀筋を空に描いていく。

「さっきから見ているが、一度決めた太刀筋は一ミリも狂わない」

デュピュイの言葉のとおりだった。ギギナが剣技の型を繰り返していくが、記録映像でも再生しているかのように、正確無比な反復だった。ついでに俺の疑問。

「それが対処法か？」

「ここしばらくは、実戦剣に慣れすぎ、精密な剣術をおろそかにしていたからな」

屠竜刀の突きが放たれる。思考どおりに刃が放たれているのか、確認の動作だった。

「キクチは太刀筋に咒式を載せ、速く精緻な剣技を組みたててくる。一手でも受けそこなえば、不可視の刃に斬られる。そこで、精妙な剣技が必要とされてくる」仮想敵と斬りむすぶように、ギギナの刃が放たれる。

「もちろん、道場で学べるような剣技が、実戦で強いとはかぎらない」

足捌きに体の位置と重心移動、刀身の流れまで、ひとつひとつが完璧だった。

「だがしかし、道場で弱い剣士は実戦でも弱い。剣技とは、先人の経験と研鑽の結果を借りられるという点で有効だ。そして、どのような咒式剣士であっても訓練をおろそかにしては敗北する」

街の灯を切り裂くように刀身が躍り、殺戮の技が天上の舞踏となっていた。まさに剣舞士。人間の動作を究めれば、創造の美など足元にも及ばない。そんな戯言を思い出した。

振り降ろされた屠竜刀が、夜気を切り裂く。ギギナの正面で刃が停止し、微動だにしない。額に薄く滲む汗が、街の灯りを宿す夜露にも見えた。ギギナが呼気を吐いた。柄と刀身を分離し、屠竜刀を収納していった。

「道場ごっこも、この程度でよかろう」

「これだけやって追いつかれてたまるか」

ムダ口もそこそこに、俺たちは目的地に向かう。

狭く曲がりくねった路地を走り抜けると、マグリスの繁華街、ノイシェード通りに出た。看板のネオンと街灯に照らされる、種々雑多な人種の坩堝。人波の間を俺たちは歩いていく。こ

の大通りを抜ければ、そこにネフリール貿易がある。

「あと少しだ。あと少しであいつを助けられる」

デュピュイの横顔は、熱病に冒されたように浮かれていた。

「あいつ？」

「……ああ、俺には、クレセドという同郷の友人がいるんだ」

俺の疑問に、デュピュイが返答を漏らした。興味のないギギナは、黙々と進んでいた。

ほとんどの追手は撒けているだろうし、残りも囮に引っかかるだろう。だが、何人かは追いつくかもしれない。しかし、ここでも黒社会の勢力が入りくんでいて、いきなり広範囲咒式を放って余計な組織の介入を呼ぶこともしないだろう。だからといって、俺たちが逃亡者であることには変わりなく、周囲への警戒は怠れない。

「俺たちは同じ学校に行っていた。上級子弟の通う学校の商学部へな。二人とも東方の血が混じっていたため、よく差別されたものだよ」

俺たちの緊張を感じているのかいないのか、デュピュイは譫言を続けていた。

「商売人として成功しようと夢を抱き、十年前にエリダナの会社に就職した。若かったし、いつか独立したいという夢があったからな。差別されても、寝る間も惜しんで働いた。東方との混血が成功できるのか不安で、よく二人で酒を呑んだり口論していた」

思いを馳せるデュピュイの横顔。大変な道であったことは想像に難くない。

上に昇ろうとする者に厳然とした壁が立ちふさがるのは、どこも同じ。異国人に門戸を開いている尻軽なエリダナにしても、それほど大きく変わりはしない。デュピュイの歩みと言葉は続いていった。

「数年が経ち、資金と人脈ができた俺たちはそれぞれ独立することにした。クレセドは流通会社、俺は少し遅れて貿易会社を興した。まあ、小さなものだったけどな」

過去の断片をデュピュイの唇が漏らしていく。

「四年前の大不況で、俺の会社が傾いた時、クレセドが資金援助をしてくれたんだ。俺は飛びついてしまったが、クレセドは会社に迷惑をかけず、自宅と車を抵当にして資金を作ってくれていたんだ。後で知った時、いい歳して俺は泣いたよ」

デュピュイが力なく笑った。

「だが、俺の会社は、いつの間にか蘭宗会の密輸に利用されていた。数字に強い俺は、そのうち会社ごと共犯として取りこまれてしまった。それでクレセドとは縁を切った。俺に関係すれば、あいつの迷惑になるからな」

歩みと告白は続いていく。

「組織のくっだらない資金洗浄や贈収賄の会計をやらされていたが、俺は耐えた。俺は屑になったが、クレセドの会社は小さいながらも繁盛し、結婚し、三人の子供も生まれていた。俺の友だちは、本当に真面目でいいヤツで、いい商売をしていた。それだけが誇らしかったんだ」

思い出に輝くデュピュイの顔色が、曇っていった。

「常に気にしていたクレセドの会社が不渡りを出したと聞いたのは、少し前のことだ。どうしてやればいいのか迷っているうちに、明日、二度目を出せば倒産してしまうのを今日になって知った。俺はクレセドを助けたかったんだ」

溜め息とともに、俺は意見を返す。

「それで組織を裏切ったのか。しかし偽装倒産させて、別名義で会社を復興すればいいだけの話じゃないのか？」

「俺もそう言ったよ。だが、取引先も連鎖倒産するからできないとクレセドに怒られた。あいつはそういう真っ直ぐな人間なんだ。だから、だからこそ……」

デュピュイの眼差しも直線の光を宿していた。本当にクレセドという友人が心の支えなのだろう。俺の思惑に気づいたように、デュピュイが自嘲する。

「はっ、友情話か。自分で言っていて気持ち悪い」

「そんなに悪い話でもない」

返した俺の言葉を、皮肉ととったデュピュイが口を歪める。俺の口許はわずかに綻んでいた。

そう、そんなに悪い話ではない。

見ると、並走するギギナの表情も柔和になっていた。デュピュイの願いを助けてやってもいいと、戦士にも思えたのだろう。

繁華街の終点、ネオンに飾られた大門が見えてきた。

ギギナが腰の柄を引き抜き、背中の刀身と結合。デュピュイへと刃を振り降ろした。

甲高い金属音に、俺の呼吸が止まる。

ギギナとキクチ、二人の手から放たれた刃が交差し、デュピュイの眼前で静止していた。

一瞬の空白の後、周囲から悲鳴が湧きおこった。雑踏が割れていき、人々が逃げまどう。デュピュイを背に抜剣しつつ、俺は後退していく。ついでに逃げまどう人々の中に、抜き打ちの刃を突きこむ。

同時に〈雷霆鞭〉の雷を炸裂させる。体内から感電した男が、隠していた魔杖短剣を落とし、倒れ伏す。人波に逆流して接近してくるなど、刺客だと宣伝しているようなものだ。

死体を見た女が悲鳴をあげ、人々の逃走がいっそう混乱していく。

魔杖剣を構えなおし、俺は周囲に視線を走らせる。蘭宗会の追手らしき五人が、包囲網を作ろうとしていた。

繁華街の中央。噛みあう刃の上で、ギギナとキクチの笑みが交換されていた。

「人ごみでは遠隔咒式が使えないとはいえ、奇襲を予想されていたようですね？」

「私が聞いていた〈侍〉とは違い、貴様は薄汚い組織の犬だ。犬といっても、座敷犬ではあるまい」

「否定はしません」堪えるように、キクチが答えた。

「主君も誇りも、〈士道〉すら失った私は、もはや〈侍〉ではありません。浪人ですらなく、単なる刀の猟犬なのでしょう」

キクチの魔杖刀は、すでに血に濡れていた。囮の男たちは時間稼ぎにもならなかったらしい。もう少し頑張ってくれよ。

思いつつ、俺は追手を切り伏せる。剣閃が戦闘再開の合図となり、キクチが叫ぶ。

「ですが、あなたがたは、その猟犬に駆除される野良犬にすぎませんっ！」

力負けするのを避けるべく、叫びを囮にしたキクチが下がる。ギギナは屠竜刀を振りかぶりつつ、右足を直角に踏み出す。

刀の峰に左手を添えて、ギギナの落雷の一撃を受けるキクチ。一撃のあまりの重さに、キクチの魔杖刀と全身が軋む。しかしギギナの剛力と屠竜刀の打ち下ろしで折れないとは、どこまで強靭な刀身だっ⁉

ギギナの剛力が逸らされ、左前に誘導される。剣尖に手を添えたままのキクチの刃が半回転、屠竜刀の峰を滑っていく。そのまま、中腰になっていたギギナの右首筋に急襲。

打撃音。ドラッケン族の右肘が、刃の側面の中ほどを突きあげていた。

密着姿勢から離れざま、互いの斬撃。金属音と火花を散らして弾かれる。

後退していたキクチが、刃を空に振り下ろす。刃が延長したかのように、アスファルトに線が刻まれる。

右に回避していたギギナも、左太股に焼け焦げた刀傷を刻まれていた。通行人という壁が去った今、例の見えざる刃は躱しにくすぎるっ！　返された魔杖刀の横薙ぎの一閃。沈んだギギナの髪の房が焼き切られ、背後の壁や幌屋根を支える柱に光が走った。

続いて切り上げてくる刀を、ギギナが横転して避ける。俺もデュピュイを抱えて後方へと退避。柱を切断された幌屋根が、道路に激突し、跳ねる。

石壁や木の柱に刻まれた線は、焦げた断面を見せていた。

俺が二重展開した〈雷霆鞭〉が襲いかかっていく。キクチの魔杖刀が一閃、雷の蛇が消失。高位咒式剣士が使う、低位咒式の無効化までできるのかよっ⁉　無効化のための刃が切り返されてきて、俺の背筋が凍る。不可視の刃により、右上腕が薄く斬られた。苦鳴とともに転がると、靴の踵が切りとられた。

遠距離から放たれる見えざる刃に、ノイシェード通りのすべてが切り裂かれていった。壁面に断線が描かれ、看板が切り刻まれ、その度に光が放たれる。不可視の刃が激突する瞬間だけ、蒸発した金属粒子がX線のエネルギーを吸収し、眩い光を発するのだ。

キクチの連続攻撃が街角に光を乱舞させ、ギギナはひたすら回避行動するだけ。背後にいた蘭宗会の刺客の胸板が割られ、腕が吹き飛ぶ。

苦鳴をあげて倒れる部下を無視し、キクチの刀と刃はさらに躍り狂う。刀術とつながる咒式発動は、攻防一体でどこにも隙がない。

前へ飛びながら、俺の〈爆炸吼〉が炸裂。魔杖刀が閃き、咒式無効化で威力を減殺。爆薬のみの煙幕だとキクチが気づいた時には、剣舞士が間合いを詰めていた。

二人の剣士の刃が激突し、弾かれる。キクチが距離をとろうとするが、ギギナは離れず追いすがる。

〈侍〉をバカ正直に相手にしては不利だ。

延長された刃による斬撃は、大陸の攻性咒式にはない刀術の組みたてで、俺の掩護咒式の発動をつぶす。間合いが長く、受け止められない粒子の刃は、ギギナの剣技を殺す。

ならば、刀身と刀身が激突する近接戦闘に持ちこむのみ。

何度目かの刃の激突。反転したキクチの一閃は、ギギナの右肩への斬撃。

刀身は回避しても、不可視の刃に肩口を割られるギギナ。それでも左前に進み、胴薙ぎの一刀。腹部の防刃背広とシャツを切り裂かれながら、キクチが右足を引いて躱す。

さらに右前へと踏みこみながらのギギナの逆胴は、空を切る。

だが、ギギナは間を与えない。右膝をつきつつ、相手の左脛への返し刃。足を上げつつキクチが回避、逆の右爪先を踏みだしての斬り下ろしを返していく。

前に掲げた屠竜刀で受け止めつつ、ギギナが体を起こす。剛力を宿した刃が回転し、キクチの刀身が右に流された。延長された見えざる刃が、ギギナの頭髪の端、右肩と右脛を焼いていく。

熱線に身を抉られるのも気にせず、回転しきった屠竜刀。刃の勢いのままに、相手の首筋に叩きこまれる。断頭台の一撃を回避したキクチだが、右肩から血風を噴きつつ退避。猟犬よりも執拗に追尾する剣舞士。

後退しながらのキクチの剣閃が、ギギナの追い打ちを弾く。

道路を挟んで、対峙する二人の剣士。

全身を熱の刃で刻まれたのにもかかわらず、ギギナは屠竜刀を構えていた。キクチのほうは、左手で右肩の出血を押さえていた。

「いやいや、その力と速度で、精緻な剣技までそろえるのは反則でしょうに」

血の噴出が、キクチの笑みに朱を添えていた。刃を焼き入れすることによって刀身に浮かぶ刃紋。直刃ではなく、不揃いの乱刃のような、初めて見るキクチの笑みだった。

「前にお会いした時の言葉を撤回しますよ。本国にもあなたほど凄まじい剣士は少ない。どうやら、ウコウト大陸も広いらしいですね」

キクチは傷口に止血符を貼りおえていた。柄を握りなおし、真正面に構える異境の剣士。呼応するように、ギギナは中段に構えていた。

二人の剣士の殺気が、夜の街角を吹き抜ける。

つけいる隙をうかがっていた俺の息が止まる。

二対一で俺たちが優位だが、逃げないということは、キクチは増援到着の時間を稼ぐつもりだろう。ギギナが前に出れば、キクチはあっさり逃走し、目的地に向かう俺たちの背後を狙う。俺が何とかするしかないが、利き腕を負傷しているし、場所が場所だけに大きな咒式は使えない。ついでに互いに互いを圧倒するような戦力と戦術、そして時間がない。ギギナを残し、先行するべきか？

眼鏡の奥、キクチの黒い瞳孔が絞られた。

「いやいや残念。分の悪い賭けをするものではないようです」

剣士の視線を横目で追う。右手の通りには、いつの間にか黒塗りの高級車が集結していた。撥ねるように開けられた扉から、続々と男たちが降りてくる。

全員が魔杖剣や魔杖短槍を握り、背広に籠手や胴鎧をつけた半甲冑姿。騎士を示しているつもりの飾り帯を、右肩から左脇へと被っているのがおそろいだ。

どうやら、約束の時間を待ちきれないファルモア剣友会が、迎えをよこしたようだ。そこまでしてデュピュイの情報が欲しいのか、噂に聞く〈豚騎士〉の戦術眼なのか。

どちらにしろ助かった。張りつめた空気が緩み、俺は止めていた息を吐いた。

片方の目で捉えたままのキクチは、魔杖刀を腰に納めていくところだった。ギギナにしても興ざめしたらしく、刃を下ろしていた。

「これで蘭宗会も終わりのようですね。終身雇用が保証されないとは、私のような真面目だけが取り柄の勤め人には、辛すぎる世の中です」

キクチは溜め息を吐き、俺たちを眺めた。出血がキクチの顔を多少青ざめさせていた。

「それでは、私はこれで失礼いたします」

言い捨て、キクチは後方に大きく飛びのく。煉瓦壁の陰に身を引いていく途中で、逃げ足が止まった。

「ああ、ついでに一つだけ提案させてください。あなたがたの事務所で、失業した私を傭う気はありませんか？」

いきなりの提案に、俺は固まってしまった。ギギナも眉根を寄せていた。構わずにキクチが続ける。

「これでも腕はまあまあ立ちますし、この大陸では、東方仕込みの刀術は非常に見切られにくい。給料が払われているかぎりは、そこそこ忠実ですよ？」

苦笑いし、俺は条件を告げてやる。

「そこそこ、という点が引っかかるな。それに、俺たちの事務所は零細企業だからな。残業や休日出勤、給料の遅配はあたりまえ。負債も山盛りという状態だ。それでもよければこき使ってやるが？」

「そ、それはさすがに」キクチの顔が失望に翳る。「私には妻子がおりまして、今度は三人目の子供が生まれそうでしてね。人間が生きられるような職場を探します」

「他人の職場を人間的じゃないとか言うなよ。それに中高年の再就職は難しいぞ？」

半身を隠し、半分だけになった顔でキクチが苦笑する。そして異邦の剣士は、壁の向こうに去っていった。

「あの男が再就職しないことを願うな」

俺がつぶやき、安堵したデュピュイが路上に腰を落とした。

ギギナだけは、玩具を取りあげられた子供のような顔をしていやがった。

ファルモア剣友会のお迎えが、俺たちに向かってきていた。


ネフリール貿易と書かれた看板の下、路地の奥。ビルに四方を囲まれた、野ざらしの敷地。

雨に晒された泥濘と草むらの上で、俺たちと、ファルモア剣友会の面々が向かいあっていた。

屋外にわざわざ置かれた、天蓋つきの玉座のような椅子。座していたのは、巨大な球体だった。

座っている男を正面から見ると、球体に見えるのだ。上から見ても正確に球形だろう腰回りに、二振りの魔杖剣を提げている。

「ファルモア剣友会の長、ネイアス・バオロンが、直々に出迎えてくれるとはね」

「気に入らぬが、仕方あるまい。こんな時代だ、騎士とて利益を重視せざるをえない」

これまた球形の全身甲冑の上にある、ネイアスの傲岸な瞳。その視線が俺の癇に障った。

「おっそろしく説得力がある台詞だね」

俺の皮肉に、騎士きどりどもが剣の柄に手をかける。ネイアスは薄く笑うだけ。

七都市同盟の咒式騎士だったネイアスは、国境紛争に派遣され、異民族の村に威力偵察。非武装の村民を民兵だと疑い、家畜もろともの虐殺を引きおこしてしまった。

そこでついた最高にありがたくない異名が〈豚騎士〉だ。いまだ騎士きどりの本人は気に入っていないらしいが、外見とともにお似合いすぎだ。

事件の露顕を恐れた軍は、ネイアスと騎士たちの経歴を抹消し、強制退役させた。放り出された彼らは、歪んだ騎士道で結束、エリダナに流れてきた。そして、ファルモア剣友会を結成しやがったというのは有名な逸話だ。

「産業廃棄物と似ているとか言われたことないか？　経歴と体型、体臭とかで？」

「つまらぬ皮肉だな。おまえたちこそ、正しい意志のうえに正しい行いをし、今私の前に立っているのか？」

痛いところをネイアスに突かれて、俺は返答に詰まる。俺のような歩兵と、元とはいえ将校だったネイアスとの貫禄の差かもしれない。

「騎士たる私には、小者と戯言を交わす時間すら惜しい。取引を早く終わらせよう」〈豚騎士〉ネイアスの、鋭い視線が投げかけられた。デュピュイが慌てて記憶素子を取り出し、ネイアスに向かう。

　だが、騎士の一人がデュピュイの前に立ちふさがる。籠手に包まれた騎士の手が、デュピュイの手から記憶素子を奪う。

「何をっ⁉」

　デュピュイの叫びと、取り戻そうと伸ばされる手。騎士は無感動に振りはらい、記憶素子に回線をつなぐ。内容確認に、デュピュイも引きさがらざるをえない。高速解読しおわった騎士が顔を上げる。

「騎士長閣下、本物の情報です」

　ネイアスが重々しくうなずく。デュピュイは堪えきれずに叫ぶ。

「報酬はどうなるっ⁉」

「下賤な声と言葉だ。気高き騎士たる私が、約束を違えることなどありえぬだろうが」

　不機嫌な声のネイアス。その丸い手が、椅子の背後から鞄を引き出す。膝の上で蓋を開けると、そこには銀貨に金貨にプラチナ貨、高額通貨素子が輝いていた。

　思わず息を飲む光景。これなら、俺たちに報酬を払っても、充分に友を助けられる。

　デュピュイの横顔に、安堵と歓喜が同時に浮かんでいた。俺も肩を叩いてやりたいくらいだ。

　デュピュイの向こうで超然とした面をしているギギナなど、知ったことか。

　受けとろうと、デュピュイが一歩を踏みだした時、ネイアスの澄ました顔に一抹の皮肉が足された。

騎士長の太い指が離され、革製の鞄が裏返る。金や銀に白金、様々に輝く貨幣が落下し、草むらや泥の中に跳ねる。

金貨が縁の面で転がっていき、デュピュイの足元にぶつかって止まる。そこで泥の中に倒れた。

「……どういう、意味、ですか？」

デュピュイの声には緊張と疑念があった。俺とギギナも臨戦態勢に入る。まさかネイアスほどの大物が、安っぽい裏切りをするとは。そして、元とはいえ、本職の軍事集団たる騎士どもに囲まれた状態を許すとは。相手はあくまで犯罪組織だということを忘れてはならないというのに。

しかし、ネイアスは玉座に巨体を降ろした王者の姿勢のまま。周囲の騎士も、誰一人として魔杖剣の柄に手をかけていなかった。

「大陸に増えていく病原菌、醤油臭い異民族どもの組織をつぶすために利用はした。だが、私は誇りと名誉、契約を重んじる騎士なのだ」

ネイアスの侮蔑の視線が、デュピュイに突き刺さる。

「だからこそ、金のためには仲間も裏切る、そんなおまえのような屑には吐き気がする」

厚い左手が掲げられた。芋虫のような人差し指が、泥にまみれた金に向けられる。

「金が欲しければ拾え。薄汚い混血の虫けららしく、泥に這いつくばって拾うがいい」

衝撃に打たれたように、デュピュイの全身が硬直する。

「そんなバカな、くだらなさすぎる……」

「這って拾わねば、報酬はやれぬな」

ネイアスの言葉。周囲の騎士どもが表情と態度だけで同調を示した。

こいつらは本気なのだろう。自分たちは富み賢く、強く気高い。対して、貧しく愚かなもの、弱く卑劣なものを外部として切り捨て、自らと属する集団の優位を確認したいのだ。

そしてこれこそが騎士や富豪、貴族や王。いや、すべての富み賢く、そして強きものたちの誇りとやらの正体なのだ。

「止めろデュピュイ。そこまでして金を受けとることはない。男の誇りを捨てるな」

憤怒を隠しきれないギギナの言葉。

デュピュイの頬は、恥辱に震えていた。こんなバカげた命令は拒否するべきだ。だが拒否すれば、デュピュイの親友を助けるべき金は手に入らない。

俺は、俺ならどうするか。自分のためにはできない。だとしたら、誰のためなら、相手の靴の裏を舐めるような真似ができるのか。

俺の視線を受けて、デュピュイは笑った。頬と口角を痙攣させる笑みだった。

「誇りなんざ、一イェンにもならないと言ったはずだ」

大地にデュピュイは手をつき、泥の海に膝をついた。跳ねた泥が服を汚す。這いつくばった姿で、デュピュイは泥にまみれた金を掻きよせていく。

その姿を、ネイアスが、騎士たちが嘲笑っていた。自らもその同類だと思われる嫌悪感に、ギギナの瞳が硬質の光を宿す。

嘲罵の視線の中央で、それでもデュピュイは卑屈に必死に金を拾いつづけた。

「分からぬ。どうしてそこまでして……」

ギギナの掠れた声。

手を伸ばしたデュピュイと、俺の視線が出合った。男の瞳にあったのは苦痛。だが、それでも金貨を拾おうとして手を伸ばす。

俺は小さな溜め息を吐いた。続いて膝を折り、泥濘に手をついた。躊躇うことなく、指先で金貨を拾う。そして丁寧に泥を拭って、デュピュイに差し出す。

俺にも、周囲の騎士たちの乾いた笑声が浴びせられる。

俺を見下ろすギギナの目も、不愉快な光景を見る目だった。理解できないなら、ギギナもこいつらと同類なのだろう。

「……どう、して、手伝、う？」

デュピュイが掠れた声で問いかけてきた。その掌の中に、俺は金貨を押しこむ。疑問の表情を無視して、俺は金を拾っていく。

「この場にいる糞虫どもの中で、おまえだけが真の男、そして人間だからだよ」

驚き。そして、デュピュイの目と唇は勝者の笑みを浮かべた。俺も同じような表情を返していただろう。

デュピュイは、自らの安い自尊心を守るより、友の命を助けるための屈辱を選んだ。俺だって、愛するジヴのためなら躊躇わずにそうしただろう。

大事なもののために、誇りすら投げ捨てられる男。そんな男と、恥辱の泥に塗れることこそが本当の名誉だ。

侮蔑から悪意へと変わった視線のなか、俺とデュピュイは黙々と金を拾っていった。

エリダナの西市街。零細企業の煤けた看板が並ぶデパローグ通りの街並みを、車が駆け抜けていく。

「急げ、少しでも早く！」

俺は加速板を限界まで踏みこんでいる。助手席のギギナは、何かを考えこんでいたが、知るか。

驀進する車が急停止、完全に止まるのを待つ前に、デュピュイが飛び降りる。全身泥まみれのデュピュイが、金で膨れた鞄を抱えて走る。同じように泥まみれの姿の俺も、後を追う。

走るデュピュイの足が失速し、やがて歩みとなり、そしてアスファルトの上で止まった。俺が追いつき、成り行きで続いていたギギナも停止した。

「どうした？」

覗きこむと、泥に彩られたデュピュイの頬が強張っていた。

「あいつは……」

デュピュイが嗄れた声をあげ、続けた。

「あいつは、クレセドは、こんな金を受けとってくれるだろうか？　汚れた金で助かることを喜ぶのだろうか？」

突然訪れた沈黙。確かにその可能性があった。

「受けとる。いや、殴りつけてでも相手に受けとらせる」

声は、ギギナから、その美姫のごとき唇から発せられていた。

「おまえほどの男が命をかけて掴んだ金だ。その金を拒否することは、この私が許さない。堂々と胸を張って、無理にでも受けとらせろ。だから急げ」

ギギナの背中が、俺たちを追い越していく。

デュピュイが力強くうなずき、俺たちは先を急いだ。

「あそこだ、あそこを抜ければっ！」

先頭をきっていたデュピュイが、狭い路地を曲がった。

後を追った俺が急停止したデュピュイの背に激突し、俺の背にギギナがぶつかる。

眼前に広がっていたのは、幾重にも連なる人の環。小さなビルの前を、黄色の帯が横切っていた。早朝から駆りだされた不機嫌そうな警官たちが、野次馬の侵入を投げやりに拒んでいた。

立ちつくすデュピュイの前で、若い男女が会話していた。俺たちの耳は、聞きたくもない情報を拾う。

「なに、なにがあったの？」

「なんか、ここの経営者が、呪式で自分と妻と子供三人の頭を吹き飛ばしたんだって」

「保険金狙い？　最近そーゆーの多いなぁ」

「貧乏でバカってひっさーん。あたし、マヌケの死体をすっごく見たい！」

「俺も顔を見たい。あ、もうないのか。あはは」

背伸びして中を見ようとする若い男女。デュピュイは鞄を抱きしめていた。

「はは、はははっ」

男の唇から、乾ききった笑声が漏れた。その唇は歪み、痙攣していた。

「……金が、金が無いってことが、そんなに悪いことなのか？　それは、真面目に商売していたクレセドが、惨めに自殺しなければならないほどの大罪、なのか？」

押し殺した叫びが、黒々と濡れたアスファルトに落ち、儚く散った。

落下音。デュピュイが抱えていた鞄が、アスファルトに落ち、中身をブチ撒けた。金貨が転がり、通貨素子が跳ねる。

澄んだ音は、野次馬の一部の耳に届き、振り返らせていた。そして全員がデュピュイの前の金に気づいた。

「……金、だ」

誰かが漏らした。

「金だぁっ！」

別の誰かが、雄叫びとも歓声ともとれる声をあげた。声に含まれていた欲望が、一瞬で空気感染。群衆はデュピュイと金に殺到してきた。

デュピュイは暴徒の濁流に呑みこまれた。見えるのは人々の血走った目。手と手が争って、ブチ撒けられた金を漁り、奪いあう。男の拳が振られ、女の蹴りが放たれ、朝焼けが近い路地は血みどろの戦場となっていた。

「……金が、欲しい、か。この俺、が、クレセドを救おう、と必死に掴んだ、金が……」

亡者たちの中央で、デュピュイが立ちつくしていた。

「だがな、一イェンたりとも、てめえらにはやらねえ！　やるものかよっ！」

デュピュイの爪先が、金貨を掴んでいた男の顎を蹴りあげる。拳が、銀貨を抱えていた女の細い鼻をへし折る。そこかしこではじまる乱闘を、警官隊が阻止に入る。

「金がっ！　金がっ!?」

警官に羽交い締めにされるデュピュイ。その足は、通貨素子を握る子供の手を踏みつけ、骨の折れる音とともに泥に沈める。

デュピュイの両目から流れる透明(とうめい)な涙(なみだ)が、頰(ほお)や顎の泥と混じっていく。

警官の制止に抗(あらが)うデュピュイ。その目が俺を捉(とら)えた。縋(すが)るように、答えを求めるように、必死に問うていた。

俺には、デュピュイに答えるべき言葉がなかった。ギギナにもなかった。

デュピュイの瞳(ひとみ)に、泥の涙に、この世の誰が何を言えるのだろうか？

十一ヵ月後の現在。あの日の問うような瞳は、爬虫類(はちゅうるい)の瞳孔(どうこう)に変わっていた。

デュピュイは、俺に見えるように金貨を掲(かか)げた。高利貸しの瞳は、金貨を見つめていた。金貨のような、冷えきった瞳だった。

「変われば変わるものだな」

俺の唇は、勝手に皮肉を漏らしていた。

「おまえたちには感謝している」

向かいの応接椅子(いす)に座った、デュピュイ・ミワ・ブランネル。高利貸しの表情に、冗談(じょうだん)めいた成分は含有(がんゆう)されていなかった。

「おまえたちのお蔭(かげ)で俺の命は助かり、くだらない甘さが消えたからな」

「あの時の金を元手(もとで)に、今では血も涙もない最悪の金融(きんゆう)業者。〈三旗会〉の社長。ゴーゼス三大組織にも迫(せま)る、犯罪組織の首領というわけか。よくある話だな」

ギギナの痛烈な皮肉。だが、デュピュイの目や鼻、唇の位置は、何ひとつとして変化しなかった。

「よくある過去に、よくあるように変わりはてた俺。おまえたちも、よくあるように搾取される。どこまでもよくある話だ」

デュピュイの真意は測りがたい。

「だが、本当に恩義に感じているのも確かだ。だからこそ、俺自らが取りたてに馳せ参じ、金利もかなり遠慮しているんだが？」

「十日で三〇・〇五％も取っていて？」

「他の客なら、三〇・〇六％も取る。ああ、金はもう持っていってくれ」

俺の言葉など意に介さずデュピュイが合図した。背後に控えていた護衛たちが、前に出てくる。何の遠慮もなく、金貨やら通貨素子を、鞄につめていきやがる。

「よう、久しぶりだな。再就職は上手くいっているようだな」

回収している男に、俺は声をかけてやった。薄っぺらい微笑を〈鬼斬り〉こと、キクチ・サダノリが返してくる。

「ええ。やはり中高年の再就職は難しいものでした。そこで聞くも涙、語るも涙の紆余曲折がありまして、デュピュイ社長の会社に拾っていただいたのです」

相変わらず、完璧なまでの営業用の笑みだった。キクチの目が、すでに席を立っていた上司の背中を眺める。

「社長には感謝しています。給料はいいし、敵を殺せば特別賞与まで出してくれます。最高の上司と職場ですよ。ただ、取りたてに容赦がなさすぎるのが、玉に瑕でしょうか」

「キクチ、飼い犬ごときが会社批判か？」

「いえいえ、まさかそんな！」

　背中越しに放たれた言葉に、キクチは恐縮するように背筋を伸ばす。急いで鞄の蓋を閉じ、上司の後を追うキクチ。うわ、忠犬姿が似合いすぎる。

「私の中にあった、誇り高き〈侍〉という偶像が完全に崩れたな」

　寂寥ともとれるギギナの声だった。

　騎士に侍、英雄たちはすべて去るか堕落し、つまらない小者ばかりが増えゆく時代の趨勢。それは止められない流れなのだろう。

　事務所の出口に向かうデュピュイ。その変わり果てた男の背に、どうしても声をかけたくなった。

「昔のおまえも嫌いだったが、今のおまえのほうがさらに嫌いだね」

　デュピュイは答えなかった。ただ、別の護衛が上着を掛けるのに任せていた。

　護衛やキクチの注意が逸れるのを、俺は待っていた。全員の視線が俺から外れた瞬間、手の中で弄んでいたものを握りこみ、いきなり投げた。

デュピュイが右の掌で受ける。左手は白刃を放とうとするキクチを制していた。つまらない失態に、キクチが苦い顔をする。

「あまり番犬をからかうな」無感動なデュピュイが、握っていた五指を開く。「それで、これは何のつもりだ？」

掲げられた掌の上にあったのは、一枚の一〇イェン貨。銅と錫と亜鉛の合金の小さな塊。掌の向こうのデュピュイの目が捉えたのは、俺の皮肉な視線。俺の唇が紡ぐのは辛辣な毒の言葉。

「今のおまえの魂の値段だ。遠慮せずに取っておけよ」

護衛たちが殺気を身にまとうのを、片手を挙げてデュピュイが制止した。

闇の金融王は、無音の笑声をあげていた。くだらない冗談を聞いたかのように。

笑いおわったデュピュイが、左手で懐を探り、何かを投げ返してきた。

右手で受けとり、目の前に翳す。載っていたのは、どこにでもある穴開きの五イェン硬貨。

視線を上げると、戸口に立ったデュピュイの背と横顔があった。

「俺は高利貸しだから、金の計算は厳密に行う。一イェンの誤差も許さない」

それは、見るものの背筋に氷柱を突っこむような笑いだった。

「だとすると、俺の魂には一〇イェンの価値もない。釣りが必要だろ？」

鰐のような笑みが、自らの言葉で崩れた。裂け目から覗いたのは、痛切な何かを堪えるようなあの日の瞳。

　裂け目は一瞬で閉じ、デュピュイは硬い表情で完全装甲していった。俺がまばたきしおわった後には、脆弱さの欠片もない、冷酷非情な高利貸しの顔に戻っていた。

　デュピュイが鮫の瞳で吐き捨てた。

「ゴーゼス三大組織も、この街も、おまえらの魂も、いつか俺が買ってやる。このデュピュイの力、金の力でな！」

　デュピュイと俺たちの視線が、空中で激突する。

　飽きたようにデュピュイが向き直り、玄関口を抜けていった。俺たちの傍らで、キクチが魔杖刀の柄に手を載せていた。

「いやいや、この時代、咒式や剣技、賢さや勇気なんて、まったくの無力ですね。遠い故国もこの大陸も、どこも同じのようです」

　上司を見送る横顔には、いつもの慇懃無礼な態度など消し飛んでいた。

「あれは怪物になりますよ」

　キクチが唾を呑みこみ、喉を鳴らした。

「ああいう亡者に率いられた組織は、周囲を喰らい踏みつけて急成長する。そして必ず破綻します。すべてを道連れにして」

「……だろうな」

疲労しきった言葉を、俺は返していた。

親友を助けるために、すべてを投げ捨てて金を手に入れたデュピュイ。だが、親友は救えず、心は死に絶えた。そして金が、そう、無意味な金だけが残ってしまった。

デュピュイは金を愛してなどいない。憎みきっているといってもいいだろう。

だが、その金の力だけが、現在のデュピュイの存在を成立させているのだ。金の力で、俺のようなマヌケどもを捩じ伏せ、かつての自分と同じ痛みを与えることしか頭にないのだろう。

企業の犬が、真面目な表情を浮かべていた。

「言っておきますが、あの人の邪魔をするなら、あなたがたを斬ることになります。ま、なるべくなら、ギギナさんとは武力交渉をしたくないのですが仕方ありません」

「その会社が破綻するまでは、だろ？」

「よくお分かりで。会社が給料を払ってくれるかぎり、私は忠実な犬ですから」

「キクチ、何をしている。これからマヌケどもへの取り立てが十二件もあるのだぞ？」

デュピュイの呼び声と車の起動音が、戸口から響いてきた。

「友人を助けるために金を借りにきたというクソマヌケの取り立てだ。そいつと友人ごと破産させにいくぞ」

続く上司の声に流れてもいない額の冷や汗を手の甲で拭うキクチ。異端の剣士は愛想笑いを残して、外へと出ていった。ギギナの視線が、俺の手にそそがれていた。

俺の掌に残ったのは、一枚の硬貨。薄っぺらい銅と亜鉛の合金。

その五イェン硬貨を、握りしめるしかなかった。

体温で温まるはずの金属は、いつまでも冷えていた。底冷えが掌から這いあがり、腕を貫き、俺の心臓にまで達した。

そして、あの日のデュピュイ、問いかけてきた男の瞳の温度が元に戻ることは、もうないだろう。

それこそ、デュピュイ本人が望むだけの金を、

この世の富の、そのすべてを積み上げても。

しあわせの後ろ姿

されど罪人は竜と踊る

長い長い呼び出し音。

それでも留守電に移行しなかった。

電子音が途切れ、ついに二人の時間と空間がつながる。そして躊躇いの空白が生まれる。虚無を畳んで畳んで、一口ほどの大きさに凝縮し、唇から押し出す。

「ジヴ、元気か？」

数瞬の空白。刹那の空隙。

「まあね。ガユスはどう？」

戸惑いはあったが、ジヴの返事は軽い響きだった。これ以上短くても長くても、俺は言葉を失っていただろう。

「変わらないよ」

後はとりとめのない互いの近況報告が続いていく。仕事や人間関係、日常のちょっとしたできごとの話。

だが、しだいに話すこともなくなってきた。恋人だったときは、無限に話すことがあったというのに。

二人で愛しあっていた時代に触れないように、慎重に迂回していく会話は、やはりどことなく不自然でぎこちない。

「それで、その……」会話を接ぐ話題を、俺は必死に探した。なにかあるはずだ、なんでもいいから話せ！

「そう、用件はあれだ。俺のルピッド第三ビルの家にある、ジヴの本はどうしたらいいかなと思って」

「ええと、そうね。確かにそうだわ」

受話器の向こうでジヴが考えこむ。互いになにかの時間を稼ぐような会話。会話のための会話。寂しい言葉のやりとり。

「本といっても、すでに取った資格と減量、いえ、健康法の本。あとは雑誌くらいよね。そっちで捨てておいてくれると助かるわ」

懐かしい雰囲気。いつもこうして二人で話していたものだ。弛緩した空気に、俺はかつての調子を取りもどしはじめていた。

「分かった。じゃあ、ジヴ専用とか書いてある圧力鍋や保温器とかは？」

「いちおう、こちらにぜんぶ送って」

「……一度も使うところを見たことがないけど」

「いつか使う、と思う」

「食べる専門の癖に」

「ガユスの家でだけです。自炊してるし、あなたにも作ってあげたでしょ？」

「……いや、今だから聞くけど、ジヴが作ってくれた最初の料理、なんか繁華街の飲み屋の裏でよく見る物体みたいな。あの謎の物体の正体はなんだったの？」

「シチューです！」

「……もう聞いてしまうけど、ジヴの料理って、実は俺への嫌がらせだろう？　そうだと言ってくれ。でないと、口のなかにウラン鉱山が出現する理由が分からない」

「失敬な。せめて炭鉱と言ってよね。美味い不味いでいえば……硬いだけよ」

「……あとたまに口が痛い。でもジヴ、それでいいの？　食べると物理的に怪我するようなものを、食物の範囲に入れていいの？」

「う、うるさいわね。あれはその、ガユスという悪を懲らしめるためには仕方ない、正義の味だったの。そう、解釈の問題よ」

「へー、料理の味って解釈の問題だったんだぁ〜。文学的ぃ〜」

「ついでに宇宙電波や環境破壊が悪影響して……。してたったらしてたの」

「それはたいへんだね、ということにしとくよ」ああ、これだ。このやりとりが俺の幸せのすべてだったのだ。懐かしさに呑みこまれないように、俺は続けていく。「でも、ジヴも上手くなってきたよな」

「……うん、ガユスといっしょに料理することをはじめてから、いろいろ覚えられたわ」

雰囲気が湿りそうで、俺には耐えられない。努めて明るい声を自らのなかに探す。

「それじゃ、ジヴの実用性のない各種制服や、妙に布地の少ない下着はどうする？」

「捨ててお、いいえ直に取りにいくっ！」

「少しは信じろって。変なことしたり売ったりしないっつーの」

「そういう発想ができる時点で、信用度低いのよ。それに恥じらいの問題です！」

一拍の空白。どちらも自然に笑ってしまった。甘い郷愁に胸を締めつけられ、思わず口を衝く言葉。

「ジヴ、あのさ……」

「……もらった指輪と耳輪は、セージェ第二ビルのほうの郵便受けに入れておくわ」

押し出された声。何かを必死に堪える不自然さ。

「あ、ああ。そうだな」

小さく震える唇から、ようやく返事が吐き出せた。ジヴは賢明だった。俺の心を読み、その後に続けそうになった愚かな繰り言を防いでくれた。

「じゃあ、また」

「ええ」

どちらともなく別れの挨拶をし、携帯を切った。夕方のエリダナの街が、自宅の窓から見渡せた。

視界の広さで、座っていたはずの自分が、いつの間にか立ちながら会話していたことに気づいた。椅子に腰を戻していくと、携帯を握っている手も汗ばんでいた。我知らず緊張していたのだろう。

別れたジヴと会話をするだけのことに、三週間ほどかかった。

男女が別れたあとに電話をかけるのも、未練がましくてイヤなのだが、互いに互いの自宅に衣類や生活用品、家具や仕事道具などを置いていたため、連絡を取らざるをえない。互いに納得して別れたからといって、急にまったくの他人になれるわけでもない。

「いつか別れる時が来ても、友人でいましょう」というジヴのかつての言葉を、信じたフリをして甘えているだけだろう。

愛しあっていたのに別れるということもありふれている。だが、納得はしにくい。そして俺の内部で膨れあがる感情はなんだろう？

愛しさでもなく、寂しさでもなく、昏く冷たいこれはなんなんだ……？

思考を断ち切るように携帯が鳴る。ジヴの返信かと思い、すぐに勘違いしたがる自らの愚かさを打ち消す。

見ると、番号は郡警察のベイリックだった。しばし迷ったが、出ることにする。

「何の用だ？」

「少しめんどうな用を頼みたい」

俺は天啓を受けてしまった。

「そうか、ついに呪式具の密輸入と横流しの話に乗る気が出たか。警察が関与すれば、大儲けだとやっと気づいてくれたのか」

「残念だが違う。その話は生活にもっと困ってからなら考える。今は攻性呪式士としての依頼の話だ」

「俺、公務員嫌い。特に警察」

「犯罪者思考を堂々と述べるな」

「とにかく断りたいだけ。じゃあな」と素直に叫びたいところだが、そうもいかない。

ベイリックは俺が警察に持つ数少ない人脈だ。協力する代わりに、いろいろと見て見ぬふりをしてもらっているし、これからもそうだろう。

「俺は誰になにをすればいいんだ？」

「内容の確認より、意向の確認か。察しが良すぎるのも困りものだ」

「切るぞ」

「少し待て。実は課の違う上司の知りあいに、ちょっとした問題が起こったらしくてな。その相談に乗ってほしいそうだ」

「身元がしっかりしているなら上客だな」

正体不明の客の裏のある依頼は、正直もうお腹いっぱいです。

「前金はすぐに振りこむように指示する」

「間で金を抜くなよ？」

「俺は賄賂は取らない。ヴォックルの賭けでイアンゴから毟りとるだけで充分だ」

高潔なのか下劣なのか、よく分からない男だ。

「会ってから考える。あまりめんどうそうだと断るが、それでいいなら」

「では、それで頼む」

ベイリックが通話を打ちきる。

俺は彫像となっていた。忙しさに自分をたたきこみ、思考を封じる。そんな逃げは下手すぎるのだが、他に何も思いつかない。

携帯で確認すると、高めの依頼料が入金されていた。

問題。幸福感より、嫌な予感が圧倒的に上回るのは、俺の心配性のせいなのか答えよ。（配点は二点）

ベイリックが紹介してきた依頼者は、一組の男女だった。

俺の正面に座る女は、ジェナイア・パラ・レイボーンと名乗った。俺よりいくつか年上。くすんだ金髪に青い瞳、左目の下の黒子。泣き顔にも見える楚々とした容貌が俺好み。ま、好みでない美人は少ないけどね。

左隣の男は、セレロ・クレグ・コーセラ。実戦的な魔杖短剣を腰に差しているから、攻性咒式士だろうが、たいていの同業者を知っている俺が、その顔と名前を知らない。左腕の包帯や、頬の傷が治りきらないところから、ごく最近に戦闘を経験したのだろう。

だが、名前を名乗ったあとの説明を、男も女もいっこうに始める気配がない。脳内進化論を試していて、魚類が「上陸、めんどくさい」と発言。海底に優雅な魚人文明が花開いた時点で、ようやくジェナイアが会話を切り出した。

「問題は、わたしのことなのです」

「ええと、だとすると隣のセレロ氏は？　攻性呪式士にも見えますが？」

「警察士で巡査長をしております」

「ああ、その関係者で」

警察といえど、相手は法を犯した呪式士や〈異貌のものども〉だ。法を執行するために、呪式を使う警官、警察士が現場を固めている。とうぜんながら、呪式士の制圧と戦闘の専門家。

依頼人の当事者たるジェナイアが、また押し黙ってしまう。思いつめた顔のセレロが代わりに答えようとするが、ジェナイアが目で制した。

「わたしの問題。だからわたしが話すわ」

ジェナイアの顔が、セレロから俺へと向き直る。深呼吸し、息とともに言葉を吐く。

「結論から言うと、わたしとセレロさんは不倫しているのです」

「ああ、それは……」生臭い話だ、とってもめんどくさそうだ、という続きをどちらとも飲みこむ。

「わたしと夫は三年ほど別居状態で、事実上結婚は破綻しています。法的な離婚条件にも該当するでしょう」ジェナイアの左手がセレロの無事な右手に添えられる。

「そのあいだに支えてくれたのが、夫の後輩のセレロさんなのです」

ジェナイアとセレロは、心から信頼しあっている二人といった感じだった。ジェナイアの瞳が俺を見据える。普段から泣いているような潤んだ双眸。

「ですが、なるべくなら離婚訴訟まで大ごとにはしたくないのです。示談、それ以前の話しあいの付きそい人として、ガユスさんにいてほしいのです」

「俺たち咒式士は、そういう仕事もしますが、介入が必要なほどの事態だとも……」

情報が組みあわされ、イヤな結論。

「ジェナイアさんの夫が、警察士のセレロ氏を後輩にしているということは……」

「そうです。わたしの夫は、ソリダリ元巡査長。最近まで警察士の班長でした」

ジェナイアがうなずき、セレロが説明を引きとる。

「それで、今年の春に俺とソリダリ巡査長で話しあいをしたのですが、巡査長が激怒して咒式まで使用するという激しい争いになりました。署内のことで、署員たちが止めてくれましたが、ソリダリ巡査長は自己都合による退職という形に追いこまれました」

まだ若いセレロの表情が曇る。

「四日前、二回目の話しあいを持とうとしましたが、言い争っているうちに互いに興奮し、またこういうことに……」

負傷した左腕にセレロが視線を落とす。労災が効かないし、また経歴に残るのを避けるため、瞬間治癒の高額咒式治療を受けていないようだ。

「それで、もう一度だけ冷静に話しあおうと思い、今日これから場所をとっています」

セレロからジェナイアへと、話し手が戻る。

「どうしても実力のある咒式士の仲裁が必要なのです。そこで、ガラカル部長刑事にベイリック警部補を、警部補にあなたがたを紹介していただいたのです」

ジェナイアの必死の目。

「お願いします。私とセレロさんはあまり裕福ではなく、ここの事務所に断られると……」

はいはい、分かっていますよ。アシュレイ・ブフ&ソレル咒式事務所は、高位咒式士としては破格の報酬体系ですからね。イヤな感覚は、安売りもちょっと考えたほうがいいという脳内小人さんの警告なのだろう。

「分かりました。交渉場所まで、こちらの車で送ります。先に外に出ていてください」

二人が去ってから、俺は溜め息を吐いた。そして携帯を取り出し、短縮番号を押そうとし

……やめた。

「ベイリックめ、厄介な問題を押しつけてくれたものだ」

離婚同然とはいえ妻を寝取られた夫、しかも相手は職場の後輩。夫は、妻と後輩をブチ殺したくもなるだろう。そして夫の元職業は咒式を使う警察士。権力と暴力の信徒。

警察としてはうかつに動けない。関わって、殺傷事件にでもなれば不祥事になる。だから警察は、民間の俺に入ってもらいたい。

それに、欺瞞だと承知のうえで、俺はもう女が傷つくところを見たくない。

足を引きずりつつ、俺は外に向かった。

エリダナ北市街の繁華街、ミデン通りにヴァンが停まる。最初に俺が降り、ジェナイアとその手をとったセレロが降りてくる。

不倫だけど、なんつーか愛だね。目を逸らし、目的地に向かう。

喫茶店や雑貨屋が入った多目的ビル。華やかな場所で、恋人たちや家族連れという人通りも多い。

自動昇降機から降り、店舗の並ぶビル内を進む。人々の間を抜け、回廊を歩いていく。角を曲がると、人波の向こう、待ちあわせの店の前に男が立っていた。男は携帯で会話の相手に怒鳴っている。

そいつは話どおりの姿をしていた。筋肉質の体を暗灰色の背広が包む。岩石を切り出したような厳めしい顔は、元とはいえ警察士の見本。

夫の姿に、ジェナイアが硬直する。セレロが庇うように前に出る。二人の目に対決の意志が確認された。

「行こう」

覚悟を決めたセレロの宣言で、俺たちは足を踏みだす。ソリダリは即座に携帯を切り、懐に手を差しいれるという警戒態勢に入った。鋭い察知能力だ。

「待たせたようだな」

俺の呑気な呼びかけに、ソリダリの形相は警戒と疑念、怒りが三等分といった感じ。

「ジェナイア、セレロはともかく、その男は誰だ？　聞いていないぞ⁉」

「大きな声を出しては通行人の迷惑だ」

ソリダリは周囲に視線を走らせる。通行人の怪訝な顔に気がつき、苦々しい顔をしながらもソリダリは口を閉じた。

「俺はその二人の付きそいといったところ。元警察士なら、ガユス・レヴィナ・ソレルと名乗れば分かるだろう？」

俺の腰から突き出た魔杖剣の柄。その柄頭に両手を乗せる。とりあえず友好的態度で接するが、威嚇もしておく。ついでに相手の元職業も思い出させて自重させるという単純な複合外交術。

「攻性咒式士。しかも聞いた名だ。確か〈枢機卿長事件〉と〈曙光の鉄槌事件〉、そして〈べギンレイムの尻尾事件〉に関係していた覚えがある」

「そうだ」字面以上のことをソリダリは知らないだろうが、それは俺の心を掻きむしる名詞だ。今は必要ない痛みだと、なんとか心を切り換える。

「だから、いちおうは民事調停法第二十三条に基づき民事調停を行える」

「抑止力のつもりか」

「誰かさんには二度の前科があるからな。言っておくが、俺に怒るのは筋違いだ。円滑な話しあいのための見届け役にすぎない」

ソリダリの目尻が跳ね上がったが、強張った笑顔を形成して耐えた。

「とりあえず、店に入って座ろう」

俺の提案で一行は喫茶店に入る。通りを見下ろす窓際の席。ソリダリが座り、反対側にジェナイアとセレロ、そして俺が座る。

相手が椅子に座れば、ふたたび立ち上がるまで一動作あるので対応しやすい。

素直に座ったソリダリだが、右手を懐に隠した戦闘態勢のまま。魔杖短剣にしても、布地に膨らみがなさすぎる。

ウェイトレスが水を置き、注文を受けて去っていく。

気まずい沈黙。口火を切ったのはジェナイアだった。

「……あの、あなた」

「……残念だが、私は離婚など認めない」

ソリダリの押し殺した声。警察士として犯罪者を震えあがらせただろう迫力だった。俺の視線に気づき、ソリダリは憤りと声の調子を抑えた。意外に理性的な男なのか？　判断はまだ早い。威嚇と自重を引き出す戦略は続行。

「セレロ、おまえもおまえだ。新米のおまえに私が呪式を教えてやったというのに、このような仕打ちを受けようとはな」

「お、恩を仇で返すような真似をして、申し訳ありません」

セレロの顔には恐れと脅えがあった。それでも息を飲んで続ける。

「……ですが、先輩だからといって、ジェナイアさんは譲れません。絶対に」

決然とした言葉だった。それはひ弱な新米警察士ではなく、女を守る男の顔だった。そんなセレロに反比例するように、ソリダリの顔に苦渋と悲哀が満ちる。

「私はなにも、なにひとつとして間違ったことをしていない。私は浮気などしたことすらない。誠実な夫として生き、今まで一度たりとておまえを裏切ったことなどない。それをおまえが、なぜこんなことに……」

「あなたの言っていることは全部正しいし、すべてわたしが間違っている。ごめんなさい、本当にごめんなさい」

ジェナイアが悲痛な声を絞りだす。

「でも、大切なのはわたしの気持ちなの。あなたには愛情を感じない。もう戻れないのよ」

「そんな非合理な言いぐさが……」

ソリダリの瞳孔が細まる。ジェナイアを庇うように、セレロが立ち上がって身構える。

二人の様子に、ソリダリの理性が剝がれていくのが分かる。懐に差し入れていた男の右手が、なにかを握る。暴発の兆候、戦闘の可能性もありえるため、俺が割って入る。

「いちおう解説しておいてやる。警察士といえど、一人では十三階梯の咒式士たる俺にはまず勝てない。奇跡的にここで俺を倒せても、ジェナイアの心は戻らない。すでに問題はおまえが受け入れるかどうかの段階になっている」

葛藤がソリダリの瞳に表出していた。自尊心が深く傷つけられたが、勝てない戦いに挑むのも無謀。感情と論理の袋小路。

長い待ち時間。

「分かった。ジェナイアとの離婚は、しばらく考えさせてくれ。さすがに気持ちの整理がつかないが、調停までには受け入れるし、セレロには二度と手を出さない」

感情を抑えたソリダリの声。溶岩のような怒りが、顔面の皮膚の下で脈打っているのが分かる。虚勢といえど、よく抑制しきったものだ。

「仕事とはいつもこうありたい。物分かりのよい返事を待っているよ」

俺の納得とともに、ソリダリが席を立つ。ジェナイアを一瞥したあと、背中に寂しさを宿らせて去っていった。

しばらく待ってから立ち上がり、俺は不倫の二人を外まで送る。

通りで見送ってから、肩を回す。

他人の色恋ごとほどめんどうなものはない。

それが不倫やら警察士のものとなると、気分は最悪だ。

回廊を進んでいく。笑いさざめく女たちの嬌声が、階下から反響してきた。

娼館〈白夜閣〉の中二階。座っていたギギナの向かいに腰を下ろす。繊細な柳細工の椅子が、体重で軽く軋む。

給仕女が、入り口で注文していたものを届けてくれていたようだ。机の上には、透きとおった硝子の杯。なみなみと注がれたダイクン酒と氷が、小さな氷河を作っていた。

一階を見下ろす回廊の席なので、女たちが呼びだしを待っている全景が見わたせる。柱や壁に、蓮や蘭の模様が刻まれた東方趣味の内装。豪奢な椅子に座った、色とりどりの衣装と肌の高級娼婦たち。

「こっちの仕事の調子はどうだ？」

手にとったダイクン酒を、喉に流しこむ。冷たい液体が食道を通る。

「異常はない。退屈なものだ」

無感情に返すギギナ。その右手は彫刻刀を握り、手に収まるほどの大きさの木材を彫っていた。よく見ると家具の把手だが、ギギナの手で、とんでもなく精緻で優雅な細工がされていく。

　こいつ、家具職人としてのほうが大成するんじゃないの？　売り物になるなら、それを売って生きていけ。

　どうでもいい感想を抱きながら、酒杯を傾けていく。胃の底でアルコールが燃えあがるのが心地よい。

「そういや互いに仕事を割り振っていたから、ギギナに会うのも一週間ぶりだな」

　酒杯を傾けていた口が勝手に動いた。ギギナは眉を顰めていた。

「私は貴様と再会したくはなかった。どこかで野垂れ死にしていてくれれば良かったのだが、世の中は不条理だ」

「言うと思ったそのままの古臭〜い返答。おまえって白黒画面のなかの人物だね」

「どこまでも口の腐った男だな」

「おお心外。俺は心中で、ギギナをバカにしきっているけど、口に出しては言わない。そんな優しい心の持ち主なんだ」

「私を笑わせたいなら、そのような戯言はいらぬ。貴様の存在そのものが笑い話だ」

「ドラッケン弁は、都会人の俺には理解できないね。思考方法の訛りを直しておけよ」

　不快物質ギギナニウムの純粋な塊から目を逸らし、下の絶景を鑑賞する。

二人の女が、同時に口に手をあてて欠伸をし、俺の視線に気づいた。照れ隠しにか小さく手を振ってきたので、軽く振りかえしてやる。女たちの口許が綻ぶ。

本気で笑っているのかは知らないが、普段から演じられるなら人気の娼婦だろう。

「感心感心、時間どおりの出勤だ」

振り返ると、向かいの椅子に女が腰を下ろしていくところだった。俺の口は、羨望まじりの慨嘆を紡ぐ。

「アリカンテの姐さんの店は、相変わらず繁盛しているな」

艶然と微笑むアリカンテ・スルスミは、高く結い上げた金髪に青い瞳。胸の開いた群青色のドレス。深い切れこみの入った裾からは、組まれた足が覗き、白い肌が強力な磁力を発していた。いかにも女主人といった風情は、外見と印象の商売の本質が分かっている。

「エリウス郡に、八つの支店を持つ娼館〈白夜閣〉の女主人が、元は女攻性呪式士とは誰も信じないだろうな」

「むしろ攻性呪式士に向きすぎていなかったことが、商売繁盛の秘訣なのさ。人を憎み傷つけるより、人を愛し愛される商売のほうが楽しいし、利益を生む。不変の真理さね」

バッハルバ大光国人の悪習たる水煙管が、アリカンテの唇の先で揺れる。女主人の瞳が階下に向けられた。

「それで、ポーレとルカナのどちらが気に入ったのかい？　良ければここに呼ぶが？」

「見ていたとはね。ま、アリカンテ姐さんほどの美人なら、一夜お願いしたいけど」

「相変わらず、上手いのか下手なのか分からない口先だねぇ」

「本心だよ。それに、商品に手を出したら、護衛の仕事に支障が出るとも思ってね」

「律儀だねぇ。それに自信家だ。無料で抱かせるほど、アリカンテの娘たちはうぶじゃないさね」

　アリカンテの夏の空色の瞳に、気だるい色が覗いた。

「ま、あんたも勘違いする客よりゃマシだね。体を抱けば、女の心まで自分のものだと思いこんでしまうのが最近多くてね」

「性と愛の混同か」

　退屈そうなギギナの声。その目は、把手に据えたままで、手の小刀は精緻な模様を彫りつづけている。

「そ。別物なのにね。他の商品と同じく、金額に見あった対価を提供しているだけ。分かりすぎるギギナもどうかと思うけど」

　アリカンテの揶揄にも、ギギナの表情は変わらず、手元から顔を上げもしない。

「若い男の子は拒絶された経験がないのか、女の子に変態的なことをやらせたがり、変に思い入れをして絡んでくる。そんな勘違いをする客は、専門家に対処してもらうにかぎる」

　アリカンテの水煙管の先端が、俺の顔を差す。吐き出されたのは、紫煙か溜め息か。ま、俺たちを傭(やと)っている理由を忘れるなということだろう。

「何にしろ難しい時代さ。頭の悪い正義感からなのかねぇ、快楽を提供するだけの私らを敵視する、そんな異常者も多い」

「難しいね」

言い捨てて、俺は視線を宙空に彷徨(さまよ)わせる。

「それでなくても本当に難しいよ」

「どうした青年、悩(なや)みかね？」

正面に戻(もど)すと、眠(ねむ)たげなアリカンテの瞳が俺を捉(とら)えていた。後衛、しかも掩護(えんご)役で鳴らした元攻性呪式士(こうせいじゅしきし)の視線は鋭(するど)かった。

「ああ、今抱(かか)えている別件でその手のことを扱(あつか)っていてね。よくある話だけど、男女の仲は難しいと思っただけだ」内心はもうひとつのことを考えていたが、すり替(か)えておく。

「よくある話ついでに、男は裁判官で、女は体温計と言われる。男は考え、女は感じるというが、そんな感じだ」

「性と愛の多様性をただ二つに決めつけるというのも、前近代的で好きじゃないね」

そう言うと、アリカンテは階下を見下ろす。自らの楽園の繁栄(はんえい)を確認しているかのようだった。

「たとえば、染色体は男、指向は異性愛で自分を女だと規定している。そして人工男性器をつけた美少女に、尻の穴を掘られるのが好きな人間。これは男か女か？」

俺には答えられない。

「たとえば、染色体は女、指向は同性愛で男装。異性愛の女しか愛せない人間。これは男か女か？　どの点で分けたらいいのか？」

「降参だ。たしかにそこに単一の正解はない。俺の思考では及びもつかないよ」

俺は両手を挙げる。アリカンテの唇が笑みを象っていた。

「ある種の人間は、世界の正解や真理がどこかに必ずあると思いこんでいる。正解がある問題と、ない問題。そして答えそのものすらない問題があると想像できないのかねぇ」

皮肉げに歪んだ唇が、水煙管を銜える。アリカンテのムダ話のくせは、呪式士時代から変わらない。ま、俺はそんなに嫌いではないが。

「アリカンテは強いね」

「べつに強かないよ。ただ女ってだけで、小さな時からいろいろと諦めさせられたからね。世界は不条理だと、強制的に気づかせられただけさね」

俺はうなずくしかなかった。

その時、階下からは若い男の怒鳴り声と家具を砕く音。続いて「商売女ごときが気どるな！」という怒声が「本当に愛しているんだ。ボクといっしょになろう」と甘えた声に一転。

ここで何度も聞いた陳腐な台詞だった。

アリカンテの水煙管が、俺たちの行動をうながすように揺れる。俺が席を立ったとき、すでにギギナは手作業を止めて片づけ、屠竜刀を組みたておわっていた。その歩みが一端停止。

「毎回、この手の場面での手加減の程度が分からない。二、三本なら、腕か足を斬りおとしてもよいのか？」

「後でつなげるにしても、足を斬るのは二本までにしておけ。三本目を斬って、別の趣味に目覚められては客でなくなる」

どこか不満顔のギギナが、手摺りを飛び越えていく。見下ろすと、羽毛のように無音で階下に着地していた。俺は文明人で紳士なので、階段を駆け降りていく。

厄介ごとは、元気っ子に任せたい。


「おまえ、本気で戦闘狂だ。ものごとを穏便に解決しようとは思えないのか？」

「必要性を感じない」

事務所不定例の朝の会議。ドラッケンは黙々と屠竜刀ネレトーを整備し、俺は書類整理と情報収集をしながらの会話。

昨夜の〈白夜閣〉での乱闘は、ギギナが客を殺さないように、俺が余計に動いたので二倍疲れた。ドラッケン族とは、つくづく殺しあい専用種族だ。他に用途なし。

「私は闘争というものを軽んじない。結果はともかく、闘争の意志と意義を大事にしているだけのことだ」

「どうも俺には『犯罪を犯す意志を大事にしよう』と言っているようにしか聞こえないよ」

　俺の口から、軽く魂が漏れる。

「もう少しでいいから、世の中の大勢、平和主義を尊重してくれ」

「世の大勢に賛成するなど愚かなことだ。世の中の大半のマヌケが正しいと思っていることなど信じられぬ」

「さすがドラッケン族。大勢に従えないだけの、自意識過剰のバカの意見をありがとう。そういう人こそ、二学期が始まると、自分の机の上に花瓶と菊の花を飾られる悪戯をされるのだろうね」

　ギギナが少し真面目な顔になる。

「俗に言う『衣服は人の好むものを着よ。食べるものは好きなものを食べよ』だ。他人に合わせるところを間違えたくはない」

　ギギナが続けた。

「単語にするといい。正しい人生、正しい物語とすると、おまえの頭でも違和感が湧いてくるはずだ」

　ギギナが返したとおり、たしかに感覚的になにか変だ。

　上手くは言えないが、正解があってはならないものに、無理やり正解を探そうとする、そんな違和感だ。複雑な系の処理には、善悪正誤という単純二分法は馴染まないのだろう。

「一度でも他人に合わせたことがある人間が言うと、少しは説得力があるのだろうな」

ムダ思考を排除。やっと報告に目を通しおわり、今週後半の方針を決める。

「事務所で抱えている現在の仕事は、賞金首の詐欺師ユウフィスの追跡と、ラルゴンキン主導の咒式士どもの会議。家出したエルオール嬢の捜索とジェナイアとソリダリの離婚の調停。今日は最後の件でベイリックに会うから、犯罪ぎみの屠竜刀を脳に隠しておけ」

「私はどれにも参加しない」

「勤務怠慢が許される経営状態だとでも思っているのか？」

二十二口径という大口径咒弾が、屠竜刀に一括装塡。事務所の床に切っ先が突きたてられる。

「役所のサザーランが、いくつかの咒式士事務所に招集をかけている。〈異貌のものども〉が辺境と地下に大量発生しているらしくてな、そちらに参加すると予定表に書いておいたが？」

横目で確認すると、たしかに書いてあった。普段はそんなことしないくせに、戦いの時だけ律儀になるなよ。あと床板を大事にしよう。

椅子の背に凭れ、俺は天井を仰ぎ見る。

「ああ、そうだな。棒っきれを振り回し、どこからどうみても悪い敵を得意絶頂に説教し、正義的にブチ殺しては笑顔の大団円。そっちのほうが断然楽しそうだ」

ショボい詐欺師や家出人の捜索にめんどくさい会議、そして不倫の後始末。

俺もすべて放りだしたい。

エリダナ東署は、相変わらずの混雑だった。午前中だが、警官や連行される犯罪者や一般の相談者が、廊下を行き交っている。

川の流れを見物するように、俺は自販機の横の壁に凭れていた。

俺の目と、前方で休憩していた警官の目が合う。軽く凝視すると、向こうは視線を逸らして去っていく。民間の攻性呪式士など、犯罪者予備軍だと見なしている警官は多い。

俺の隣で、ベイリックは気にもせずに珈琲を呑気に飲んでいる。警官としては珍しい部類に入るだろう。

「毒液味の警察式珈琲が、むしろ好きだという味覚をいまだに理解できない」

「この味が分かると、俺みたいに立派な警官になれるのさ」

ベイリックの苦笑いは、誇りめいたものを孕んでいた。俺は本題に入る。

「前置きもめんどうだ。ベイリック、ソリダリ元巡査長について詳しく聞かせろ」

「ソリダリはそこまで危険なのか？」

飲みおわった紙杯を、ベイリックが握りつぶし、さらに両手で捻る。

「分からない。だが、冷静な爆薬とでもいった印象を受けた。ソリダリの勤務態度に性格、同僚の評価など詳しく知っておきたい」

「俺は東署、ソリダリは北東署で親しくしたことはないんだ。だが、風聞によると厳格で正義感が強い男だった。賄賂の受けとりも不正も一度としてなかったらしい」

「本当に実在した警官の話か？　霊の実在が証明されたとでも聞いた気分なんだが」

「本当らしい。二度ほど遠目に見たソリダリの風貌と態度も、そんな印象だった」

　屑籠に紙杯を投げ入れ、記憶を辿るベイリック。

「確か九年ほど前に、質店強盗の七人、四年前に刑務所から脱獄した四人の咒式士を一人で全員無傷で逮捕し、表彰をされていた記憶があるな」

「ただの一人で七人と四人の咒式士を、しかも殺さずに逮捕しただと？　そこまで強力な咒式士には見えなかったが？」

「俺も別の功績で同じ式に出たから覚えている。無傷の逮捕はたしかだ」

「何度も表彰されたという、さりげなくない自慢はやめろ。それでその他は？　咒式系統はなんなのか、前衛か後衛か、私的に持っている魔杖剣は回転弾倉か自動弾倉か分かるか？」

「毎年、何十人もの警察士が表彰されているからな。さすがに個々人の咒式系統までは思い出せない。調べて後で送ることでいいか？」

　俺は顎を引いて肯定しておく。いくらベイリックといえど、警察の、特に身内の情報を漏らすことはありえない。ソリダリが元警察士だからできることであって、これ以上は俺には求められない。確認事項が発生したことに気づいた。

「それで、ソリダリ元巡査長はどこに再就職をした？」

「そういえば聞いていないな」自らの言葉で、ベイリックの声に焦燥感が滲みはじめる。

「だとすると、おそろしく危険な事態だな。大急ぎで情報をそろえる」

身をひるがえして、ベイリックが去っていく。通路の先に背中が消えていくのを見送りながら、俺は思考を廻らせていた。

確認したくなかった。

警官と犯罪者は、信じる法が違うだけの異母兄弟だ。そして元警官といえど、事件になれば警察機構は責任を追及される。

だからこそ警察は天下り組織を大量に作って、退職者や失職者を受け入れ、宗旨がえした元警官の犯罪率を少しでも下げるのだ。

だが、ソリダリが斡旋された再就職を拒否しているということは、激しい怒りに周囲が見えなくなっているという証明。危険だ、危険すぎる。

携帯の振動。ベイリックからだとしたら、早い返答。携帯を取り出すと、アリカンテからだった。

アリカンテの声を最後まで聞かず、俺は通信を切る。弾丸となって外に向かい、警察官を押し退け、愛用の単車に飛び乗る。

愛車セルトゥラが疾駆する。前後のタイヤがアスファルトを切りつけていく。単車を体重移動で切り返し、リーブレ通りを左折。二番地で急停止させて、単車を投げ出す。

繁華街に近い、ビルとビルの間の道路。五〇年代に建てられた、美しい赤煉瓦の壁が並ぶ。建物の裏を非常階段が這っていた。

道には、連絡にあったように女がいた。道路に尻をついた女の半面を、乱れた黒髪が隠している。右頰を腫らしうつむいていたのは、アリカンテの店のルカナとかいう女だった。

ルカナの右手首を、男の左手が摑んでいた。

「ソリダリ、その手を離せ」

俺を見据えたままの、ソリダリの険しい目。

「私に誘いをかけた売女を懲らしめていただけだ。こいつらはすぐに男を股に銜えこむ。娼婦は悪だ。だから私は正義と法に基づいて行動している。なにが悪いっ！」

「他人に八つ当たりするなよ、と、動くな。右手を止めろ」

俺の右手はすでに魔杖剣を引き抜いていた。刀身の輝きに睨みつけられ、泳いでいたソリダリの右手も止まる。

ようやく分かってきた。かなりの確率で、こいつは反撃型の咒式士。膨らみのない衣服と奇妙な戦闘態勢から察すると、おそらく咒符を握っているのだろう。

つまり、誘いこんでしとめる咒式を使う、数法系の咒符士なのだ。

数法系の中でも、咒符士は特異な存在だ。咒弾と刀身成分の塗料で、宝珠の回路と指示式を咒符に描き、咒式を発動させる。発動手段からして通常の咒式士と大きく違う。

一度設置すれば、任意の時間と場所で発動し、周囲の物質を変換する咒符は、地雷や自動砲台になれる。いわば待ち伏せと多角同時攻撃の専門家。

「奥さんとのことは、俺も気持ちは分からないでもない。だが奥さんとその女は別人だし、皇国でも、自治区のエリウス郡では免許売春は完全に合法だ」

ソリダリの眉は、内心の苦悶に歪んでいた。

摑まれていた左手を離し、女が逃れる。解放されたルカナが、俺に向かって駆けてくる。逃げてくる女の体が射線を塞がないように、自らの体を移動。ルカナの体を左手で受けとめ、殴られただろう頰の腫れを瞬時に確認。沸騰する怒りのまま、女を背後に回して庇う。

「正しさを信条とする男のやることではないな。おまえは元とはいえ警察士だろ？」

「……かつての私はこうではなかったのだ」

その間も、魔杖剣の切っ先はソリダリの顔から離さない。

「私は警察士の激務に耐えた。不正と間違いを憎む、理想の警察士である誓約を果たした。ジェナイアの望む夫であるために」

ソリダリの耐えていた表情が一転。

「結婚のときに、ジェナイアは私に正しき警官であることを望み、私はジェナイアに貞淑な妻であることを約束させた。だが、だからこそ、私を裏切ったジェナイアを許せない。あいつの言動はすべて契約違反だ」

歯噛みの間からは、ソリダリの怒りが吹き零れた。

「今日、弁護士から返信が届いた。ジェナイアの要求する離婚に異議申し立てをしても、絶対に勝てないとな。そんな、理屈の通らないバカな話があるか！　永遠の愛の誓いを破った側の、勝手な言い分がなぜ通る⁉」

「おまえは混乱しているんだ。傍から見ればよく分かる。おまえには何かが、そう、落ちつく時間が必要なんだよ」

なるべく刺激しない言葉を選ぶが、柄を握る手には力がこもる。

「もう一度だけ機会を与える。これが本当の最終警告だ。考えを変えて手を引かないなら、仕事として本気で戦う」

愛剣〈断罪者ヨルガ〉の切っ先に咒印組成式が灯る。淡い光の問答無用の威圧感にソリダリが押し黙る。

男の両の瞳には憤怒の鬼火。視線で殺そうとするかのような凄まじい炎が宿っていた。

「分かった。この場は引き下がろう」

ソリダリが吐き出し、空の両手を挙げる。

「だが、考えは変えない。変える必要もない。私はなにも間違っていない。不倫をし、私を裏切ったジェナイアとセレロが間違っている。それが法、正しい世界というものだ」

沸騰する双眸の温度はそのままに、ソリダリは後退していく。そしてビルとビルの間の闇に姿を消していった。

俺の裾を握ってくる女の手に力がこもるが、右手の魔杖剣は動かさない。ソリダリの姿が完全に消えてからも、かなり時間をとって、ようやく刃を鞘に戻す。

ルカナを見ると、目尻から一粒の涙。その涙を左手で拭ってやる。

「頬は大丈夫か？」

「泣くつもりはなかったんだけどね。こんな仕事だから慣れているはずなのに」

「君の仕事は他人を元気づける優しい商売だ。俺は優しい女は好きだよ」

ルカナは気丈な笑顔でうなずいた。表通りまで女を送りながら、俺は考えていた。

状況は良くない。罠を張りめぐらせる待ち伏せ戦闘において、呪符士より秀でた呪式士は少ない。強盗に脱獄囚の逮捕、つまり逃げる相手を罠に誘いこんで逮捕することは得意中の得意。

だが、あらかじめ呪力を封入したり、発動の瞬間に注ぎこんで発動させるという呪符は、使いかたが難しい。不意の遭遇戦では、俺の呪式のほうが発動が早く、威力も強い。

ソリダリは自らが不利だから退いた。負ける確率の高い戦いで、手札を晒すのを避けたのだ。手札を晒すのは、相手を倒すときだけ。単系統で、しかも場数を踏んでいる呪式士の常套戦術。

冷静な一方で、ソリダリの心は爆発寸前だ。自分で自分を追いこんでいて、近いうちに暴発する可能性が高い。

一度目の警告は分かる。だが、我ながら二度目の警告に意味があるのだろうか？

ここで叩きのめしておいたほうが良かったのではないのか？

ソリダリを倒す程度のことに、俺はなにを躊躇ったのか？

思考を現実に帰還させると、〈白夜閣〉の迎えの車が来ていた。心配顔を窓から出した女運転手に、ルカナを店まで安全に届けるように指示しておく。

後部座席に乗りこむルカナが、半身を戻してきた。頬に滑らかな手の感触。

「どうした？　腰が抜けたとか？」

まだ震えているルカナの唇。なにかを言ったらしいが、囁きにも満たない小声で聞こえない。

腰を屈めて耳を近づけると、俺の頬に熱い温度。

口づけだった。驚いて身を引くと、ルカナの真紅の唇と悪戯っ子の目が俺を迎えた。

「店に来たらあたしを指名してね。姐さんにはないしょで生でもいいよ」

「女につぎこむ金もないよ。それにこれも仕事の範囲内だ」

「お仕事抜きで、店外で普通に会うってことも考えない？」

「今の俺は、心がおっそろしく弱っているんだ。絶対にのめりこんで依存するから、優しい女は避けている」

「さっきと矛盾しているわ。ほんとアリカンテ姐さんの言ったとおりね。下手なのか上手いのか、変な断りかた」

　女の笑みとともに、扉が閉められた。運転手に合図すると、車は走りだしていく。

　見物人だか、一人の男が好奇の目で俺を見ていた。騎士きどりの場面を見られて気恥ずかしい。

　視線に背を向けて、俺は倒れたままの単車に向かった。


　事務所に報告に戻るのもめんどうなので、もっとも近い自宅に帰った。玄関から一直線で居間兼寝室に向かい、そのまま寝台に倒れこむ。靴を脱ぐのも億劫だった。

　枕に頬を載せ、窓の外の夜景を眺める。目を開けていても、なにも見ていない。

　すべてを拒否するように枕に顔を埋める。柔らかな暗黒の中で、思考だけが駆けめぐる。

　俺の胸の中心には、大穴が開いたままだった。

　アナピヤの死、そしてジヴとの別れが、いまだに深い傷痕になっているのだ。穴は塞がらず、荒涼とした風が吹き抜けていく。

　ソリダリは俺に近しいのだ。

　つい先日、俺がジヴと連絡をとりあっていたのは、別れたあとの残務処理のようなものだと考えていた。だが、それは自分を納得させるための嘘だった。本当はなんでもいいからジヴと話したり、つながりを持ちたかったのだ。

いつまでも別離の苦痛は消えない。そんな俺にソリダリを責めることはできない。

そう、苦痛と哀しみに出くわした人間は、常にひとつの叫びをあげてきた。

「世界は間違っている」という悲痛な叫びを。

その叫びに、人類は理性や知識で立ち向かった。ある程度は勝利し、そしてほとんどの場面でいまだ敗北しつづけている。

アリカンテの言うとおりだ。世界は、人間は、整然としたものではない。偶然で動き、原因と結果はつながらない。教科書のように問いと答えが対になってはくれない。

誰にでも分かりきっていることだ。だが、当事者は納得しない。愛する者たちを失った俺も、答えがないということに耐えられない。俺が知らないだけで、どこかに必ず正解があるのだと考えてしまう。

ソリダリと俺では、どこが違うのだろうか?

俺の行きつく先は、ソリダリなのだろうか?

ルカナの誘いを断ったことを後悔。熱い肌を重ねるという手軽な穴埋めは不毛。そんな自分の物分かりの良さが憎い。なにかが邪魔をしたのだ。ありもしない可能性を期待して。

だが、この心の穴は耐えがたい。

今からでもルカナに電話しようと思いなおす。携帯を握るが、すぐに番号を聞いていなかったことに気づく。

携帯に着信があった。ベイリックからの文を斜め読みすると、数法系咒符士、待ち伏せ型、再就職せずというソリダリの詳細な情報。すべては俺が予想した範囲内で今さら遅すぎる。

罪はないが、無力な機械を投げ捨てる。携帯は弧を描き、着地点に室内灯を選んだ。照明が耳障りな音とともに割れ砕ける。

要領と運が悪すぎる。

睡眠の救いに、精神を売りわたすことにした。

会いたい。

悪夢でもいいから会いたい。

ジヴ、アナピヤ、クエロ、アレシエ……

廊下は冷たい空気を孕んでいた。エリダナ家庭裁判所の内部は相変らず無愛想だった。

ジェナイアと俺は審議の順番を待っていた。ギギナは、役所主導の〈異貌のものども〉討伐に向かっていって不在。

脳内で相棒を抹殺していると、長椅子に座ったジェナイアの薄い肩が見下ろせた。

「あの人は来ないつもりみたいね」

ジェナイアが発したのは、なんの感慨も感情も含まれない声。

「関係ないよ。現れなくても審議はされる。離婚が認められれば、あなたは晴れて独り身さん。

縛るものはなにもない自由な鳥さんだ」

壁に凭れた俺が返す。ジェナイアの不安を和らげる軽い口調。これも値段のうちだと俺は信じている。

「昔はソリダリもあんな人じゃなかった」

ジェナイアの声が廊下に落ち、儚く散った。

「出会ったころは、わたしを大事にしてくれたわ。それこそ、絵に描いたような幸福な結婚だった」

懐かしむような女の横顔。しかし、出会ったときから一時として剝がれない、哀しみが張りついていた。

「でも、ソリダリは、だいぶ前からわたしの髪や服の変化にも気づかなくなった」

「……警察士はたいへんな激務だ。そのなかで正しさを通すなら、なおさらだ」

愚かな態度だが、俺の口が勝手に動いていた。ジェナイアが見上げてくる。

「家にいるときは寝ているだけ。わたしと話すときがいちばん不機嫌だったわ。まるで邪魔者を見るような目だった」

「ソリダリだって、本当はあなたを大事に思っていた。ただ、疲れていて分からなかったんだと思う」

今ごろ気づいてしまった。握りしめられた女の手が、痩せて小さなものだったことに。

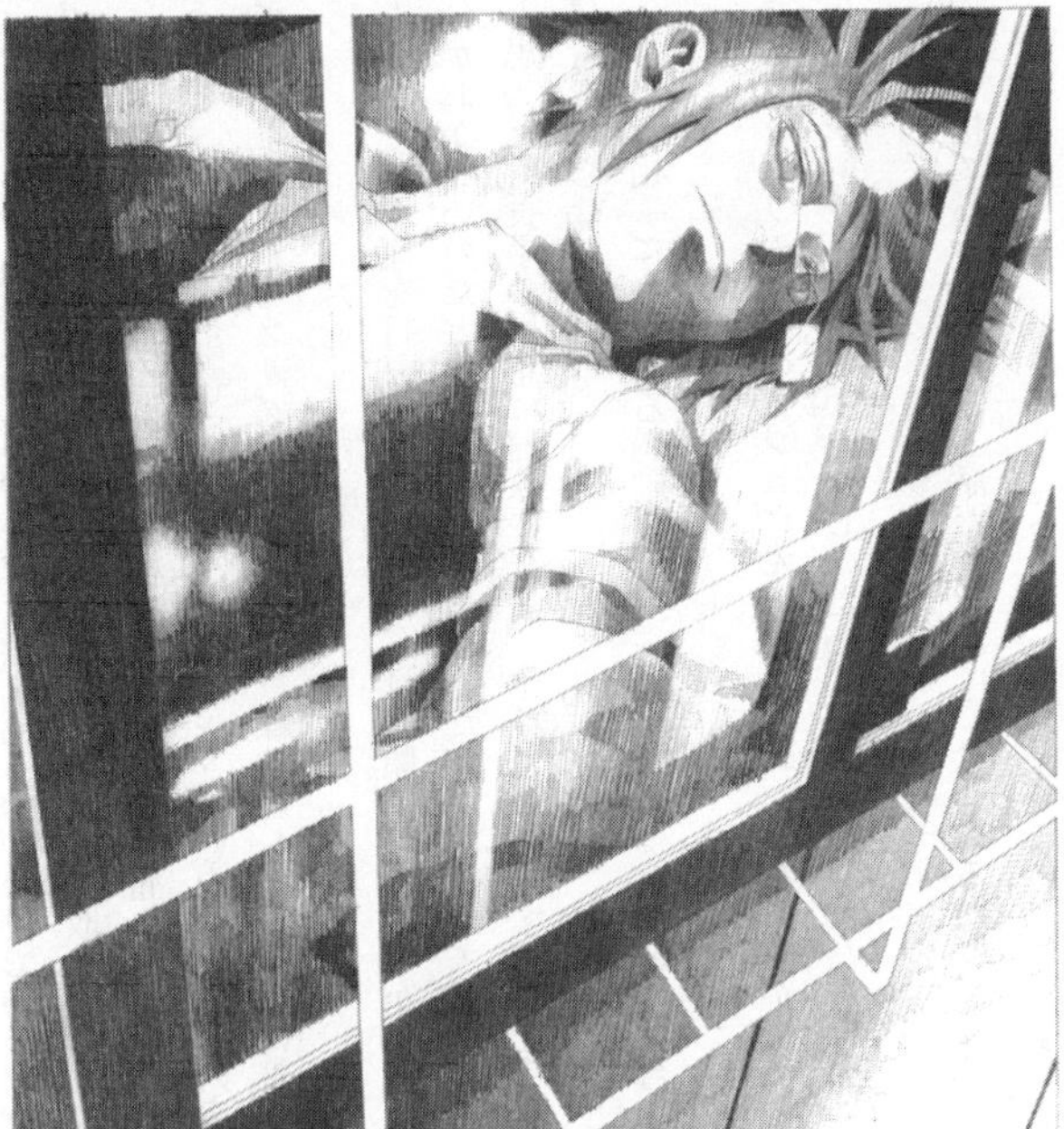

「大事に思ってくれるなら、どうして憎むべき敵を見るような目でわたしを見るの？　どうして家に帰らず仲間と飲み歩くの？　わたしはいつも家に一人で取り残されている気がした」

　これは誰に対する告発なのだろうか。鉄槌を受けたような痛みを、俺は胸の奥に感じていた。

「電話をかけても、『事件が長引いて忙しい』と冷たくされる。不安は大きくなって、すぐに電話をかけてしまう。それでソリダリは激怒する。繰り返しの最後には着信を拒否された」

「それは……」

　言葉のひとつひとつが俺を打ち据えた。ただ、耳を傾けることしかできない。

「最初は自分がおかしいのだと思った。だから、わたしが頑張って良き妻となれば夫は元に戻ってくれると思った。食事の用意に掃除に洗濯、化粧に会話、すべてを完璧にしようとした。だけど、なにも変わらなかった」

　自己を失ってまで相手に合わせる過剰な努力。しかし、ほとんどの場合において、それは報われない。

「そんなとき、ソリダリの後輩のセレロさんだけが、わたしを気づかってくれた。偉くも何ともない人だけど、セレロさんはこのわたしのために間違ってくれた。本当に、本当に嬉しかったわ……」

　世の中に掃いて捨てるほどよくある話だ。そして、よくいる女は、よくある男の優しさを好むだろう。

だがしかし、そんな平凡なことを、ソリダリは理解できなかった。

事実を重視する男という種族にとって、理屈にあわないことはすべて異常事態だ。正誤をつけたくて仕方ないし、物事を分類棚に収納しないと理解できない。曖昧なものをそのまま受けいれる柔軟性がない。

理解していたつもりで、俺も同じ道を歩んでしまったのだろうか。ジヴの気持ちを理解できなかったのだろうか。

自らの似姿に打ちのめされた俺は、ジェナイアに問いかけた。

「調停後の身の振りかたは、どうする気ですか？」

「セレロさんも、今度のことで巡査に降格処分になり、地方に左遷されるそうです。彼はわたしについてきてくれと言いました。もちろんわたしは彼についていきます。貧しくとも二人なら平気です」

ジェナイアが決心するように続けた。

「そして、今度こそ幸せになります」

ジェナイアは前を見ていた。力強い意志を宿した瞳だった。

幸福になりたいと望む女の強さには、ただただ敬服するしかない。ジェナイアの隣にソリダリの場所はもう存在しない。彼女が考えることではなく、ソリダリ自身が考えることだろう。

一方で違和感も感じていた。繰り返しの齟齬があると感じるが、摑めない。係員が調停開始の合図を告げ、思考を切り換える。

ソリダリが姿を現さないまま、離婚審議が開始された。

三年にわたる別居の事実と、公然・非公然の何件もの暴力事件が考慮され、離婚手続きは、夫不在のまま認められた。あとは離婚証明書がソリダリのもとに届くだけ。

ソリダリが喚こうが怒ろうが、離婚という法的事実はもう覆りはしない。

ジェナイアを乗せて、バルコムMKⅥがエリダナの街を走っていく。

赴任先へと向かうセレロと待ちあわせている駅まで、送ることになっていたのだ。念のための護衛も兼ねている。

ヴァンを停止させた。繁華街への小道が、道路工事の看板で封鎖されていたのだ。戻って路地を通ることにする。

剝落したビルの壁の谷底。夜空を眺めつつ進むと、深海の底にいるかのようだった。

迂回路には、紙屑や空き瓶が散らばっている。家庭裁判所の近くまでエリダナの治安悪化が進んでいるとはね。

しばらく進むと、再び道路工事の看板で塞がれていた。べつにアスファルトが掘られている様子もないのだが、工事の間の仮道路として鋼板が路上に敷かれている。鋼板の上を渡って、残る道を探す。唯一の選択肢に従って右折。

ヴァンの前面硝子に迫ってくる影。確認する間を捨て、ジェナイアを引きよせて飛び出る。

転がる俺が見たのは、車体の金属と強化樹脂の破片、そしてヴァンの運転席を両断する刃。道に落ちていた工事用の鋼板が、捻じられ変化し、巨大な刃となっていたのだ。

危険感知。ジェナイアを突きとばし、身を捻る。激痛は後から追いかけてきた。

咄嗟に防御姿勢をとった俺の左上腕と右太股が、刀槍に切り裂かれていた。刃をたどると、路地の鋼板、その上に張りつけられた咒符から生えていた。

咒符が得意とする物質構造の変換！

魔杖剣で刃を斬りはらい、追撃の咒符がない裸のアスファルトまで逃れる。

反応式の簡易咒符のため、大規模な変換がなく、致命傷にならずにすんだ。

「待あっていたぞっ！　売女と咒式士めっ！」

雄叫びの発生地点を逆算、高速展開した〈爆炸吼〉を放つ。壁面を砕く爆裂だが、手ごたえなし。咒符による録音音声か⁉

「出てこいよ、寝取られ亭主」

背中にジェナイアを庇い、俺の目は声の主、ソリダリの姿を探す。

轟音。前方の街灯や消火栓に貼られた咒符が反応。鋼の格子が壁となって立ちあがる。上方にも窓や非常階段が変形した檻が展開。魔杖剣の刀身には、後方も塞がれていく光景が映っていた。

「最初の一撃は手加減した」

ビルの隙間からソリダリが姿を現した。

憎悪が滴るような形相。一世代前とはいえ防刃服と、各所に咒符を貼りつけた完全装備。奇襲のなかばで声をかけてきたのは、俺が罠から逃げないようにするため。策を弄する咒式士はめんどうだ。

距離を挟んで、ソリダリとジェナイアが対峙する。

「離婚をとり消し、セレロを捨てて戻ってこいジェナイア。今なら一時の気の迷いだと許してやる。私は寛大だ」

「いいえ、戻りません！」

ジェナイアの叫び。おそらくは、妻の初めての断固とした拒否に、ソリダリが怯む。

「あなたはわたしに興味がない。ただ、自分の正しさを押しとおしたいだけ。あなたの正しさは、わたしを、誰をも幸せにしない。そんな人のところには戻れないっ！」

叩きつけるような絶叫は、刃となって元夫に突き刺さる。ソリダリの顔から感情が漂白されていく。

「そうか、間違いを直す気はないのだな」

ソリダリの声は硬質な響きを帯びていた。膨れあがる感情。目に殺意が育っていく。

「かつて元警察士の私では勝てないと言ったな。だが今、私の絶対の戦場に誘いこんだ」

俺は眼球だけを動かして周囲を探る。ビルの壁面の張り紙、転がる紙屑にまぎれ、多くの呪符が仕掛けられていやがった。

「待ち伏せ戦で、呪符警察士ソリダリに勝てるものなどいない。二人ともここで殺し、すべての間違いを正してやろうっ！」

呪符に書かれた呪印が、いっせいに発光。押し出されるように俺は前方へ走りだす。

疾走しながら、腰の後ろに差したままのマグナスの引き金を引き、後方に〈緋竜七咆〉を放つ。ナパーム燃料の火炎が呪符を焼きはらい、追撃を遮断。同時に炎の壁で俺たちとジェナイアを分断。戦場を限定する。

前方を向いたまま、ソリダリに高速展開の〈爆炸吼〉を放つ。すぐに自らの爆裂を追走。

爆煙から右横転してソリダリが脱出。呪符による呪式干渉でも減殺しきれず、負傷していた。

間合いを詰めていた俺は、最大出力の〈雷霆鞭〉を宿したヨルガの刺突を放つ。ソリダリの胸板を貫き、雷が内臓を灼きつくす。

俺と感電するソリダリが対峙。紫電に照らされた復讐者の薄笑い。脳内警報！

ソリダリの眼球表面に亀裂。

割れ目は顔面に広がり、格子状の断層がソリダリの全身に走っていく。

顔や腕、胴体から足まで、ソリダリの全身が、本の頁がめくれるようにほどけていった。

幾重にも重ねられた紙片が舞う。数法式法系第四階位〈符複模身騙〉の呪式、それは呪符で造られた身代わり人形。呪符が散ると同時に、左からの刃風。斬られた左肩に灼熱。横転して逃げる。自らの血の飛沫とともに、本物のソリダリが迫ってくるのが見えた。

大地を蹴ってコンクリ柱まで後退。片手で魔杖剣を掲げて、追撃を受けとめる。刃と刃が逢瀬の悲鳴をあげ、跳ね返った刃が反転。横薙ぎの一閃が、咄嗟に屈んだ頭上を駆け抜けていく。そのまま走り抜け、体勢を入れ換える。ソリダリの背後になったコンクリ柱に描かれた斜線の上下でずれていき、コンクリ塊が落下する重低音。砂煙を背に、ソリダリが刃を握って突進してくる。

ソリダリが握るのは、長く薄っぺらい呪符。紙片ごときがコンクリ柱を一刀両断したのだ。数法式法系第二階位〈単劒化符〉の呪式により、呪符を構成する炭素の結合が緊密化。全体でひとつという単分子の刃とさせる。その切れ味は、古代の名刀など軽く凌駕するのだ。

怒号とともに繰り出されてくる呪符の刃。刺突を逸らすも、そこから変化する返し刃に左手首を薄く掠められる。

振り下ろしの一撃を逸らし、距離を空ける。壁に沿って逃げる俺に、ソリダリが並走する。呪符が飛燕となって放たれ、俺の足元に着弾。アスファルトが、舗装用の石が、円錐の大槍となって跳ねあがる。左右に細かく身を捻って回避し、俺はさらに逃走。

絶好の機会に追撃してこない⁉　内心の疑問の叫びとともに、前方の壁の看板から、呪印が触手となって迸る。看板の裏に描かれていた咒印が、金属を蛇に変換、螺旋となって俺の体に絡みつく。

鈍色の螺旋が半径を縮め、俺の体を拘束していく。強制的に、直立不動の姿勢にさせられた。俺の魔杖剣の切っ先は、大地を差していた。咒式の射線の封印。

戦場に設置されたり見えていた咒符は、すべて引っかけだった！

咒符の刃をかざし、ソリダリが突進してくる。

「死ねぇっ！」

横薙ぎの銀光が迫る瞬間、俺の爆薬のみの咒式が炸裂。真下に放たれた爆風が、俺の体を宙に浮かせる。前方回転し、爆風に視界をふさがれたソリダリに向かう。相対距離を測れず、俺の体当たりを受ける。

壁に固定する咒符ではなく、俺だけを縛る拘束咒式だったのが失敗だ。そして縦斬りであったら、この突進は死刑を早めるだけ。

二人で転がるうちに拘束咒式が消失、金属が結合を解かれる。回転の終点で、ヨルガの柄頭をソリダリの鳩尾に叩きこむ。お返しに俺の胸板に強烈な蹴りが突きたてられる。

苦鳴を噛み殺しつつ、互いに距離が離れる。俺の肋骨が何本かやられたが、向こうも内臓を損傷しているだろう。呼吸すれば苦痛で一瞬の隙が生まれる。

両者の結論は速度勝負。立ち上がりざま、咒符を発動させようとするソリダリ。だが、俺は刃を抱えて低空突撃していた。

この密着姿勢では、呪式より刃の刺突のほうが速いと計算。予想どおり、刃はソリダリの右前腕を貫く。

苦痛をものともせず、ソリダリは呪符を発動させようとする。俺は即座に刀身を捻る。筋肉繊維が千切れ、尺骨が砕けていく。その場で半回転。相手の腹部に、全体重と遠心力を乗せた回し蹴りをめりこませる。体を折ってソリダリが後退し、俺も下がって距離をとる。

今度は俺の間合いだ。精密な〈爆炸吼〉が炸裂。路地を爆風が吹き荒れ、衣服がはためく。余波で折れた肋骨が軋む。

晴れていく爆煙の隙間に、仰け反るソリダリが見えた。防御呪符で威力を減殺したが、右手自体が消失。防刃服が破れ、金属の破片が顔面や胸板を抉っていた。

自重を支えきれず、ソリダリの足がさらに後退。俺の追撃を恐れて横転。遅れた〈雷霆鞭〉が、背後の煉瓦壁を虚しく叩く。ソリダリは炎の壁の端を抜けていた。

ソリダリの目論見に気づいたときには遅かった。

車の陰に隠れていたジェナイアを、ソリダリの右手が捕らえていやがった。

足でジェナイアの背を踏みつけ、左手は呪符の刃を握っていた。俺への殺意は副次的なもの。最初から、いかにジェナイアに近づいて殺すかがソリダリの至上命題。

炎に照らされ血に塗れた朱色の顔。妻を睨みつけるソリダリの鬼相。正視に耐えないほどの殺意。右腕の断面からは、心臓の鼓動に合わせて血が噴出している。

「やめろソリダリ」

呼吸するだけで激痛が疾るが、冷静な声で言ったつもりだ。

「落ちついて聞くんだ！」

俺は叫んでいた。

「苦痛と哀しみに囚われた人間に、まともな判断力などない。落ちつくまで待て。呪符を刃にせず、自分の治癒に使ってくれ！」

「無理だ。無理なのだ。ジェナイアを殺さなければ、私自身が死に絶えてしまう！」

ソリダリの顔には、泣きだす寸前の子供と、歪んだ復讐者の笑みが混ざっていた。

握られていた呪符は治療に使われず、刃となった。俺は呪式を放つしかなかった。

男の右膝に、何本もの鋼の投槍が命中。膝から下を破砕する。右膝の断面で着地したソリダリ。肉片となった足が、地面に投げ出される。

苦痛を殺意が上回り、砕けた右手を地につく。顔面を歪ませながら、それでもソリダリは呪符の刃を掲げていく。

爆音。俺の精密爆裂呪式により、ソリダリの残る左手が爆散。肘から先が、骨と血肉の砕片となる。

両腕から鮮血を吐き出し、アスファルトに転がるソリダリ。言語にならない苦鳴をあげ、両腕と右足を失った男がのたうった。

ソリダリの鼻先に、魔杖剣〈断罪者ヨルガ〉を突きつける。切っ先に宿る咒印組成式が淡い光を零す。

折れんばかりに犬歯を噛みしめ、悲鳴を堪えるソリダリ。沸騰する怒りの瞳が、俺を見上げてくる。

「……私は、正しい。なにも間違って、は、いない。ただ暴力の差で、負けただけだ」

「ああ、だろうな」

俺は胸中の苦さを吐き出す。

「おまえは単に正しいだけ。ただそれだけ。他にはなにひとつ存在せず、ジェナイアのことを考えられなかった。お似合いの安っぽい結末だよ」

今では俺にもはっきりと分かる。ジヴとの電話のあとで感じた感情の正体が。あの瞬間、たしかに俺もジヴに殺意を覚えたのだ。

自分の女が他の男と幸せになるのを見たり、想像する、あの地獄の業火。

愛しい女が自分から離れるくらいなら、いっそ死んでくれればいいと。さらには、死の別れならば、諦めて悲劇に浸ることもできただろうと。

しかし、現実には、別れの後にも平凡なそれぞれの日々が続く。正しくない。まったく正しくないとしか思えないさ。

分かっているとも。それは単なる男の身勝手だと。客観的にも自分の主観的にも間違っていても、そんなことは無意味だ。誰(だれ)がなんと言おうと、自分ではない他人には、その人なりに譲(ゆず)れないものがある。

俺の唇(くちびる)がそれでもなにかを言おうと、言葉を紡(つむ)いでいく。

「今はジェナイアとのことを納得(なっとく)できなくても、いつか、なにかの方法で……」

言葉は即座に自らに反射する。いつ、どのようにしたら、そんな優(やさ)しく和(なご)やかな心が自らに訪れるのか？

なにも続けられない俺を、瀕死(ひんし)のソリダリが笑う。

「……それでも私は正しい。正し、いことは正しいのだ。おまえた、たちとは違う」

ソリダリは、最後まで正当性と正しさを手放さなかった。同時に俺はギギナのたとえの真意が理解できた。

正しい人生、正しい物語に違和感(いわかん)を感じたのは、ただ一つの正解だけを求めるのは、それ以外のすべての可能性を投げ捨てることになるからだ。世界のほとんどの問いの答えは、教科書にもどこにも載(の)っていないというのに。

ソリダリとジェナイアの場合の論理的正解などありはしない。双方(そうほう)の妥協(だきょう)しかないはずの答えを、ソリダリは徹底(てってい)的に求めてしまったのだ。

そんな俺の苦々しい悔恨(かいこん)の眼前で、ジェナイアの姿を映すソリダリの瞳が、疑問と死の翳(かげ)りに曇っていく。

「あ、あれ？　では私は、なんのためにた、正しさを求め、めて、ていたの、だ……？」

ソリダリの頭が地に落ちた。激しい負傷と出血で意識を保てなくなったのだ。

喉に絡まる長い息を吐き、臨戦態勢を解く。呪式も停止。

まあ、ここらが互いの引き時だ。ソリダリは重傷だが、俺が救急手当てをし、専門の呪式医師に手当てしてもらえば充分助かるだろう。あとは刑務所にでも放りこむ。その後のことは知ったことか。

治療呪式を検索しながら、俺は歩きだす。やがて足どりが止まる。

俺の腕を押さえる手があったのだ。信じられない思いで辿っていくと、ジェナイアの必死の形相が迎えた。

「……まま……して」

押し殺した声はよく聞きとれなかった。

「このまま放置して。ソリダリをこのままに、して……」

俺には、ジェナイアの思考が分かってしまった。

彼女にとって、すでにソリダリは恐怖の化身なのだ。

傷が癒えれば、刑務所に放りこんでも、出所したソリダリは同じことを繰りかえす。その可能性を、幸せを逃すことを恐れるジェナイアを、俺は責められない。

夫を見殺しにしてと訴える、非情な妻の目。傍らでは、大量出血で意識のない、復讐心に囚われた夫が転がる。ソリダリの喘鳴は、弱々しくなっている。

一瞬だけ迷い、それでも俺は決断する。携帯を取りだし、ツザンの短縮番号を探しながら、止血と増血呪式を紡ぐ。

俺にはソリダリを裁く権限も何もない。二人とも正しく、二人とも間違っているとしか思えないからだ。

手に軽い衝撃。アスファルトの上に払われた携帯が転がる。見るまでもなく、魔杖剣の抜き身の刀身を、女の細い手が握りしめていた。

刀身を女の血が伝わっていく。俺とジェナイアが路上で睨みあっていた。

「お願い、これですべてがうまく行くの。わたしとセレロさんのため、そしてソリダリ自身のために、お願い！　なにもしないで！」

ジェナイアの懇願。幸福への切符を逃さぬかのように、女の手は刃を離さない。営利な刃に傷ついた掌から流れる血が、アスファルトに黒い染みを作る。

俺はまた迷う。俺が強引に動けば刃を握ったジェナイアの指が落ちてしまい、動かなければソリダリが死ぬ。

いや、指が落ちるごときのことに動けないのではない。ジェナイアの瞳に宿る強靭な意志、その圧力に気圧されていたのだ。

　空白の数瞬が経過し、それでも俺は一歩を踏み出した。

　剣を握ったままのジェナイアを抱えて、手を傷つけるのを最小限に抑える。出血と荒い息を漏らしながらも、ジェナイアが全身で俺に抗う。無音の争いをしながらも、歩みは進んでいく。

　もつれる二人の足が同時に止まる。

　あるべき物音が絶えていた。

　ソリダリの呼吸が、ついに途絶えてしまったのだ。

　両腕と足から流れだした血の海に沈むソリダリ。哀れすぎる死にざまだった。

　糸が切れたように女の腰が落ちた。ジェナイアの尻が、アスファルトの上に落ちた。

　瞳から零れた雫は、頬の黒子を縦断し、そしてジェナイアの顎に達した。

　両手で顔を覆い、女は嗚咽をあげはじめた。自らの体を支えきれなくなり、路地に突っ伏す。

「幸せが、女としての普通の幸せが、もう一度だけ欲しかったの。ただそれだけなの。だから、だから……」

　街の灯が朧げに差しこむ、ビルの谷底。夫を見殺しにした妻の、声を殺した慟哭が響いていた。

　立ちつくす俺の鼓膜を、タイヤの悲鳴が突き刺した。

　道の前後に車が停車。男たちが飛び出してきた。反射的に俺は魔杖剣を構えなおし、ジェナイアを庇う。

背広に私服と統一感のない男たち。だが、懐を魔杖短剣で膨らませていたことと、暴力に慣れた雰囲気が共通していた。

「勘違いするな。おまえたちに用はない」

くたびれた灰色の外套の中年男が立っていた。

中年男の言うとおりだった。俺やジェナイアには目もくれずに、他の男たちはソリダリの死体に向かった。

ソリダリの死体を防護布で包み、担いでいく。呪式で薬剤が散布され、アスファルトの血糊が手際よく除去されていった。

「そうか、おまえらは……」

「その先は言わないほうがいい。ジェナイアさんの見殺しはともかく、言えばおまえを処理せねばならない」

中年男が皮肉な笑みを浮かべた。威嚇に冗談を混ぜたつもりなのだろう。

担がれた布の間から覗いたのは、無表情なソリダリの死に顔。大型ヴァンの後部口に死体が放りこまれ、即座に走りだした。

「死体をどこへ持っていくつもりだ?」

「知ってどうする?」

返す言葉はなにもない。納得したと確認した中年男。苦々しい顔をしたが、すぐに隠した。

　外套の裾をひるがえし、中年男が車に乗りこむ。先の大型ヴァンと同じように走り出していった。

　何ごともなかったように、路地は冷え冷えとした表面を晒していた。

　ただ、ジェナイアと、俺の虚しい痛みだけが残されていた。


　休日の昼下がり。リッカ通りには商店が並び、家族連れや恋人たちが行き交う。道路の端に置かれた長椅子に、俺は腰を下ろしていた。

　通りを行く人々の表情は朗らかで、なんとも平和で幸せな風景だ。

「ベイリック、ジェナイアとセレロはどうしている？」

　俺は背後へと呼びかける。背中合わせの長椅子に座っていたのは、ベイリック警部補。新聞を見ながら無関係を装っている。

「セレロはエリウス郡の端の駐在所に赴任していった。ジェナイアもそこにいる。幸せなのだろうな」

　簡潔な答えに腹が立つ。

「そろそろ説明してもらおうか。どういうことだ？」

　答えはない。ならば引き出そう。

「ソリダリは警察を辞職したあと、失踪したことになっている」振り返ることもなく、俺は続けた。「ソリダリは醜聞の火種だ。新聞にも載らないよう密かに消えてもらいたいが、幸運を期待するバカはいなかった」

予測は続く。

「そいつらにはソリダリを刑務所に入れることはできない。警官が刑務所に入れば、犯罪者の標的となって私刑で殺される。元とはいえ、仲間をそんな目に遭わせるのは忍びない」

喉の奥に広がる苦い味。

「確実に犯罪を起こすだろうソリダリは、どうあっても死ぬしかなかった。だが、仲間に始末させるわけにはいかない。誰か別の人間、たとえば俺の手を汚させる。それがベイリックの、いや、おまえたち警察の筋書きだ。反吐が出るような仲間意識に感動するね」

俺は昨夜のことを思い出した。手際のよい死体の隠蔽処置。中年男の言葉。世界一のバカでも警察関係者だと気づく。また、それが向こうの意向、口外するなという脅しだ。

俺の感じていた違和感は、そういうことだ。最初から、俺は警察に監視されていたのだ。俺がソリダリを殺せばよし、ソリダリの治療をしようとすれば捜査名目で阻止に入り、病院へ搬送途中になぜかソリダリは死亡する。どちらにしろ、分かりやすい物語が用意されていたのだろう。

「俺も知らなかった。マヌケな仲介役にされたんだ」

ベイリックが苦々しい声を吐き出すが、俺も不愉快だった。

「一人の人間を消すなど、誰が決める。警察の誰の指示だ？　署長のグレスデンか、副署長のクラナッハか？」

「残念ながら、これは上層部が関わるほどの問題でもないんだ。そのままガラカル部長刑事の指示だ」

「この程度は、中間管理職の処理範囲というわけか。人命の値段も安くなったものだ」

「ああ。ジェナイアをソリダリが殺す醜聞よりはいい。それだけの警察的判断だろうよ」

俺は前方のなにかを睨みつける。憤りが唇を衝いて出た。

「おまえは、少しは骨のある警官だと思っていたが、俺の思い違いのようだな」

「そうだ。俺は単なる警官だ。いい警官ではなかったが、それほど悪い警官でもないと自惚れていた」

重い息を吐くベイリック。新聞を握る手に、紙を破りそうなまでに力がこめられる。

「だが、それは違った。もう少しマシだと思っていたが、そうではなかったのだ」

怒りでもなく、悔しさでもなく、ベイリックの声はひび割れていた。

「おまえも俺も、そして誰もが知ってしまうことだ。なにかが終わった後で、正解があったはずだと探している、自分がそんな能無しの一人だったのだと」

違和感の正体は、さらに真相を曝けだす。金のないジェナイアとセレロが高めの依頼料金を払えるわけがないのだ。そう、間に警察が入って上乗せしたのだ。俺を釣りやすくするために。

最初の齟齬に気づかず、後で気づいて賢いつもりにはなれない。それはベイリックの言うとおりの能無しの決定的証明としか思えない。

行き交う雑踏を、俺とベイリックは漫然と見ているしかなかった。

街角を歩く人々は、相変わらず幸せそうな顔をして歩いていた。

同じようなどこかの街角で、ジェナイアとセレロも、幸せな顔をしているのだろうか。

たぶんそうなのだろう。彼女と彼にとって、ソリダリも俺もすでに過去の人物だ。早く忘れ去って、思い出に埋葬するだけ。

セレロを仕事に送り出し、家に一人で残る昼下がり、ジェナイアの横顔に一抹の翳りを射す。

ただそれだけの存在なのだ。


ジヴが自宅にいない時を見計らって、俺は留守電に伝言を入れておいた。

「君の荷物は郵送する、俺の荷物はすべて捨てておくように」と。

別れた男女が憎みあわずに済む方法は、少ないのだろう。

一つあるとしたら、互いに互いの生き方を見つけることなのだ。

別々の道で、そして幸せでなければ、相手に、自らに優しさを向けることは不可能なのだから。

その時、俺とジヴは別の空の下で思い出せるだろう。

楽しく愉快な記憶だけでなく、辛く哀しい記憶も。癒えない傷痕も。

そこでは、懐かしさと甘い郷愁に変わっているだろう。なにも変わらぬ激しい痛みもあるだろう。

そして、エリダナの街角で俺とジヴが出会っても、別の誰かの手を握っていれば、自然にすれちがえるだろう。

見知らぬ他人の顔を装いつつ、

それでも優しい想いをともなって。

されど罪人は竜と踊る

三本脚の椅子

走るヴァンのなかでは、囁くような歌声が響いていた。

甘くせつない女の声が、出会いと別れを歌っている。

たまにはいいだろうと車内音楽をつけたのだが、珍しく助手席のギギナも文句を言わない。ルル・リューの音楽に文句をつけだしたら、もうギギナとは永遠に趣味の話はしない。趣味の話など、これまで一度もしたことはないのだが。

石壁の店が並ぶ小さな町の通りを、ヴァンは進んでいく。

町の外に向かって分かれた三叉路の前。ヴァンを停めると、車内に流れていた音楽も止まった。

俺は車から降り、ギギナもあとに続いた。湿った風が俺の頬をなぶる。柔らかな風は、三叉路に流れていった。

携帯を起動させて、地図を見直す。取りこんだ地図が古いらしく、現在地すら分からない。

銀髪を風にさらわれたギギナ。その憂いを帯びた唇から、辛辣な言葉が吐かれる。

「道くらい覚えておけ」

「おまえの人生の目的地への道順を教えてやるよ。格子状の街で角のたびに三回右折しろ。そこがおまえの終着点だ」

「……それは最初の地点ではないか？」

「なにも始まらない、だからなにも終わらない感がギギナにはとてもお似合いだ」

「犬の糞に『おまえって、なんか臭いよ』と言われた気分だ」

ギギナが吐き捨てる間に、地図を眺める。まったく分からない俺を、ギギナの視線が責める。

「音楽に気をとられて道に迷ったのなら、頭が悪すぎる」

「文句を言うだけで、相手が解決してくれる立場の人は気楽だね。こちらの立場を一度やってから言えば、少しは説得力があるな。まぁ、俺はそんなことは気にしないから感謝しろ」

「器の大きな男を演出する、そんな小細工こそ器が小さいと思うのだが」

「それを得意気に指摘する男の器こそ、肉眼では見えないほど小さいだろうね」

互いの言葉尻を捉えての応酬。退屈すぎだ。

エリダナから衛星都市スフォルロンドの間には、小さな町がつながっている。道が小さく分岐して、ついには標識すらなくなっていた。ここがスフォルロンドの手前の、スレイストンかユウフォスか、どちらかの町だとは思うのだが。

ヴァンの地図案内装置は、何年も前から故障中。エリダナの地図はだいたい頭に入っているので、買い替える必要がないのだが、こういう時に困る。

誰かに聞こうとするが、雨が降りだしそうなので通行人も足早に帰宅を急ぐ。仕方なく手近な店を探すと「ソコード響音店」と書かれた看板が目に入る。

俺が店先に向かうと、ギギナはついてこない。

石階段上の扉の前で俺は待っている。仕方なくといった様子でギギナが足を進めはじめた。

硝子の扉を開くと、心地よい音楽が全身を包んだ。

店内には楽器が溢れていた。四弦琴に六弦琴、鍵盤楽器に金管楽器。奏でられるのを待つ楽器たちが、落ちついた照明のなかに輪郭を溶けこませている。

奥の椅子に座っていた、店主らしき姿を見つける。蓄音機から響く音楽に、男は耳を傾けていた。

「ご主人、道を尋ねてもよろしいですか？」

「ああ、旅行者さんですか。私でよろしければどうぞ」

顔を上げた男の声は音色となって響いた。雑踏にあってもその声だけは聞こえるような、豊かな低音。

「スフォルロンドへの道って分かりますかね？　いや、ここがどの町かすら分からなくて」

「失礼。右足を不自由しておりまして、座ったままでよろしいですかな」

男は椅子に座っていた。右足は膝から下が機械化されていたが、赤錆が浮いていて調子はよくなさそうだ。

顔の作りはまだ壮年なのだが、鑿で刻まれたような皺が、男の額や口角にあった。椅子の背もたれに付けられた小さな翼が、顔の左右から伸びていた。

男はカウンターの裏に手を伸ばし、地図を取りだしてきた。座り心地が悪いのか、椅子に座る男の姿勢はときに不安定になる。

「ここはスレイストンの町です。三叉路の右端を半時間ほど進むと、八号街道に出ます」繊細な指が地図を指し示していく。「八号街道に出れば、あとは十一号街道に出る遠回りをするか、峻険なカイネス山を越える最短路で、スフォルロンドにつきます」

俺が地図を頭にたたきこむのを確認し、店主は地図を畳む。

一礼を言って去ろうとすると、主人が声を発した。

「あなたがたは攻性咒式士でしょうか」

腰に提げた魔杖剣が目に入ったのだろう。咒式士を嫌う人間もいるので、曖昧にうなずいておく。

「攻性咒式士ならば、ひとつ頼みたいことがあるのですが」

俺とギギナは互いを見た。別に急ぎの用でもないので、依頼を受けることにした。小さな仕事も受けるのが、我が事務所の経営方針。零細企業の長所、というより悲哀だけど。

「まず、私の名はクレスコス・カランコム・ソコードといいます」

「聞いたことがあるな」とギギナの声。

「俺はないけど、有名人？」

「待て、そうだたしか咒楽士、それも六弦琴の奏者だったと覚えている。二十年前くらいだろうか、放送された演奏を何回か聴いた記憶がある」

音楽に詳しいが、話すのを嫌うギギナが説明してくれた。しかも子供時代。椿事だな。

「お恥ずかしい。私もその昔は奏者などをしておりましたが、大成もせずに引退。今はしがない楽器店の主人に納まっています」

男は皺深い顔を歪める。照れた様子がないのは、体の不調を引退の言い訳にすることを自らに許さないほどの、強烈な矜持のせいだろう。

「この町にあなたたちが現れ、私と出会い、そしてスフォルロンドに行くというのもなにかの縁なのでしょう」

クレスコスは黙りこむ。依頼人はいつもそうだ。人が心の隅に追いやるものを引きうけるのが、俺たちの仕事だ。

クレスコスが意を決したように、言葉を吐き出す。

「実は、息子のウェザーズが、十五年ぶりに近くのスフォルロンドに来ているそうなんです。ついでといってはなんですが、息子が我が家から持ちだした、ある物を取りもどしてはくれないでしょうか？　もちろん呪式士の仕事として相応のお代は払います」

訥々とした語りの途中で、男が姿勢を変える。ギギナの視線は、男ではなく、露わになった椅子にそそがれていた。

「まさかとは思うが、そんな」

生き別れた恋人に出会ったかのような、熱い吐息がギギナの口から漏れる。白磁の頬が、薄い桜色に染まっていた。

「あなたは椅子学にも造詣が深いようですな。そう、これは天才家具職人トールダムの七十七椅子の一脚、『翼獅子四方脚座』です」

「オルコム村の資料館ですらほとんど集められてはいない、栄えある七十七椅子の一脚。まさか、このような場所で出会えようとは」

拝謁するように、ギギナが床板に膝をついた。どんな貴人や権力者を眼前にしても屈しなかった、誇り高きドラッケンの膝がだ。

ギギナは家具に魅入られているのだ。

「俺や一般人には、さっぱり分からないね。椅子なんて座ることができたらいいだろうが」

ギギナは俺の意見など聞く気がない。熱い眼差しは、椅子にそそがれたままだ。

「まさに天に愛された職人、いや真の芸術家のみが作れる作品だ。この優雅な曲線、凜々しい細工。トールダムの技は官能的ですらある」

熱病に冒されたギギナの目が、椅子を子細に眺める。

「愛娘のヒルルカを連れてこなかったのは失敗だ。まさに二人は、理想の花嫁と花婿になれるというのに」

ヒルルカというのはギギナの椅子だ。椅子の婚姻とか異次元語を普通に言うな。俺には理解できないので、誰か画面の下に人語の翻訳字幕をつけてください。急いで。

「御子息に触れて、もよろしいか？」ギギナの声が緊張していた。

「存分に。椅子道が分かるあなたになら、いやがりますまい」

ギギナの問いに、クレスコスが重々しくうなずく。

この男も、椅子を御子息と言われて受け入れてしまう同類らしい。周囲の次元が歪んでいるような気がするのは俺だけでしょうか？

ギギナの指先が伸ばされる。白い指先は、初めて女の体に触れる少年のように、怯えと期待の震えを宿していた。

指先が、精緻な彫刻が施された表面に触れた瞬間、ギギナの顔に官能の色が宿る。甘い快楽の雷に貫かれているように、指先が震えている。ええと、それ、椅子ですよ？

反対側を確かめようとしたギギナの顔が強張る。目には驚愕と恐怖。

「なんという悲劇っ！」

クレスコスの目が悲哀の色を帯びる。男の左足の陰となって隠されていたが、古びた椅子、獅子の足を模したその脚は三本しかなかった。

椅子の四方を支えるべき脚の左前脚が、なかばから切り取られていたのだ。切り口は外科手術でも受けたかのように、鮮やかな断面を見せていた。

「冒瀆だ、美に対する冒瀆だ」

ギギナの背が震えている。

「誰がこのような愚行(ぐこう)をっ⁉」

「先に言った我が息子、ウェザーズの仕業(しわざ)です」

　クレスコスが力なく笑う。

「ウェザーズには、元職業呪楽士(じゅがくし)だった私が厳しい教育を授け、一流の六弦琴(ギタール)の奏者に育てあげようとしました。息子もそれに応え、素晴(すば)らしい腕前(うでまえ)の奏者になりました。当時すでに私の技術と同等の域に達していたでしょう。ですが、出来上がった息子の音楽の欠陥(けっかん)に、私は気づいてしまいました」

　男の暗い表情。

「息子の音楽には、音楽としてたいせつななにかが欠けていたのです。それは大成しなかった私の演奏、その模倣(もほう)にすぎなかった。指摘(してき)はできても、なにが足りないのかが分からない私と、それでも自らの技量を誇る息子は衝突(しょうとつ)しました」

　目は俺とギギナにそそがれていた。

「足りないなにかは時間が解決すると、私は信じていた。ですが、十五年前、息子は自らの技量を頼(たの)みに家を出ていきました。自らの音楽が世に通用するのを証明するために。ついでに我が家の『翼獅子四方脚座』の脚一本を、お守り代わりに持って」

　クレスコスの左手が、椅子の手摺(てす)りを撫(な)でる。椅子を支える三本脚はおそろしく細く、緩(ゆる)やかな曲線を描(えが)いていた。

「昔から、凄まじい強運を誇ったトールダムの椅子の部品を、船の船首像や軍旗に流用したという故事があるからな」ギギナが唇をかみ締めて補足する。「だから各地に散逸し、蒐集が困難なのだ」

「秘密裏にその脚を取りもどしてきてほしいのです。蒐集家に知られればめんどうですからね」寂寥感をともなった声で付け加えた。「そしてできれば、息子が音楽家としてどうしているのか見てきてほしいのです」

ギギナが謹厳な面持ちでうなずく。

その横顔には、攫われた姫君を救いに向かおうとする、騎士の決意が浮かんでいた。

良くはないが、良いことにしよう。でないと俺の内部のなにかが耐えられない。

報酬、というにはささやかな額を取り決め、俺たちは店外に向かう。扉の境界線上で、俺は断りを入れた。

「こちらの仕事を優先するので、そちらの用件は時間がかかるかもしれません」

「ええ、待つことには慣れています。人生と音楽とは、女神の気まぐれな恩寵を、それでも最善を尽くして待つことでしょう」

古びたなめし革のような顔で、クレスコスがうなずいた。

左右の建物の窓からは、流行り歌が漏れ聞こえていた。

ヴァンの前では、辻楽士が風琴を奏でており、町の空気が物悲しい音色に染まっていく。通りの左右では、別の二人の歌手が競うように歌を叫び、聴衆を集めていた。

町のあちこちが歌声と演奏に溢れ、開け放たれた車窓から吹きこんでくる。

俺とギギナが到着したのは、楽都スフォルロンド。エリダナの衛星都市の一つで、その名が示すとおり、音楽が盛んな町である。

昔は地方領主が威張っているだけの冴えない田舎町だったが、エリダナを解放した歌乙女エリダナが訪れて、歌と楽曲を手ほどきした。エリダナの教えを請おうと、各地の音楽家が移住してきた。

そこから演奏会場が整備され、音楽学校や大学が成立し、百年後には一大音楽都市となっていた。歴史は積み重なり、今ではツェベルン三大芸術都市の一つに数えられる。一人の人物が町の文化の方向すら作ってしまったのだ。

スフォルロンドは、歌手や奏者を志すものなら、一度は訪れたい場所であろう。

聞きなれた演奏に、知らず俺の唇が歌詞をなぞっていた。

気づくと、ギギナが胡乱な目で俺を眺めている。鼻唄を聞かれて恥ずかしいので誤魔化そう。

「ルル・リューも、ここで音楽を習ったらしいな」

「貴様がたまに車内で聞いている、あの女歌手か」

女性歌手のルル・リューは、最近の俺のお気に入りだ。

恋歌を歌わせたら、現代でも三本の指に入る歌手だと言われ、歌乙女エリダナの再来と呼ばれるのも誇張ではない。俺も両手を挙げて賛成したい。

俺よりも若いが、ルル・リューは、人生や恋の喜び、その悲哀の本質というものを捉えている。

ジヴとの別れやアナピヤの死を一瞬だけでも癒し、甘い苦痛に変えてくれる。本当の歌手とは、誰かを少しだけ癒し、傷つけるものだと思えた。

ギギナは一言も言葉を継ぐこともなく歩いていく。「恋歌など軟弱だ」などの反論を期待していた俺は、ちょっと気抜けしてしまった。

この町についてから、ギギナの機嫌が良くない。そういえば歌や演奏、ようするに音楽の話題をするとこうなることが多い。

ムダ思考は排除。まずは元々の用事の解決だ。ついでにウェザーズを探すことも忘れてはならないが。

とりあえず手近な建物の壁に、町の地図看板を発見。ヴァンを横付けする。

ある程度大きな町なら常設されている立体光学映像の地図を眺め、目的地を探す。音声で指示すると順路が表示され、目で追っていく。目的地の「キオリサ酒場」は町の端にあった。

地図の横手には、辻楽団の広告が貼られていた。「噂のルイマーク楽団大公演、エマソト通りで一時から」や「歌姫ウィシャがついにスフォルロンド公演。二時から第八パッゾ公会堂で」などの広告が、ところ狭(せま)しと貼られていた。

そのなかの一つが、俺の目に留まった。「スコニート楽団公演、二時からスルカド公園にて」という文字や出演者の顔写真ではなく、その後の文字がだ。主演歌手…スコニート・ラプンツィオ、四弦琴(ギターレ)…ボド・キスカス・シーゾ、六弦琴(ギタール)…ウェザーズ・カランコム・ソコード、打楽器…メジャ・コロンゾ、金管楽器…カラド・サナマ・イッピリテ、鍵盤(けんばん)…ヒアラス・セレロ。

六弦琴の奏者の名が、俺には浮かびあがって見えた。

ヴァンから降りると、頬(ほお)に冷たい粒(つぶ)の感触(かんしょく)。見上げた空は、鉛色(なまりいろ)の雲が広がりはじめていた。ここ数日、降ったり止(や)んだりしている雨がまた来訪しようとしているらしい。

急ぐべきだなと感じ、視線を前に戻(もど)す。

擂鉢(すりばち)状に緩(ゆる)やかな石階段が連なっているのは、スフォルロンドに数多くある広場。そこで小さな演奏会が行われていた。

スコニートらしき中年歌手が唄(うた)い、五人の呪楽団(じゅがくだん)が伴奏(ばんそう)を行っていた。

しかし、石階段に座る観客はまばらだった。広場を通り道として横断していく家族連れまでいた。

ウェザーズはすぐに見つかった。遠目に見ても、削(そ)げた頬、目のあたりがクレスコスに似ている。歌手の背後で六弦琴を掻(か)き鳴らし、主旋律(しゅせんりつ)を補うように歌声を合わせていた。

ウェザーズの神経質な苛立ちが、瞳と全身に宿っている。

咒式で強化された感覚、指や喉によって生みだされる音譜に正確な演奏、的確な歌声。卓抜した技量によって、精密な硝子細工のような音楽が奏でられていく。

長い余韻を残して、演奏が終了した。

散発的な拍手がされ、観客たちが席を立っていった。何人かの客は、舞台前に置かれた楽器の箱に小銭を放りこんでいく。

おざなりな拍手までは俺もつきあったが、金を払うのは遠慮した。隣のギギナは欠伸を噛みころしていた。

おひねりの追加もなく、侘しい演奏会はお開きになった。小雨が来ようとしているのを含めても、演奏の続きを熱望するような聴衆は一人もいなかった。

主演歌手が、疲れたように石階段に座った。五人の咒楽士たちは、雨に濡らすまいと急いで楽器を片づけていく。弦楽器が箱に戻されていき、太鼓と小太鼓が分解されていった。雑談とともに楽器が畳まれていく。

俺とギギナは、楽団から離れた石階段に座る楽士に近づいていく。

「ウェザーズだな」

六弦琴の弦を緩め、箱に入れていくウェザーズが顔を上げた。

間近で見ると、クレスコスとの違いが分かる。鉛色の瞳や削げた頬に、険悪なものが張りついていた。

「誰だ？」

「俺がガユス、俺の隣の相棒の隣が、やっぱりガユスという親切な男前だ」

ギギナが呆(あき)れた声を出す。

「どんな時、どんな場所でも、おまえは私への嫌(いや)がらせをするのだな。本能なのか習性なのか一度尋(たず)ねたい」

「さりげなさを装(よそお)うこともなく、俺を虫扱(あつか)いするなよ」言い捨て、ウェザーズに視線を戻す。

「俺たちはおまえの父、クレスコスの使いだ。おまえが切りとった『翼獅子四方脚座』の脚(あし)を返してもらいにきた」

「親父(おやじ)の使いか」

ウェザーズが目を逸(そ)らす。

「だがこれは渡(わた)せない。これは、その、俺のお守りだ」

泳いだ目の行方(ゆくえ)を、俺も追った。それは自らの六弦琴(ギタール)にそそがれていた。

「な、んという冒瀆(ぼうとく)をっ！」

ギギナの叫(さけ)びも分かる気もする。よく見ると、六つの弦を支える棹(さお)は『翼獅子四方脚座』の脚に置き換(か)えられていたのだ。

「貴様、切りとっただけでも大罪だが、ここまで名人の技を愚弄(ぐろう)するとは……」

「我が家のお守りだ。他人に文句を言われたくないね」

ウェザーズが皮肉に答える。嫌がらせかなにか知らないが、よくやったものだ。先ほどの六弦琴の音色からすると、トールダムの椅子の脚と楽器はよほど相性がいいのだろう。

「こいつは殺そう」

「そんなことで死に値するのかよっ⁉」屠竜刀を抜刀しはじめるギギナを、俺が慌てて止めた。

「普通はしないが、今回は特例だ。他人には内密にしておけ。誰か一人を特別扱いすると、女どもに嫉妬されるからな」

「そんな特別扱いなど誰も嫉妬するか。めっ、ギギナ。粗相をするな」

「それは、犬に対する叱りかたのような気がするのだが、私の気のせいか？」

「気のせい。正しく言うと、おまえの気が触れたせい」

その場を収めたいのかそうでないのか、俺の舌は滑らかに動く。

「脚自体が損なわれたわけではない。腕のいい職人ならすぐに修復できる範囲だって。それにここで争っては、椅子の脚を傷つける可能性がある。それはギギナも耐えられないだろ？」

「たしかに。この場でもっとも優先するべきなのは、椅子の命だ」

ギギナの荒々しい激怒が収められていった。椅子に命があるとかいう病気発言は、あえて突っこまない。

「分かればいい、分かったなら去れ」

ウェザーズが吐き捨てる。俺も引き下がれない。

「それは正式にはクレスコスの所有物だ。返還するのが筋だ」

「知らないな。今は私のものだし、いずれ受け継ぐのを先取りしただけだ」

ウェザーズもギギナと同類だった。良くいえば芸術家気質といえるのだろうが、本音で言えば単に頑固。

「練習をするから、さっさと帰ってくれ。私は一ヵ月後のスフォルロンド音楽祭の出場者なんだ。優勝したら帰って、楽器も叩き返してやらないでもない」

「先ほどのつまらぬ演奏などに、なんの練習が要るのだ？」

「なん、だと？」

押し殺した声とともに、ウェザーズの顔に険が浮かんでくる。

「私はベルヘレン国際音楽賞で三位入賞したほどの腕前だ。それから錬磨に錬磨を重ねた、本物の咒楽士だ。素人ごときに口出しはさせない」

「そんな受賞歴など知らぬ。その成れの果てが、流れの四流楽団の伴奏だということだけは知っているが」

ギギナが周囲を見回す。そこには、華のない中年男性歌手。演奏より打ちあげの飲み会のことばかり話している、熱意のない楽士たち。

数えきれないほど生まれては自然消滅していく、典型的な落ち目楽団の姿だった。

「じゃあ、俺たちは先に」と帰っていく楽団員。後ろ姿を睨みつけ、ウェザーズが唇を噛みしめる。

「これ、は仮の場所、そう仮の姿だ。前は、全国放送されるような大きな楽団で、主旋律を担当していたんだ」ウェザーズは唾を飲む。

「ただ、あいつらは私の演奏、完璧で正確な演奏を理解しなかった。単に上手いだけの演奏だとな。あんな大衆に媚びるような楽団など、こちらから出ていってやった」

底光りするウェザーズの眼には、過去の栄誉と悔恨が入り混じっていた。

芸術家や専門職に多いのだが、人間に興味がなく人づきあいが下手。それは子供が大きくなっただけということだが、一方で偏狭で独善的な人間でもなければ、一つの道を究めることなどできない。

視線は俺たちへ、そして撤収していく今の楽団員の後ろ姿へと戻る。

「私の音楽を広められる機会さえあれば、あんな無能なヤツらともすぐに手を切ることができる」

ギギナが溜め息を吐いた。

「ベルヘレン国際音楽賞の審査員は、すべてが高名な音楽家か関係者。貴様を音楽賞で一位にせず、三位に止めたのもうなずける」

「素人がなにを言う。おまえに音楽のなにが分かる！」

ウェザーズが吼える。

「そうだろうな。ドラッケン族の戦唄の歌い手を務めたが、続かなかったからな」

「おまえ、が、あのドラッケン族の〈戦唄の歌い手〉だ、っただと……！」

ウェザーズの声がうわずっていた。思わず漏らした自らの発言を後悔するように、ギギナの眉間に皺が刻まれる。

勇猛果敢、武技を尊ぶドラッケン族は、多くの戦闘民族がそうであるように、歌と舞踏、演奏をも奨励していた。

数ある民族のなかでも、ドラッケン族の歌と舞踏の素晴らしさは有名である。舞踏は武技に通じ、歌と演奏は精神を高揚させるのに必須だからなのだろう。

「〈戦唄の歌い手〉とは、歌や演奏、舞踊に優れたドラッケン族のなかでも、特に秀でた少年戦士が選ばれる儀式職と聞く。おまえがそうだったとは信じられん」

ウェザーズの分析の目が、ギギナの顔を子細に眺める。

「いや、顔の刺青の端には、たしかに戦歌手の称号も刻まれている……」

戦歌手という職とギギナの経歴は初耳だった。しかしウェザーズが苛立つところを見ると、音楽関係者としての名声と実力はそうとうなものなのだろう。ギギナの刺青を読める、ウェザーズの音楽知識の広範さもたいしたものだが。

「と、にかくだ。私には脚を返す気はない。思い出の品だし、私にまた幸運を授けてくれるはずの名器だ。クレスコスに返すくらいなら六弦琴ごと壊す」

虚弱な呪楽士風情から、椅子の脚を取り返すなど俺たちには簡単なことだ。しかし、ウェザーズが脚を傷つけ破壊する可能性もある。本気かどうかは分からないが、しないとも言えない。迷っているうちに、ウェザーズは楽器を片づけた。公園から去った音楽を埋めるように、また別の歌声が響いてくる。それはルル・リューの歌声の放送だった。

「ルル・リューか、相変わらず下手で下品な歌だ」

ウェザーズは不機嫌な声で切り捨てた。そして不機嫌さを撒き散らしながら、広場から立ち去っていった。呪楽士はどこか寂しげな後ろ姿をしていた。

残された俺とギギナは、見送るだけだった。小雨から雨になりだした水滴が、頬に降りだした。

ここはおとなしく引き下がるしかない。ウェザーズも、音楽祭の開催まではこの町から動かないだろう。

か細かった雨は、激しい雨となっていた。歌声と音楽に満たされたスフォルロンドの街並みも、今は雨音に塗りつぶされている。

目的のキオリサ酒場の建物まで、少し時間がかかる。ヴァンのなかの陰鬱な空気。俺、こういうの大嫌い。

「ここで問題、飛び降りようとする自殺者を説得できる言葉とは？」

「久しぶりに貴様の愚問を聞いたな」

ギギナは不愉快そうだが、俺の「できないの？」という視線でもっと不愉快そうになる。

「貴様の場合限定だが、自殺して堕ちる地獄が男女別、しかも仕切りが硝子製で向こうはよく見える」

「つまらないね」

「そうだな、貴様の現状そのまますぎたな。その顔は勇者の顔、屁で空を飛ぼうとする真の勇士の顔だ」

「ギギナが海に入ると魚類が陸に逃げて、進化のきっかけになったという逸話って本当？」

ははは、一気に雰囲気悪くなってきた。なんとも俺好みの雰囲気。

「そういえばこっちの逸話は本当か？　ある日、ギギナが大喜び。『やった〜！　おいしそうな虫の死体を拾ったど〜！』と叫んだ話」

「私は、そんな頭が可哀相な人間ではない」

「全体が可哀相な人だからな。ギギナ、人としてきわどい線を攻めているね〜。生粋の勝負師だよ〜」

「奇跡頼りの貴様が言うな」

「ははは、死ね。いい意味で」

「貴様の戯言になどつきあうのではなかった」ギギナの顔に不快感が盛られる。「私とて婚約者の改善指導がなければ、貴様と会話などしないのだが」

「前々から思っていたけど、いくらなんでも婚約者に怯えすぎだろ」

「当て身で空中に浮かされて、百発の拳を入れられる経験を一度でもしてみるがいい。連なる拳で延々と浮かされるので、終わりの時期は向こうの機嫌次第。自分の主義主張も変更したくなる」

　ギギナの美貌が青ざめる。

「……それ、画面のなかの話ではなく、現実空間で起こった話？」

「残念ながら」

「俺、今突然、その婚約者が好きになった。顔とか性格は知らないけど、主に行動が」

「黙れ。しかし期待はしていなかったが、まさに一分の隙もないつまらなさだ。笑うところがひとつも見つからない」

「すぐに期待を裏切ることで、期待を裏切らない。それが俺の誠実なところだ」

　あれ？　自分の発言がなぜか胸に痛い。強制停止して廃棄、埋葬。あとは美しい思い出に偽造しよう。尊い犠牲があったとかそこらへんに。

　口遊びを終え、車を停める。雨を避けるように、目的地のキオリサ酒場に入っていく。

　客が雑多に歓談する席を避けて、奥へと向かう。

飴色のカウンターに立つと、恰幅のいい店主が愛想全開の笑いを向けてくる。赤ら顔の店主は、人懐っこさの塊のようだった。

「エリダナの学者きどりからの使いだ」

俺の一言で、店主の目に鋭角の眼光が射しこんだ。

「御苦労なことです。それでなににしましょう?」

「冷えたダイクン酒で」

カウンターの上では他愛のない会話。俺は袖口に仕込んでいた小石を床に落とす。爪先で蹴って、カウンターの扉の下から向こうに渡した。

「こんな雨の日にダイクン酒ですか。スフォルロンドに来たのなら、熱いスフォル酒がお勧めですよ」

言いつつ、カウンターの向こうの店主が足先で小石を踏み割る。下に向けた目は、中身の記憶素子を確認しているのだろう。

「いや、熱い酒など気持ち悪い。ダイクン酒でいい」

返答すると、店主は自然な動作で酒を作っていく。俺の前に、霜がつきそうなほど冷えたダイクン酒が現れる。

「では、お楽しみください」

店主はゴミでも拾うように記憶素子をつまみあげ、奥に去っていった。

俺は酒杯を傾ける。本命の用件は単純だ。ゴーゼス三大組織のひとつ、ノイエ党の〈狂教授〉ことメレギエに頼まれた記憶素子の輸送。受けわたしの符号もメレギエの指示だ。

そうでなければ、こんな安っぽい映画のような気どった受けわたしなど誰がするか。メレギエの演出過剰につきあうのは胸クソ悪いが、これも仕事のうちだろう。

ついでに記憶素子の中身は知らないし、知りたくもない。

「禁止呪式具の密輸程度のことをした、と俺は思いたい」

「そんな安全で簡単なことを、わざわざ部外者の我らにやらせるとは思えぬな」

隣に立つギギナの指摘は正しい。あの記憶素子を俺たちが届けたせいで、たぶん何人かが死ぬことになるのだろう。だが、黒社会やそれに関係する人間が何人死のうと、知ったことではない。むしろ善行。

苦い思いを、冷たいダイクン酒とともに飲み干す。胃の底で酒精が燃えるが、苦さは完全には消せなかった。一息つくと、店にずっと響いていた歌声が耳を撫でる。

それは俺の好きなルル・リューの歌だった。満席の客席の向こう、粗末な舞台で歌っていたのは、一人の女だった。

歌詞自体はよくあるものだ。女と男が出会って別れるとかなんとか。女が嘆いて、それでも男が忘れられないとかなんとか。

しかし、歌い手の声は俺の耳から離れない。安っぽい恋歌が、深く訴えかけてくる響きをもっていた。

酒杯を傾けつつ耳を澄ませていると、なんでもない歌詞が胸に滲みる。胃の底でのたうつなにかが、少しだけ鎮まった。

これは俺のことを歌ったものだと思わせる、そんな魅力がその唄にはあったのだ。

唄が静かに終わり、呪式による肉体強化が解除される。酔漢たちの間からもいくつかの拍手があがった。よく見ると、あまり酔っていない正気の客たちだけが拍手していた。

歌手の女は、それでも晴れやかだった。歌うこと、それ自体が嬉しいのだろう。丁寧に一礼した女歌手が舞台を降りていく。

入れ代わりに、幼女としか思えない歌手が、桃色の衣装とともに舞台に登る。

観客がまた拍手して、歌手の甘ったるい歌声が響きはじめる。

舞台を降りたほうの歌手が、カウンター席にまで来た。俺たちの向こうで、バーテンダーから果実酒を受けとっていた。

くすんだ長い金髪、柔和な薄紫色の瞳。喉元の首飾りが、照明の下で銀を主張していた。舞台では大人に見えた横顔は、まだ年ごろの娘の細い面差しに戻っていた。

気丈そうな美女って、ちょっと俺の好みだ。いや、逆に気弱な美女でも俺は好みだ。さらには自分を好きになってくれる女が好き、という節操のない面もあるのだが、世界中の男の誰も俺を責めはしまい。

　ギギナがカウンターから背を離す。俺は呆れぎみの声をかける。

「自分から動くなんて珍しいな」

　無視したギギナが滑るように歩いていき、歌手の側に立つ。

「女、名前はなんという」

「勘違いしないで。これでもそっちの商売はしていないの」

　隣に立ったギギナの問いに振り返り、女は硬直した。あれほど気丈に見えた女が、頬を薄紅に染めていた。手で首飾りの銀鎖をいじりつつ答えていく。

「あ、あたしはサビュレ・ウェド・ロシュ、です。流れの歌手で頑張っていて」

　女の反応はいつも同じだ。ギギナいわく、非処女なら、この時点で股まで濡らしているそうだ。その場で実際に指を差し入れて、確かめた場面を見たことがある。

　正気の男にはできない芸当だから、羨ましくなどないですよ？

　ギギナの鋼玉の目には、真剣な疑問の色。

「そちらも勘違いするな。ひとつ問いたいだけだ。いつから歌っている？」

「あたし三歳から歌っていて、六歳からは母とともにずっと舞台を転々としていて……」

「歌唱法は誰に習った？」

「え、あの、基本は同じく酒場の咒歌手だった母に、厳しく教えられました。一日も休まずに練習しろと、そしてずっと実行していて」

　サビュレの指先が首飾りを弄る。銀鎖が繊細な音色を奏でる。

「だけど、去年母が病死してしまって。十八歳の今でも、流れの歌手のままです」

「そうか十五年、一日も休まず歌っているのか。いや、歌唱法、喉や肺、横隔膜の使いかたが正式なものであったので、少し気になっただけだ」

　かすかに懐かしむようなギギナの言葉だった。

「それをおまえに教えた母親は、いい歌手だったようだな」

　ギギナの目が柔らかな光を帯びる。

「そして、おまえも母のようにいい歌手になるだろう」

　歳相応の娘の表情で、サビュレが微笑んだ。ギギナが自らの唄を認めてくれたのが、よほど嬉しかったのだろう。見ているこちらまで口許が綻ぶ笑顔だった。

「惜しむべきは、場末の咒楽団では、おまえの声に負けてしまっている。そしておまえの声と歌いかたには、まだまだ色と艶がない」

　ギギナが不思議そうに問いかけた。

「もしかして、まだ男を知らぬのか？」

　サビュレが耳まで真紅に変えてうつむいた。普通の人間が言えば、平手か訴訟ものの発言なのだが、美貌と長身の組みあわせに世の女は甘い。それが女と世界の不幸のもとだと、なぜ分からないのかが分からない。分かるけど。

長身を翻して、ギギナはサビュレから去っていった。自らの疑問が氷解したら、もう女に用はないらしい。

見送るサビュレは寂しそうな目をしていた。

俺がついてくるのが義務とでもいうように、店外へ向かっていくギギナの後ろ姿。おまえは王様か。虐げられた民衆よ、蜂起して武力革命を起こせ。いや、同じホテルだから行くしかないんだけど。

出入り口で、俺はギギナの背に追いつく。

並んで歩きながら、俺の唇からは溜め息が漏れた。

明日、あの気難しいウェザーズと、また交渉しなければならないかと思うと気が重い。

滲む世界。鈍い陽光が射しこんでいた。安ホテルの寝台で俺は目覚めた。

欠伸をしつつ、伸びをした。肌寒いので、掛布を被ったまま足を絨毯に下ろす。立ち上がろうとしたら、自分の掛布につまずく。慌てて隣の寝台に手をつき、体重を支える。

予想した笑声も揶揄もなかった。

見ると、隣の寝台にはギギナはおらず、敷布も掛布も綺麗なままだった。一度宿に戻って、ふたたび夜半に出ていってから宿に帰らなかったようだ。道理でクソ迷惑でクソうるさい礼拝、クドゥーの声で起きずに済んだわけだ。

さらに欠伸をしていると、携帯でギギナから連絡が入り、呼び出される。

ホテルで退出の手続きをして、待ちあわせの場所に向かう。音楽に溢れる街角を抜け、石畳の道を歩き、昨日の広場の前に到着。

道化師が奏でる風琴の音色を聞いていると、建物の角からギギナの姿が現れた。

相棒は、ついでに昨日のサビュレを背後に従えてきていた。

サビュレはギギナに連れられて歩くのが嬉しいのか、誇らしげに歩んでいた。

俺も二人の列に加わる。サビュレのほうは、可愛らしい唇で鼻唄を口ずさんでいた。

ギギナが口ずさんで導くと、音の軌跡を追ってサビュレが歌い、さらに自分なりに変化させていく。

鼻唄とはいえ、俺の耳から離れない響きがあった。サビュレはいい歌を歌う娘だ。さぞかしいい女、いい歌手に育つだろう。

だが、サビュレの歩みがちょっと内股ぎみなのに、気づいてしまった。やっぱり昨夜のうちに初めてアレされてアレなんだろうな。ちょっと俺好みの娘だったのに。

ギギナといると、そういうことがあるのでイヤな感じだ。まぁ、ギギナが抱いた女がこちらを向くことはないので、相棒と穴兄弟になるという最悪の事態だけは避けられているが。

もう一つの不吉な予感に気づく。

「もしかして、ウェザーズとの交渉にサビュレも連れていくのか」

「私は知らぬ。勝手についてきているだけだ」

ギギナは答えて進んでいく。そして言葉を足した。

「いや、おもしろいことができるな。交渉などよりよほど気が利いている」

ギギナの傍らのサビュレが、首飾りの鎖の輪に左右の人差し指を入れていた。伸ばされた輪が三角になるのを、ギギナが眺める。

「これ？　ドミソのような和音って、直角三角形になるのよ」

サビュレの奇行にも、ギギナが真剣に耳を傾ける。

「輪を十二等分にして一か所を摑むの。たとえばドね。そして、ミとソの場所を摑む」サビュレが見せる。「すると三対四対五の直角三角形になるの」

サビュレの言うとおり、輪は直角三角形になっていた。

ギギナの足が止まっていた。サビュレも止まる。

「独力で発見したのか？」

「え？　ええ。でも誰でも気づくことでしょ？　それに酒場に来た専門の楽士さんに言ったら、音楽と数学なんて関係ないと笑われたわ」

ギギナが神妙な顔でうなずいた。よく分かっていない顔でサビュレもうなずく。

交差点に作られた公園から、気の抜けた音楽が響いてきた。

曇天の下、ウェザーズは昨日と同じ公園にいた。昨日と同じように、演奏会は盛りあがらないままに終わっていた。

しきりに首を傾げる中年歌手。疲労したように楽器を片づけていく楽士たちのなかに、ウェザーズを発見した。

石階段に座ったウェザーズだけが、六弦琴の練習をしていた。近寄っていった俺の耳に、旋律が忍びこむ。ルル・リューの無名時代の歌の伴奏だった。

近づく俺たちに気づくと、ウェザーズは不機嫌さを隠そうともしなかった。

「これはただの遊びだ」

「俺はなにも尋ねていないよ」

失言だった。楽士の目に敵愾心が燃えあがっていった。

しかし高慢なウェザーズがルル・リューの歌を練習するとは、心境の変化か？

ウェザーズは自らの行動を糊塗するように声を荒げる。

「だから何度来ても、返さないと言っただろうが。これは私が音楽賞で受賞した時の名器だ。誰にも渡せない」

思い出の品となると、心情的にも手放せないだろう。特にウェザーズの絶頂期の思い出の品ならなおさらだ。

「訴訟沙汰のほうがめんどうだと思うけどな。けっきょくは引きわたすのが早いか遅いかの違いだと、おまえが分からないのが分からない」

「それでも私に返す気などない」

「貴様の言い分などどうでもいい」

ギギナが言い放ち、ウェザーズの眉が跳ねあがる。

「だから所有権という法律など、芸術家の私には関係な……」

「違うな。貴様の音楽、それを生みだすための楽器を大事にする心など、どうでもいいと言ったのだ」

静かな落雷。ウェザーズの表情が凍てつき、そして憎悪を帯びていった。遠巻きに眺めていたウェザーズの楽団仲間や、通りすがりの者たちまでもが凍りついていた。

気にせずギギナが続ける。

「小さい時から訓練を重ねた人間が、国際音楽賞に出るのはよくあることだ。しかし、おまえはそれを音譜と音階と旋律の正確さを競っているだけのものだと勘違いした」

ギギナが問いかける。銀灰色の瞳は、傍らにあった伴奏装置を眺める。

「そんな音楽が欲しいのなら、機械に楽譜を打ちこんで演奏させたほうがいい。貴様の演奏などより、よほど正確で完璧だ」

ウェザーズが黙りこむ。自分が、機械の不完全な代わりだと言われたようなものだ。

「人間的な厚みに欠けた音楽。それは単に綺麗な音が、綺麗に連なっているだけだ。どの世界でも、本物となれるのは、単なる技術や正確さ以上のなにかを持つ者だけだ」

「私には、才能がないとでも言いたいのか？」

「残念ながら私には分からぬ。その境地に達することを放棄したものなどにはな」

ギギナが視線を外した。過去のなにかが、ギギナの言葉を濁させたのだろう。

自らに、ウェザーズに言い聞かせるように、ギギナが続けた。

「本質に近づくためには、技術という線や面を重ね、先達の知識と理論に乗って検証していくしかない。それはたしかだ」

ギギナの瞳孔が細められる。

「だがそれは三流以前の初心者の基準、評論家気どりの判断基準だ。そんな副次的・表面的なことでしか測れないから、四流は四流であり、けっして一人前の奏者にはなれない。政治学者が政治家になれないように、経済学者が経営者になれないように」視線は寂しい色を孕んでいた。「手段の上達は、伝達の効率を上げるために必要であっても、それ単体では本質に触れられはしないのだ」

「詭弁だ。技術と知識の積み重ねしか音楽には必要ない」

ウェザーズの反駁を、わずかな哀しみを湛えたギギナの瞳が迎える。

「哀しいことだが、そのような方法論だけでは一生届かぬ領域がある」

ウェザーズの瞳が苦渋の色に染まった。ウェザーズも、そして俺も眼を逸らしていたことを突（つ）きつける言葉だった。

「口先だけの机上の空論だ。実際に演奏しないものにはなんとでも言える」

「そのとおりだ。そして、今の私にはそれを教えられる力がない。だが、サビュレならできるかもしれない」

「あたしっ!?」

いきなり名前を呼ばれ、サビュレの背筋が伸（の）びる。

「そこの四流音楽家きどり、いや素人（しろうと）以前のウェザーズに、歌というものを聞かせてやれ」

「でもでも、あたしには咒楽団（じゅがくだん）の伴奏もないし、専門家の人に聞かせられるような、正式な訓練も勉強もしたことないし……」

サビュレの困惑（こんわく）はもっともだ。俺とてサビュレの歌声の素晴らしさは認めるが、ウェザーズの演奏、高位咒楽士（じゅがくし）の超絶（ちょうぜつ）技術を凌駕（りょうが）するほどのものだとは思えない。

ギギナが不敵に笑う。

「ウェザーズ、挑戦（ちょうせん）を受けるか?」

言われたウェザーズは迷った。結論は一つしかない。

「この六弦琴（ギタール）を貸してやる」

ウェザーズが楽器をぞんざいに投げ、ギギナが受けとる。

「これで条件は同じだ」

　ウェザーズは意地の悪い顔をしていた。ギギナは側の石段に悠然と腰を下ろしていく。

　六弦琴を眺め、ギギナが弦を爪弾いて音を確かめる。甘い序奏が一小節だけ響き、ギギナは演奏を止めた。

「伴奏と男声は私が受けもち、補助する。サビュレは主旋律を存分に歌え」

　ギギナの瞳が、まるで闘争の場にいるかのような鋭さを帯びる。怯えたかのように、少女の身が硬直していた。

　ウェザーズの悪意の眼差しに、少女が戸惑う。ギギナの瞳が柔和な色を孕んだ。

「歌は嫌いか？」

「好きです、大好きですっ！」

　爆発したかのようなサビュレの反論。

「あたしにはそれしかない。そうでないと三歳の時から、一日も休まずに十五年も唄いつづけられない。歌が、唄うことだけがあたしの存在意義ですっ！」

「そんなおまえを私の咒式演奏技術が補助するのなら、良き音楽が生み出せるだろう」

　ギギナが安心させるように語りかける。サビュレが力強くうなずいた。

「基準となるのは四四〇？　それとも四四二のほうですか？」

「四四〇でいこう」言い捨てたギギナが六弦琴を爪弾く。「これだと、まだ一・五ほど高いな。サビュレ、基準の声をくれ」

サビュレが軽く声を出すと、ギギナの右手が一番上の太い六弦の下、五弦に指を這わせる。

「ちょっと待て、さっきからなんの数字を言っている。それはもしかして……」俺は、二人の間で飛び交う謎言語に疑問を呈する。

「え？　単にヘルツルの話ですよ。一秒の間に空気が震える回数で、耳で感じられるでしょ？　それで、ラの音が四四〇ヘルツルのほうでやるってだけのことですが？」

不思議そうな顔でサビュレが答えた。ギギナが厳しい表情をする。

「外野には答えるな。今は音だけに集中しろ。邪魔されたので、もう一度基準の声だ」

サビュレがすぐに声を出す。ギギナは左指を横桁上に軽く乗せ、右手の弾弦直後に、左指を離して音を出し、高く澄んだ音色が生まれた。

「各弦の横桁の倍音を合わせていく。気に入らなければ言え。貴様に合わせる」

五弦の五桁目の倍音を元にして、四弦の七桁の倍音を合わせる。

四弦の五桁目の倍音を元にして、三弦の七桁の倍音を合わせる。

五弦の七桁目の倍音を元にして、六弦の五桁の倍音を合わせる。

五弦の七桁目の倍音を元にして、一弦の解放弦の音を合わせる。

六弦の七桁目の倍音を元にして、二弦の解放弦の音を合わせる。

ギギナの調律が続き、音が出るたびにサビュレがいちいちうなずく。

「これでいいようだな。貴様はラの下のドから上のドまでの音を出していけ」

「二六一・六三のド、二九三・六六のレ、三二九・六三のミ、三四九・二三のファ、三九二・〇六のソ、それでさっきの四四〇ヘルツルの基準のラ。続いて四九三・八八のシで、最後に五二五・二五ヘルツルのドね」

サビュレが声を出すたびにギギナが耳を澄ませ、最後の響きとともに納得した表情を浮かべる。聞いていたウェザーズの横顔に、緊張したものが疾る。

「機械も呪式もなしに自己調律ができるなんて、生来の絶対音感を持っているというのか」

ウェザーズのつぶやきに、俺も驚いていた。相対的な音感は訓練によって手に入れられる。だがしかし、世界の物音すべてを音階で捉えられるという絶対音感は、そうはいかない。それは音楽家にとって最高の資質のひとつだろう。

「別に必須のものではない。私も呪式で会得しているだけで、今では誰でもできる技術だ。問題はそこからの飛翔だ」

ギギナの指が止まり、楽器を構える。死闘におもむく戦士のごとき構えだった。

「ではまずは、音楽の国の入場門へと赴こう」

開幕宣言と同時に、六本の弦を軽く爪弾くギギナの指。愛しいものを撫でるかのような、優しい指使い。

静かな序奏が町角の空気を震わせていく。それは昨夜サビュレが酒場で歌っていた、ルル・リューの歌だ。

囁きのように忍び寄る音楽。音譜が舞台衣装となって少女の体にまとわれていく。伴奏にサビュレの歌声が絡んでいく。道行く人々が足を止めた。足を止めた人々は輪となっていく。

歌声と演奏が絡みあい、音量を増していく。

ギギナが目と演奏で合図し、サビュレがうなずく。奏でられる音譜は、すでに舞台衣装などではなかった。

昨夜と同じ音階と音律と歌詞。だが、音楽に詳しくない俺にでも分かる。一段階、二段階上、そしてまったく別の領域の音楽になっていこうとしていることが。

観客がさらに観客を呼び、分厚い半円となっていった。

サビュレは深く遠い領域に踏みだした。そして、人間として大切ななにかを失い、投げ捨てた瞬間を見た。呪式で人体の限界能力を超えたはずのギギナの超技巧の演奏が、サビュレの声と意志力を抑えきれなくなりはじめた。

サビュレの呪式が展開、声帯や体組織がさらに強化、最適化。女の唇が大量の空気を吸いこんだ。サビュレの横隔膜が下がり、腹と背中に空気が溜まるようにも思えた。声帯に向かって空気の柱が作られた。

聴衆も俺も分かっていた。

声帯の向きあう靭帯を震わせて声が作られ、頭蓋骨の空洞に当てられる。

聴衆も俺も絶対の予感に身構えた。次に訪れるであろうサビュレの歌声に。

音は優しく訪れるのではなく、殴りつけ、襲ってきた。

それは全身を振動させるような声！

サビュレの頭蓋骨が一個の笛となり、響きが胸郭の空洞に戻る。そこで声は一音階下の音と混ぜあわされ、豊饒で深い響きとなっていく。

声は歓喜であり、憤怒であり、悲哀でもあった。

音階でも音律ですらない、全身に叩きつけてくるような音。

言葉として聞けば陳腐な歌詞が、歌声として表現されるだけで、瑞々しい意味と情感を持ちはじめた。昨日と同じ歌い手であるが、また絶対的に違っていた。

歌とは、音楽とは、水平ではなく、垂直に降りてくるものなのだ。

俺や観客は、声と音に吹き飛ばされそうだった。物質的な力ではなく、圧倒的な情感、声と音の本質の力に。観衆は音楽に浸食され、圧倒された。

爆発する激情。腹の底を揺さぶる振動。心の柔らかで強固な場所に突き刺さる歌詞。

サビュレの歌はギギナの卓越した伴奏すら女王のように従え、悪女のように魅了し、また恋人の愛の交歓のように交わった。一組の舞踊のように歌声と演奏が絡まり、そこからさらに化学変化し、声と音が爆発していく。

俺は本当の音楽というものを知った。太古の世から、人々が音楽に魅せられてきたのが分か

る。人間の存在とは、ひとつの、そして無限の歌で踊りなのだ。弾き手が狂い、また聞き手をどれだけ狂わせられるかが、音楽の高低なのだ。それ以外の基準は無意味だ。

長い歌声が収束していき、六弦琴が終曲の音を告げる。

余韻は長く優しく、町角の大気に溶けていった。

爆音。

それは観客からの拍手と喝采だった。

仕事帰りの労働者が、母親が、連れられた幼子までもが手を叩き、歓呼の叫びをあげていた。皺深い顔をしかめて、涙ぐんでいる老婆までいた。ウェザーズの楽団仲間すらも、感嘆の表情を浮かべていた。

「けっして最高のものではないが、初めて合わせたにしては上々だろう」

退屈そうに言ったが、ギギナは額に薄く汗をかいていた。サビュレはといえば、自らの声が完全に引きだされたことに放心状態だった。

俺も衝撃に打たれていた。ギギナも凄まじい奏者で歌い手だが、才能ある歌い手であろうサビュレと組みあわされると、さらに次元の違う音楽を生み出すのだ。

歌乙女エリダナの再来こと、ルル・リューにはまだまだ及ばないにしても、俺は音楽を聞いた。本物の歌手となるべきものの、叫ぶような産声を。俺は見た。その魂が売りはらわれた瞬間を。

　ギギナがウェザーズのほうに向きなおる。

「拙いながらも、これが音楽というものだろう？」

　惚けていたウェザーズが、正気に戻ったような顔をする。そして唇を歪めてみせる。

「く、だらないな」

　粘つく舌で、ウェザーズはなんとか続けた。

「音階も音律も少し不正確だし、楽章、そう楽章のつながりも、歌唱法もまだ完璧ではない。こんなものは歌でも音楽でもない。場末の酒場の歌だっ！」

「では貴様の言う音楽とやらは、なんのためのものだ？　聴衆が見向きもしない音の羅列が、おまえの望む音楽だとでも？」

「そ、れは、ここの聴衆がオレの音楽を理解できないほど低い次元だからだ」

　ギギナは無言だった。ウェザーズの現実が、雄弁な反論となっていた。ウェザーズの音楽は誰にも顧みられず、本人は食えてすらいなかった。

　ウェザーズが呆然としていた。ウェザーズは、どう考えてもつまらない音楽理論で騙っているだけの四流。いや、それ以前の存在だろう。

　ウェザーズは反論もできず、拳を震わせるだけだった。

「同じ音楽でも、貴様の十五年とサビュレの十五年は意味が違う。技術と知識の蒐集家に堕したおまえと、常に歌の本質そのものに向かっていた彼女とではな」

ギギナの唇が、どこか哀しげに言葉を零した。

「芸術や音楽は、努力や研鑽だけでは届かない。体格や体質ですら、咒式で補助が可能になることにすぎない。積み上げだけで届くのなら、音楽、そして芸術は誰にも見向きもされない。それは、積み上げて届くだけのものだからだ」

ウェザーズの身を切り刻む言葉だった。

積み上げた技術が、誇っていた音楽理論が、眼前の女の歌声の前には無力だった。

ただ音楽を愛し、音楽に愛された女に、ウェザーズの半生のすべてが粉砕されたのだ。

「画家の精髄は、筆と画布の間でしか表現できない。同じく歌手の精髄は喉と声、楽士は楽器と実際の音の間でしか存在しえない。手や喉、それ以外の表現がありえないなにか、けっして言語化できないなにか。それが、それのみが表現となるのだろう」

ウェザーズは打ちのめされていた。

表現すべきなにかが、感情と想いが、ウェザーズの内部にはなかった。音楽家として大成しなかった父、その師にすら認められないことへの反発、虚栄心や自尊心の充足、それには得意な音楽が都合のいい手段。ウェザーズにとって、音楽とはそれだけのものだったのだ。音楽祭に優勝したら帰るというのも、その卑小さの表れだろう。

そんな音楽家に他者に伝えるべきなにかなど、表現すべきなにかなど、最初から存在していなかったのだ。

「そんなことは分かっていたよ。三年前のあの時、ルル・リューの無名時代、その臨時伴奏を一度だけ務めた時にな」

ウェザーズの瘦せた顔には、恍惚と恐怖が交じりあっていた。

「あれは凄まじい経験だった。私の完璧な演奏も、ルルの歌声には遥かに届かず、添え物にもなれなかったんだ」ウェザーズの眼には、深い哀しみの色があった。「ルルにはあったなにかが、私の音楽には存在しなかったことを、あの時すでに思い知っていたんだ」

叫びは止まらない。

「入院していた咒楽士の復帰で、私は楽団を去り、ルルは活動を続けた。その後わずか一年で、ルルは皇国の音楽界を席巻するほどの歌手になった。ルルは私のことなど覚えてはいないだろう。そう、どこにでもいる上達ごっこと間違い探しに一喜一憂する四流咒楽士のことなどな」

押し殺したウェザーズの叫びは、慟哭となっていた。

「だがしかし、だからといって受け入れることはできない。その差を受け入れたら、私の今までのすべてが崩壊する。私はもう三十歳に近い。今さら積み上げた技術や知識以外に頼れるものなどなにもない。なにもないんだっ！」

ウェザーズの嘆きは、俺の胸にも突き刺さった。

俺もその嘆きを身のうちに飼っている。この先、俺がいくら修行や研鑽を積んだところで、届かない領域があることを知っている。

俺はさまざまな、そして恐るべき呪式士を見てきたのだ。クエロ、レメディウス、翼将、アナピヤ、ギルフォイル。

凡人と天才の差、先人の知識や技術を学び引用するだけのものと、自らそれを生みだすものとの、わずかでそして次元の違いほどもある差。どの世界でも、天性のなにかを持った、しかも苦しい修行や研鑽を苦痛とすら思わず、楽しみとしてしまう者が頂点に立つ。

直観できないものは、一生を勘違いしていられる。しかし、同じ道を歩みつつ、その絶対的な差を理解してしまった人間はどうすればいいのだろう？　才能や感性ではなく、理解力だけを与えられた人間はどうすれば？

ギギナが握る六弦琴を、サビュレが握った。即席の音楽の師弟が視線を交錯させる。ギギナが手を離し、サビュレが楽器を抱きしめる。

娘は一歩を踏みだし、六弦琴をウェザーズに突きつけた。六本の弦が、かすかに鳴った。

ウェザーズは受けとらず、弱々しく首を振った。

「やめてくれ。私には、それを持っている資格がないんだ」

徹底的に敗北したものの姿だった。

「音楽も家具も、なにかを語り作るべき資格が私にはなにもない。だからあなたたちで父に返してくれればいい。歌うのが楽しいだけの小娘にすら及ばない私には、過ぎた品だ」

「歌うのは楽しくなんかないです」

六弦琴を挟んで、サビュレとウェザーズが向かいあう。

「楽しいけど、それ以上にすごく苦しい。胸の奥が焼き焦がされるように痛い。どれだけやっても、他の誰でもない自分の中のなにかに、そして本当の歌い手たるルルに、まだまだ届かないから」

サビュレは六弦琴を眺めた。

「それでもあたしは歌いつづける。痛いし辛いし、破滅するだろうけど、もう誰にも止められない。あなたと出会った時のルルも、そうだったんだと思う。たぶん、あたしは大昔に音楽の女神に魂を、すべてを売りはらったのでしょう。さっきの歌は決定的な署名をしただけ」

視線は年上の咒楽士にそそがれた。

「あなたは、もどかしさと飢えを自覚していなかった。批評家きどりの態度で本当のことを避けていたつもりだった。だけどもう気づいてしまった」

瞳には、決意などでは済まされぬ、意志の炎が燃え盛っていた。

譬えるなら冥府の劫火。身の内から彼女を灼こうとする激しい焔。

「だからこれを受けとって苦しんで。私と同じように」

サビュレの声は、魔女の取引のような響きを帯びていた。

ウェザーズは長い間、ただ黙っていた。唇を引き結び立ちつくしていた。

やがて決心したように手が伸ばされた。開かれた五指が閉じられ、六弦琴の棹を摑む。

灼熱の金属を摑んだかのように、ウェザーズの顔に苦痛の表情が浮かんだ。

サビュレは音もなく笑みを浮かべていた。

曇天は、地上に小雨を投げかけていた。

タイヤが泥濘を跳ねあげて進む。跳ねた泥飛沫がヴァンの硝子の前面に張りつく。

特殊加工の硝子がある程度の泥を弾き、窓の前面を横切ったゴムの除去竿が取り除いていく。

それでも泥の付着は繰り返される。

来た時と同じように、俺たちはカイネス山を越える最短進路をとっていた。違うのはウェザーズが乗っていることくらいだ。

「けっきょく、私は音楽というものが分かっていなかったのだな」六弦琴の箱を抱いたウェザーズの苦い述懐。「ただの手段でしかなかった音楽では、音楽家どころか何者にもなれない。一流にはなれなかった父の嘆きが、今になって実感できる」

これからのウェザーズは苦難の連続だろう。

自己の価値観を破壊し、別の価値観を受け入れる。とてもじゃないが、いい歳した男には不可能だ。音楽と数学とチェルス将棋、非言語領域が左右する純粋才能の世界に、そんな気構えなどが通用するとは思えない。しかし、それは俺が口出しすべきことではない。

対して、ギギナと別れることにサビュレはなにも言わなかった。彼女は自らを女にした男ではなく、歌を選んだのだ。

恋も別離も、喜びも悲哀も、そのすべてが、サビュレという歌い手を大きくする糧となるだろう。

サビュレは自身で選んだのだ。人間でも女でもなく、歌手であることを。

「足りないのではなく、むしろ抱えすぎているのか、私は……」

ウェザーズがつぶやいた。

「今後のことは、椅子の脚を返してから考えるんだな」

音楽のことなど知りもしない俺は、そう返すしかなかった。

雨に濡れた山道を抜け、俺はヴァンを停止させた。

広がるのは、一面の濁流。

来たときにはヴァンで渡れるような小さな清流だったが、現在は唸りをあげる泥色に濁った川になっていた。

「進まないのか？　それとも進めないのか？」

ウェザーズの不安そうな声。

「それを確かめてくる」

言い捨て、俺はヴァンの外に出る。濁った流れを進んでいき、川のなかばに到達。小枝が流れていく。俺の膝までもが泥水の流れに浸っていた。

「車では進めないな」

　追ってきたギギナも、脛まで泥水に浸かっていた。背後からの水音に振り返ると、ついでにウェザーズも来ていた。

「これくらいなら車でも行ける」

　ウェザーズは俺とギギナを抜き去り、川のなかを進んでいった。そこで立ち止まり、咒楽士は振り返った。

「行こう、これくらいなら行ける！」

「行けるかもしれない。だが、立ち往生したらめんどうだ。それにこの先に同じような川が二本もある。だとしたら、戻って山道を迂回したほうが確実だ」

　俺は常識的な判断を口にする。

「ウェザーズ、気持ちは分かるが焦るな。待つことも大事だ」

「おまえは親父かよ」

　ウェザーズが苦笑いをし、息を吐いた。

「分かっているよ。凡人の俺はただ積み上げていくしかない。だとしたら、戻ることだけでも急ごう」

　ウェザーズの表情からは、常に張りついていた険悪なものが取れていた。

　俺とウェザーズが、足の方向を戻す水音。それを打ち消したのは炸裂音。

そこで音源を見るべきではなかった。上流から走ってくる濁流。それは白い泡の鬣をなびかせ、泥色の肌をした濁流という名の悍馬の群れ。

前後のどちらに逃げるか、一瞬の迷いが致命的だった。

全身に叩きつけられる泥水の鉄槌。

俺の体が木の葉のように流されていく。溺れて死ぬか、漂流物に激突されて死ぬか。

体の流れが停止した。俺の左手首をギギナの右手が掴んでいた。ギギナの左手は大岩を掴んでいる。超握力も長くは続かないとみたギギナが、俺を大岩の陰に引きこむ。

巨石の質量に、ある程度は遮られたといえど、激流が俺の全身を叩く。

泥水を飲みこみながらも、俺はウェザーズの姿を探した。

濁流の中州に突き立った枯れ木。その今にも折れそうな木に、胸まで泥の激流に浸かったウェザーズが掴まっている。それは次の瞬間に流されてもおかしくない危機的状況。

「ウェザーズ、こちらに来いっ！」

轟音に負けないように大声を張りあげ、俺は握っていた魔杖剣を伸ばそうとした。流れで剣が持ち上がらない。それでも鋼成系第一階位〈剛鎖〉で鎖を紡ぐが、組成式がまとまらない。

構わず放つが、手元が狂って鎖は見当違いの方向に飛ぶ。流れの激しさに、足と腕が安定しない。ギギナに抱えられているとはいえ、肝心の俺の腕力が水流に負けてしまっている。

ウェザーズは上流にいるから、流れを考慮すれば俺の咒式に掴まれる可能性が少しは残っている。

だが、数少ない可能性を無にしているものを捨てねばならない。

「六弦琴(ギタール)を捨てて、こっちへ流れてこい！」

ウェザーズは奪(うば)われるのを拒否(きょひ)するかのように、六弦琴を抱(だ)きしめる。俺は再度の呪式(じゅしき)を放つが、途中(とちゅう)で散乱して消失した。濁流に流された木材が、俺の右肘(ひじ)を打ちすえたのだ。

激痛に姿勢が崩(くず)れ、川底に魔杖剣を突き立てて耐(た)える。胸元(むなもと)で泥水(どろみず)が弾(はじ)けた。

「気持ちは分かる。だが、クレスコスは椅子の脚を取り返したいだけじゃない、おまえに帰ってきてほしいんだ！」

泣き笑いが混ざったウェザーズの表情。

「それはできない、まだできないんだ」

ウェザーズの叫(さけ)びは、激しい泥の流れを渡った。

「父の大事にしていた椅子の脚を、私の楽器としてでも届けてやりたい！　だけどなによりも、やっと本当の音楽を感じはじめた私を、その演奏を聞いてほしいんだっ！　腐(くさ)っても私は音楽家なんだ、呪楽士(じゅがくし)なんだよ！」

痛切な叫び。自らを刻むようなウェザーズの叫びだった。

「だから私は戻る。必ずだっ！」

声と同時に凄(すさ)まじい爆音(ばくおん)。上流で濁流が爆発したかのように弾けた。

ギギナに引かれて、俺の体は大岩に押しつけられた。今まで以上に水量が激しくなり、体が千切られそうになる。

大岩に割られた泥の飛沫の向こうに、枯れ木にしがみつくウェザーズが見えた。次の瞬間、枯れ木を泥の波濤が覆い隠す。岩石すら流れ、木々を打ち倒していく。

「ウェザーズっ！」

波の去ったあと、ウェザーズの拠りどころたる枯れ木は、折れかかっていた。

「どうでもいいものは摑めたというのに！」

吐き捨てたギギナも、咄嗟には俺かウェザーズかどちらか一人しか助けられなかった。そして今さらギギナがウェザーズを助けようと動けば、全員が死ぬ。

つまり、ウェザーズはもうどうあっても助からない。ウェザーズ本人の透徹した瞳も、その冷たい計算を理解していた。

折れかかった枯れ木にしがみついたウェザーズは、笑みを浮かべた。狂気と狂喜の境の、凄まじいまでの笑み。その笑みと手元が泥の波に隠れた。

俺とギギナは、衝撃に硬直していた。

ふたたび現れたウェザーズは、その手に六弦琴を持っていたのだ。

「分かったんだ。今、ほんの少しだけ音楽というものの一端が分かったんだ。ルルが三年も前に、サビュレですらつい先ほどに摑んだなにかを！　そのなにかが、積み上げた末に分かることもあるんだと！」

目には狂おしいばかりの熱、そして確信。

「だから聞いてくれ、あなたたちに聞いてほしいんだっ！」

唖然とした俺たちの前で、ウェザーズは演奏をはじめた。

指で弦を弾き、音に歌声を絡ませていく。

それはウェザーズが公演でいつも弾いていた退屈な曲。だが、すべてが違った。

萎れていた花々が、生気をそそぎこまれ咲き誇っていた。

陳腐な出会いと別れは、運命の出会いと悲劇の別離になっていた。

うなだれていた英雄は、顔を天に向け雄々しく叫んでいた。

人の世の無情と哀感を、その果てにある希望を。人間の讃歌を。

そう、ウェザーズの喉と六弦琴の演奏を借りて、すべてが表現されようとしていた。

だが、まだだ。その演奏はまだ届かない。殻を破った雛鳥に、その脱け殻がまとわりついているようなもどかしさがあった。

濁流の音を貫き、音と歌声は響いた。

胸元で轟く泥の波濤などに負けまいとするように、いや、存在すらしないかのようにウェザーズは歌い奏でる。

運命という濁流に抗う人々に、自らに向かって、応援歌を高らかに歌っていたのだ。

この瞬間、ウェザーズは音楽家になりかけていた。

喜びといえぬ喜び、怒りともいえぬ怒り、哀しみにならぬ哀しみ。希望ともいえぬ希望。他のなにかではなく、声と音だけでしか表現できないものを、ウェザーズは歌いはじめていたのだ。

ウェザーズは、人間としてたいせつな何かを、殻を脱ぎ捨てようとしていた。代償の見返りがなくても、魂とすべてを売り払おうとしていた。

音楽の女神は、真面目な常識人などには微笑んではくれない。自らに近づくためにすべてを投げ出し、膨大な時間と努力の供物を積み上げた狂信者のなかから、気まぐれに恩恵を与える、そんな性悪女なのだろう。

得られるかどうかも分からない恩寵。だが、手に入れるには、すべてを捨てなくてはならないのだ。

魂と引き換えに、もう少しでウェザーズは摑む。聴衆の背筋を、魂を震わせるなにかを。

達しようとした音楽を、轟音と爆音がかき消した。残酷に、無慈悲に。

先ほどまでの濁流が、小川のせせらぎに思えるほどの水量。ギギナが全力で俺を抱きしめ、大岩に爪を立て、何重もの呪式を発動。

歌い奏でるウェザーズが、泥の波濤に呑まれるのが見えた。その瞬間にも、ウェザーズの唇は唄っていた。

俺は最後まで見届けることはできなかった。山が丸ごと落下してきたような、重々しい衝撃に襲われていたのだ。次の瞬間、俺とギギナは水中にいた。泥水が渦巻き、耳元で轟々と唸る。水に悪意があるかのように、全身に襲いかかり、肉も骨も引き千切ろうとしてくる。

泥の暗黒がうねるだけの、気が遠くなるような時間。

意識を取りもどすと、背中には冷たくなった相棒の皮膚。その奥に燃える体温。俺の目は開いていた。視界には泥濘に塗れたギギナの髪の房。滴る水滴。

晴れやかな朝日を背に、ギギナの不満げな美貌。

泥濘の夜は明けていたのだ。

「なんだ、生きていたのか。私の力が強すぎるというのも問題だな」

さすがのギギナも憔悴していた。半日近くも、大自然の爆流にその全身筋力だけで抵抗したのだ。前衛の筋力と持久力は、果して人間のものなのだろうか。

「お互いに生きていることが残念だな」

いつもの調子で応えることにより、俺は現状認識をしはじめた。

「ウェザーズは⁉」

ギギナの表情が曇る。察した俺は、それでも泥の流れを見渡す。

ウェザーズのしがみついていた枯れ木は、根元からへし折れていた。断面はささくれた白い繊維を晒していた。

そこにウェザーズの姿はなかった。

川のどこにもなかった。

ウェザーズの豊かな声と音も絶えていた。ただ、耳が痛くなるほどの静寂があった。

俺たちを乗せたヴァンは、カイネス山の迂回路を通り、八号街道を戻っていった。

スレイストンの町に到着した。俺は憂鬱な思いで、「ソコード響音店」の看板の下の扉を抜けた。

戸口に立った泥塗れの俺とギギナの姿を見ても、クレスコスはなにも聞かなかった。

椅子を勧められ、俺とギギナは疲労した体を下ろした。そしてクレスコスは湯気をあげる珈琲を出してくれた。

喉に流しこまれた珈琲は、胃の底から内臓、そして全身を温めていった。

珈琲を飲みおわった後も、俺はなにも言えなかった。店内に並べられた楽器のように、沈黙を守っていた。

クレスコスは最初に出会った時のように、三本脚の椅子に座っていた。

言いにくいことを、それでも俺は報告せねばならない。

「息子さんは、椅子の脚を自分の手で返そうと決意されました。そしてここに来る途中に、おりからの雨による増水に遭って……」

　どうしても語尾が弱くなる。

「ですが、泥流に巻きこまれながらも、ウェザーズは最期に素晴らしい音楽を弾き、本物の歌を唄いはじめました。俺には音楽のことはよく分からないが、あれは素晴らしかった。あと少しで彼は……」

　吐き出すように俺は語った。クレスコスは雨に煙る窓の外を眺めていた。

「そうですか。息子はついに足を踏み入れたのですな。私には扉に手をかけることしかできなかった、あの至上の領域に。選び選ばれた者のみが入れる、音の王国の入り口に」

　クレスコスの柔らかな目は、ほのかな熱と焔を孕んでいた。

　この男も、かつては音楽家だったのだ。

　気まぐれな音楽の女神に魂を売り、すべてを捨てた。それでも大成はせず、最後には音楽の恐ろしさから身を引いたのだ。

　息子を失った父である前に、弟子が師匠を超えたことが誇らしい、そう思える音楽家の業を見てしまった。

「すみません。俺がもう少し注意していれば、息子さんは……」

　俺の視線に、クレスコスは応えた。

「ですがあなたがたは、息子の遺体と椅子の脚を発見したわけではないのでしょう?」

「え、ええ」嘘は言えなかった。「ですが、その、遺体の発見すら絶望的で……」

「帰ってきますよ」

クレスコスが断言した。頭がおかしくなったのかと、俺はクレスコスの顔を凝視してしまった。

そこには狂気も妄想もなく、穏やかなクレスコスの横顔があった。

「息子が、わが弟子ウェザーズが一度約束したのなら、それは必ず果たされます。音楽に向いていなかった頭でっかちの技術屋きどりが、十五年もかかりましたが、それでも最後には本当の音楽家になりかけた」

クレスコスの柔和な双眸が、俺とギギナを見つめてきた。

「ウェザーズが椅子の脚とともに帰ると、私に自らの演奏を聞かせると約束したのなら、それは必ず帰ってくるのですよ」

まるでとうぜんの事実を語っているような声色と表情。長い時を耐えた人間だけが持つ落ち着き。

「私は十五年間もあの子を育て、十五年を待ったのです」

クレスコスの口許が、柔らかな微笑みを象った。

「あと十五年、三十年を待とうとも、それは音楽や、そして私にとってさほど長い時間ではありませんよ」

微笑みには、強靭な意志が宿っていた。

クレスコスにはすべてが分かっている。

椅子の脚が戻らないことも。

ウェザーズがけっして生きては帰らないことも。

それでもクレスコスは待つのだ。

俺とギギナは、窓の外を眺めていた。そして雨音を聞いていた。

雨音のなかに、応えてくれる歌声と音楽があるかのように。


街角に溢れる歌や音楽のなかに、言葉にできないなにかを聞きつけた時、俺は思い出すことがある。

雨が降りそぼる町の小さな楽器店、その奥の三本脚の椅子を。

その椅子に座る、一人の元音楽家、そして父親のことを。

今でも、あの場所で、あの三本脚の椅子に座って、クレスコスは待っているのだろう。帰らぬ息子の帰還を。いつまでもいつまでも。

その命の最期の時まで、クレスコスの脳裏にはひとつの情景が思い描かれているだろう。

音楽店の扉を息せききって開ける、弦で傷ついた手。続くのは、ウェザーズの朗らかで精悍な笑顔。片手には長年の習練を示す、使いこまれた六弦琴。

本物の音楽を奏でるウェザーズを前にして、クレスコスは「まだまだ音楽というものが分かっていない未熟者だ」と満足げに笑うのだろう。

皺深い目尻に、薄く涙を滲ませて。

四本ではなく、三本脚の椅子に座ったままで。

そう、そこでは椅子の脚は、六つの弦を支える棹のままなのだ。

三本脚であってこそ、
その椅子はクレスコスの椅子なのだから。

されど罪人は竜と踊る

優しく哀しいくちびる

それは少し前の話。失われた話。

幸福な嘘の話だ。


皇暦四九七年、六月二十二日、午後十一時五十八分。会社の残業で遅くなったジヴーニャは、マンションの自動昇降機の中で決心していた。

明日は、いよいよあの日だ。恐るべき悪夢の日がやってくる。この日が来るのを忘れまいと、携帯電話の予定表に登録までしていたのだ。

今夜は英気を養って、明日こそ去年の復讐を果たさねばならない。

一〇階に到着し、電子の鐘の音とともに自動昇降機の扉が開く。酸化チタンの光触媒塗料で化粧された白い壁を曲がっていくと、廊下が伸びる。

ジヴーニャの深い翡翠色の瞳が見開かれる。蛍光灯に照らされた灰色の強化コンクリ床に、黒々とした点が落ちていた。

点々と続く血痕に視線が誘導され、終点の自宅の扉の前に辿りつくと、血溜まりがあった。

扉に凭れるように腰を下ろした男が、自らの流す血潮に真紅に染まっていた。

顔と指先から血液が下がっていき、尖った耳が震えるのを自分でも理解できる。

「ガユスっ⁉」

自分の声で呪縛が解け、鞄を投げ捨ててジヴーニャが走りだす。服を血に塗れさせながらも瀕死の恋人を抱え起こす。

ガユスの防弾・耐刃仕様の服の、胸と腹部が無惨に破れ、鮮血が溢れている。ただでさえ血色の悪い顔は、大量出血で蒼白になっていた。

伏せられた長い睫毛が上げられ、虚ろな青の瞳がジヴーニャを見返してくる。

「ジヴ……か」

「ガユス、どうしたのっ⁉」

鉄と潮の血臭が立ちこめ、女の胸に暗黒の絶望が広がる。

「笑え、笑える話だ。やはりモルディーンには勝てなかった。翼将って、ありゃ反則の強さだ、な……」

「ガユスっ！」

「ジヴ、いいから聞いてくれ」

鋭い声に、ジヴーニャの嗚咽が中断させられた。ガユスの左手が伸ばされ、女の白い頬を撫で、血化粧を施してしまう。恋人の真剣な瞳に、涙を堪えるジヴーニャの姿が映りこむ。

「すま、ない。だが、俺の最低な人生の最期には、君に、会いたかったんだ。そして、言いたかったんだ」

ガユスの顔に笑顔が浮かんでいた。穏やかな笑顔だった。

「ガユ、ス？」

「ジヴ、君を愛している」

ガユスの唇から、真紅の迸りとともに優しい言葉が吐かれた。女を見つめる青の瞳は、閉じていく瞼に隠された。

頭部が自らの胸元へと折れ、ジヴーニャの頬を撫でていた左手が、自ら流した血の海に落ちた。跳ねた赤の飛沫が、ジヴーニャの白い頬に恋人の残酷な死を署名した。

いつかこうなることが、ジヴーニャには分かっていた。

愚か者には愚か者に相応しい死が待っていると、ガユス自身も語っていた。

二人で映画を見にいったとき、「本当に悲しいとき、人間がそんなこと言うわけないじゃないの」と、自分が笑って言っていたのを思い出していた。

だが、それでも、黒々とした血の海に沈む恋人の死体を前に、女は言わずにはおれなかった。

「……ウソ、こんなの、は、嘘よ」

「うん嘘」

軽い言葉とともに、ガユスの上半身が跳ね起きる。

血塗れの全身と顔。だが、その双眸には底意地の悪い笑みが浮かんでいた。自らの服を見下ろし、短い裾をつまみあげてみせる。

「ああこれ？　偽の血液だけど、臨場感抜群だろ？　血圧を低下させて、青い顔を作るのは苦労したよ」

「あな、あなっ……」

　ジヴーニャの氷結していた心が解凍、そして急激に沸騰していく。右手の細く可憐な五指が握りしめられる。

「騙したのねっ！　し、信じられないっ、なんて悪趣味なっ！」

　ジヴーニャの拳が、血の海に座りこむ恋人の肩を殴りつける。

「怒るなよ、だって午前零時は過ぎているだろ？　だから有効だ」

　ジヴーニャ拳の嵐の下から、ガユスの掲げる携帯咒信機の画面には、六月二十三日、午前〇時二分と示されていた。

「今日は、すでに今年の〈愚者の日〉に入っている」

　ガユスの意地悪な笑顔、ジヴーニャの顔には、落雷に撃たれたかのような表情。

「いちおう最初の嘘だから、気づきのきっかけは与えたよ？　俺が見た目のままの重傷とするなら、階段を上ってこられるわけがない。自動昇降機の床に血痕がないことから容易に推理できる軽ーい嘘だよ」

　親切そうに、だがまったく要らない解説をする恋人に、ジヴーニャの震える拳は行き場を失ってしまった。

エリダナの街の名の元となった、歌乙女エリダナ。

彼女は獰猛な侵略者たるフイヴル族から、エリダナを救った英雄として祭りあげられたが、一介の歌手として生きることを譲らず、公的な役職への就任要請のすべてを固辞した。

解放軍を指揮するエリダナを支えた、フーリーという一人の女道化師がいた。彼女もエリダナと同じく女道化師としての職を貫いたが、人々に向かって一つの日を作ることを提案した。堅苦しい日々もほどほどにして、年に一日だけ人々が嘘をついてもいい〈愚者の日〉を作る提案を。

フーリーの冴えたところは、その日を固定せず、代々の首長が年の始めに〈愚者の日〉を発表して、後は放置することにさせたところだ。

御丁寧に、当日までは日程の公的な報道はいっさい禁止という条文まで明記されている狂いっぷりだ。それにより、愚者の日が来るのを忘れて人々は過ごし、ある日突然、それを覚えていた人による嘘が発動するのだ。

それ以来約六百八十年、エリダナの〈愚者の日〉は連綿と続いている。年始の発表の直後だと、みんなが警戒してしまう。年末だと、それまでに騙されなかったことに気づいてこれまた警戒する。油断させるべく、その年の三月から十月の間とする必要がある。

その数字は、月と日の骰子を、市の二十四賢老が順次振っていって決められ、時の為政者によって発表される。つまり、今年は現市長ヒルベリオの年始の宣言により、六月二十三日ということになったのだ。

「ウコウト大陸諸国会議で、ついに和平なる。関係回復が続いていたツェベルン龍皇国とラペトデス七都市同盟により、恒久和平条約が提案される。神聖イージェス教国とバッハルバ大光国と後アブソリエル公国も賛成、五大強国主導により、大陸から戦争の可能性が駆逐される……ことを希望する」

「〈白銀龍ギ・ナランハ〉から人類への宣戦布告。眷属の竜と〈異貌のものども〉を使って、天空からすべての都市に轟雷を降らすという激烈な死刑宣告。しかし当社の骨つき肉の賄賂により、なにごともなし」

六月二十三日。地元のエリュシオン紙には〈愚者の日〉に乗った嘘記事が並べられていた。紙面から視線を外すと、朝日の射しこむ食卓と、俺のほうをまったく見ずに頬を膨らませているジヴの姿があった。

肉叉をサラダに刺す。

昨夜の悪戯の後、大笑いしながら後片づけをし、謝ったのだが、ジヴの機嫌は直らない。お蔭で、ジヴの自宅にも入れてもらえず、朝になって戻ってきて、必死の謝罪と口づけ、そして上等の葡萄酒を進呈して誤魔化したのだ。

「フーリーって女性は英雄だとは思うけど、こんな馬鹿げた日を作るなんて、絶対に絶対に性悪女だわ！」

ジヴの顔は不愉快そうだった。俺は笑みを返す。

「そうか？　洒落の分かる女だと思うが。同時代に生きていたら、俺は絶対に口説いていただろうね」

「えーそうでしょうよ。根性腐れのガユスとは、さぞ気があったでしょうよっ！」

実際、俺は性悪女が嫌いではない。

素直なときのジヴのような女は、おちょくるのには楽しいが、男女の騙しあいの相手としては物足りない時もある。

相手の歪んだ悪巧みを、それ以上の曲がった悪巧みで捩じ伏せるのも、俺は好きなほうだ。

我ながら変な趣味だとは思うのだが、もう一方の意地悪なジヴが好きなときも、たしかにあるのだ。

「大丈夫だって、俺はジヴを愛している」

俺は怒るジヴの腰を引きよせて、膝の上に乗せる。胸の谷間に手を滑りこませようとすると、手で弾かれた。仕方なく食卓の上に行儀よく手を置いておく。

「あなたを両親に紹介できない。それ以前に愛情が信じられない」

「本当に愛しているんだって。料理だって上手いし、最高の女だ」

首を捩じって、ジヴの緑の視線が俺を覗きこんでくる。

「本当に私の料理が美味しいって思ってる？」

「ジヴの料理は最高だよ」俺はサラダの添え物を肉叉に突き刺し、掲げてみせる。

「特にこの夏蜜柑が最高」

「それは缶詰を開けただけで、料理というかっ！」

「いやいや、缶詰の開けかたがいいから、素晴らしい味に」

俺の追い打ちに、ジヴが本気で怒りの表情を向けてきて、予告なしの左肘打ち。殺気のこもる一撃に前髪を持っていかれながら、俺は上体を捻って回避。悔しげな表情をしたジヴの左肘は、なんか蒸気すらあげているようにも見える。

「俺を殺す気ですか⁉ 急所に当たったら間違いなく死ぬ一撃ですよジヴーニャさんっ⁉」

「まさか。戯れよ戯れ、円満な恋人関係を維持するために必須の、優しい愛のた・わ・む・れ！」

「嘘だ、ぜってー嘘だ。俺が逃げなかったら、確実に死んでいた！　あと、そんな苦痛をともなう愛は要らないですよ⁉」

「え、えーと、今日は愚者の日でしょ？　だからそれよ、嘘、嘘なのよ！」

「……嘘をつく日であって、暴力を言い訳する日じゃないから、そこはなしにしてね、ね？」

頰を膨らませたジヴが、俺の膝の上から逃げた。

「もう少しジヴの美味しい料理を食べたいな。ジヴお得意の肉包みパイとかがいいな」

立ったジヴの憤った瞳と、座った俺の甘えたような視線が絡みあう。許すしかないと思ってくれたらしく、ジヴが溜め息を吐いた。

「仕方ないわね」

少し機嫌を良くしたジヴが台所に向かい、冷蔵庫の前に屈んで食材を取り出そうとする。

「今回は、肉包みパイの挽き肉抜きがいいな。そうそう、酸味づけに刻んだ林檎を入れて、パイ生地はなしで、代わりに梨を入れて林檎を抜く。最後に風味の梨を外して、生地の内部に空気を入れて膨らませてくれないか？」

「ええと」

ジヴの横顔が、俺の複雑な注文を解読していく。やがて結論に達したジヴの鬼の形相が俺へと向けられてくる。

「それってなにも残らないじゃないのっ！　私を騙しっ……」

さすがにジヴも、マヌケすぎる続きを飲みこんだ。怒りのあまり、ジヴの秀麗な眉と尖った耳先までもが痙攣していた。

「いいもん、私だって今年はガユスを騙してやるんだからっ！」

部屋の中央に立つジヴが、俺へと指を突きつけて宣誓してくる。俺は首を左右に振って、忠告してやる。

「ごめんよ、ジヴ。そんなバカ正直な宣言をわざわざする可愛らしさでは、今年も俺の餌食決定ですよ？」

「あっ、見てガユス、空に子豚が飛んでいるわっ！」

　ジヴが窓の外を指さして叫ぶ。

「だから、そんな可愛い嘘では引っかからないよ」ジヴへと微笑みを返し、指の示す先をお義理で見た途端、俺の笑みが凍りつく。「い、いや、待てよ、本当に空に何かが飛んでいる。子豚じゃない、あれ、あれは大きな、竜だっ！　逃げろジヴっ！」

　俺は椅子から跳ね上がり、魔杖剣の柄に右手を掛けながら左手でジヴを窓から引き剝がす。蒼白な顔のジヴが弾かれたように逃げ、机の下に転がる。

　呼吸を一つしたあと、俺は魔杖剣の鞘で、ジヴの尻を軽く叩いてやる。

「ほーら、大きなお尻竜が襲来した。撃退成功♪」

　這いつくばった姿勢のままで振り返ったジヴの顔には、恥辱と怒りが浮かんでいた。

「あなたはまた私を騙っ……」

　言葉をなくしたジヴに、俺は厳粛な面持ちでうなずく。口許が痙攣してしまうのは仕方ない。

「だ、だいたいジヴって騙されすぎだよ。去年も、俺が携帯で『ギギナに刺された、ああっ、混乱している。最期に、ジヴに、ツザンの診療所に来てく……』って切っただけで、半泣きで走っていくんだもの」

「ガユスの嘘って、本当にありそうなんだものっ！」

「嘘の秘訣その一、真実の割合を高めるほど嘘が真実っぽくなるって、ん？」

「どうしたの？」

「いや、俺の携帯がどこかへ行って……」

ジーンズに回した革帯（ベルト）や、椅子の背に掛けておいた上着の内側にもない。

「ジヴ、電話を借りるよ」

自分の番号を呼び出すと、上から呼び出し音が鳴り響（ひび）く。ジヴの自宅の中二階からだった。不用品や荷物置き場になっている中に、携帯があるらしい。

「どうしてあんなところに忘れるわけ？」

「今朝、喧嘩（けんか）したときに飛んだのかな？　いいよ、梯子（はしご）はどこ？」

「私が行く。私の荷物のある場所に行ったら、ガユスは下着や恥（は）ずかしい写真を探したり、いらないことをするからね！」

「鋭（するど）いね。名探偵（めいたんてい）ジヴの名推理だ。必ず無罪の人を犯人と指摘（してき）して死刑（しけい）にするような迷推理（めいすいり）だけどね」

「真犯人は常にガユスだから、推理する必要はないのよ」

ジヴが梯子を持ってきて、立てかける。ジヴが神の曲線を描（えが）いた尻を揺（ゆ）らして登る。紙箱の間に尻が入っていくのを、俺は眺（なが）めていた。

長い時間がかかって、「見つかった」という声が返ってきた。俺は携帯を強制着信にして、音声を解放。上の電話に出たジヴに、優しく忠告してやる。

「ジヴ、振りかえって下を見てごらん？」

「なぁに？」

携帯を耳に当てたジヴが、紙箱の間から振りかえる。そこには受話器片手に、梯子を畳んだ俺がいた。

「ジヴったら、おマ・ヌ・ケさん♪」

中二階には、降りられない怒りに震えるジヴがいた。

「い、いわ、降ろさないつもりなら、この携帯も戻らないわよ！」

「それ、浮気用の予備だから、こっちが本機♪」

俺は後ろ手に持っていた携帯を見せてやる。ジヴは言葉にならない奇声とともに、携帯を放り投げてくる。俺は軽々と右手で受けて、微笑む。

「俺には予備の携帯なんてないよ。見せたのはジヴの携帯♪　返してくれてありがとう♪」

お揃いの外装にした携帯と携帯咒信機だからできた芸当に、ジヴの顔には凄まじい怒りの形相が現れる。俺は痙攣する頬を必死に押さえつけようとする。

「笑ってはジヴに怒られるので、俺は笑いを堪えている。必死に堪えている」

「畜生っ、現状解説なんかするなっ！　私を笑いたければ笑いなさいよっ！」

「では、ジヴ姫様のお許しが出たので、失礼して」

俺は左手を前に回して、上空のジヴに恭しく一礼をした。

「ぶはははははははははははははははははははははははははははははっ！」

俺は腹の底から笑った。部屋に笑声が響き、横隔膜が痙攣して涙まで出てくる。

中二階では、ジヴが真冬に小屋を追い出された小型犬、というより子豚ちゃんのように震え、恥辱に耐えていた。可哀相になったので、俺は梯子を戻してやる。降りてくるジヴが、よろめく。

「な、なにもないところでよく転べるなぁ」と支えてやる。しかしジヴの緑の目には憎悪があった。唇からは滴る怨嗟の声。

「殺す、いつか絶対殺す」

「大丈夫ですか～？　たしかジヴのお祖父さんは神経系の病気で亡くなったと聞いたし……」

「関係あるかっ！　殺す、絶対殺す！」

「可愛い、可愛すぎるよジヴ」

吼えるジヴの、白金の髪に包まれた頭を胸に抱きしめる。そして甘く優しい声で告白する。

「そんなマヌケな君が、すごく愛しい」

俺の腕の中で、物凄い目をして見上げてきて、荒い鼻息を鳴らすジヴを見ると、笑いそうになる。「ジヴって耳が尖っているもんな。よく見ると、ちょっと子豚っぽいかも」と自分の脳内解説にまた笑いの振動が込みあげてくる。ダメだ、なんとか耐えろ俺。これ以上は本当にジヴが怒る。憤怒寸前の恋人から目線を逸らし、なんとか我慢する。

笑いを堪える俺の腕の拘束を振りほどき、ジヴが逃れる。

振りかえったのは、ジヴの明るい笑顔。瞳の色は復讐の炎に変わっていた。

俺は嘆息を漏らす。ジヴは左手を腰にあて、右手で俺を指さしてくる。

「それより、今年こそ私はガユスを騙してやっつけてみせるわっ！　覚悟していなさい、この悪者めっ！」

叫びとともに、ジヴが足早に歩いていく。机の上においてあった鞄を引っ摑んで、俺へとまた振りかえる。

「とりあえず、これからじっくり計画を練ってから復讐する！」

「あのーもしもしジヴさん。もう一度いいますよ？　陰惨な復讐をするのではなく、楽しく騙すのが愚者の日ですよ？」

玄関の扉が開いて、閉まる音が響く。

すぐに扉が開かれ「財布と鍵を忘れたのよ、よくあることでしょ!?」という険しい目で俺を見ながら、棚の引き出しから財布と鍵を取り出す。

もちろん俺は「よくあることですね……、おマヌケさんには」といった生温かい表情で、再び去っていくジヴを見送る。死ぬほど悔しそうな顔でジヴが扉の向こうに去っていくのが、また愛しい。

だんだんと、ジヴの人格が変になっていっているような気がする。相手に合わせて変わっていくのはいい男女関係だというが、この変化はどうなんだろう？

ジヴが俺を騙す奇襲をかけるそうなので、単車で事務所に向かい、到着。応接室にギギナが立っていたのが見えた。待ちかまえていたみたいだ。

「ガユス、美人の依頼人が来ていたぞ」

「それより、来る途中の道でおまえの椅子、ヒルルカが燃やされていたが、あれはいいのか？」

事務所を見回しながら適当に返してやると、ギギナの頭部が回転、鋭い視線で側のヒルルカを確認。安堵すると見せかけてすぐに跳躍してきた。

空中で引き出され連結された屠竜刀が、俺の脳天めがけて降ってくる。予想していた俺は、魔杖剣ヨルガの側面に左手を添え、万全の姿勢で受け止める。

軋り声をあげる刃の向こう、美貌のドラッケン族が悪鬼の笑いを浮かべていた。

「貴様は本当に嘘が速いな。よしよし私の嘘を聞きたいか？　そうか聞きたいか！　貴様を殺すのは嘘だから安心して刃に身を任せろ！」

「ギギナが嘘をつくとは珍しいね！　壊滅的に下手だけど！　ギギナは存在自体が嘘だから消えてくれないかな!?」

それほど力を込めていない、しかも片手持ちのギギナに、全力で両手持ちの俺が押されている。獲物を殺して遊ぶ猫のように、少しずつ力を込めてきやがる。

ははは、出合い頭の殺意っていい態度だ。俺も魔杖剣の先端に咒式を紡いでいるけどね。

「私とて、愚者の日に乗る遊び心くらいはあるのは知っているだろう？」

二人の間に、不自然な沈黙。

ジオルグ咒式事務所時代にも、愚者の日の遊びがあったことを思い出してしまった。

刃の押しあいがどちらからともなく中止され、二人の体も離れていった。

ギギナは力なく手近な椅子に座り、俺は魔杖剣を鞘に戻しつつ、応接室の中央で孤独に立ちつくしていた。

べつにどうでもいい。思い出を頭から振りはらって、思考の切り替え。

棚の上に俺の知性と教養の源、お色気雑誌があったので、手にとって思考。対象の思考を模倣するとすぐに対応策を思いついたので、事務所の扉を少し開いて、雑誌の頁を開いて上に載せる。

ついでに釘や針金を持ち出してきて、不安定ぎみに本を固定してみる。うんいい感じ。

「なにをしているのだ？」

「うん？　ああ、後で分かる」

ギギナの問いに返事すると、相棒の座っている位置が応接椅子の隣だということに気づく。

今まで見たこともない新入りの椅子は、異常なまでに精緻な装飾で、宝石までもがついていやがる。

俺の舌は粘液の中を動くように、緩慢に動く。

「あのギギナさん、その真新しい椅子という未確認物体はなんですか？」

「ああ、行きつけの家具屋で、なんとトールダムの真作の椅子、〈オラテルトルスの瞑想〉が入っていてな。これが契約書だ」

八桁の数字が、そのまま俺の眼底から脳髄までを貫き、意識を連れて成層圏を抜けて大宇宙へ駆け抜け、別の銀河へと激突、そこで畑を耕す隠者となって、世を儚んでいた。

「もちろん嘘だ」

絶叫しそうになる俺を、ギギナの真面目くさった声が引きもどす。大きく息を吐いて、吸って気を落ちつける。脳内映像は深山の清流。

平然とした表情のギギナに、俺は胸を撫で下ろす。

「桁が一つ足りないからな」

ギギナの真面目くさった言いぐさに、俺の脳が沸騰。物理的に心臓が痛くなる。

「そういうのは嘘とかいうかっ！　返してきなさいっ！　今すぐ店に全力疾走……」

そこまで言って、俺はギギナの手から契約書を受けとる。

「もういいや、すべてがどうでもよくなった。いいよ、署名して破産してやる」

ギギナの顔が喜色に輝く前に、絶叫が響く。

「ガユス、人生捨てないでっ！」

ジヴが扉を蹴破って入ってくる。

同時に、軽い音が鳴り、ジヴの頭にお色気雑誌が降っていた。恥ずかしげに両手で裸体を隠す女の写真の下に、ジヴの唖然とした表情があった。二大美女の競演ですね。

扉を開けたままの姿で硬直するジヴの膝が揺れ、玄関口に膝をつく。今日二回目の転倒をしたジヴの眼前で、俺は契約書を破る。

「これって、もしかして私を引っかけるために？」

「ええ、もちろんです」

満面の笑顔を作って、俺はジヴに返答してやる。ジヴの性格上、長大な準備をするか、できないならすぐに復讐したいはず。先ほどの「じっくり計画を練ってから復讐する」なんて発言が、ジヴによれば引っかけのつもりで、俺のあとをつけて、行動に合わせた嘘で騙そうとしてくるはず。ジヴの心理傾向が分かっていたので、少し遊んでやったというわけだ。

細かい怒りの震えが、ジヴの尖った耳まで達した。

「このド畜生ーっ！」

なんだか分からない捨て台詞を残して、ジヴが戸外へ逃げていった。

「ド畜生って、なんて奇特な単語を使うんだよ」俺が振りかえる。「というわけでギギナ君、その椅子はお片づけしてきなさいね？」

　ギギナは椅子を抱えていた。自らの半身を離すまいとするかのような、必死の抱擁。

「聞きわけのない子供を見るような顔をするなよ。それ、おまえだから。この星の生命体全員で投票しても、満場一致でおまえだから」

　全力で指さすと、ギギナが渋々といった顔で椅子から立ち上がる。

「家具と出会い、家具に迷い、家具に傷つき、家具と愛しあう。理不尽な別れに泣き叫ぶ椅子の声が聞こえないのか？」

「それ、幻聴とみせかけて脳の病気。脳外科医ではすでに間にあわないから、発破業者と要相談。爆破という名の頭の大手術をしてもらえ」

　それでもギギナが椅子を返しにいこうとしないので、俺は決心した。夏用の短い裾の外套を脱ぎ捨て、シャツの釦を外して上半身裸になって、部屋の片隅に向かう。

　ギギナが娘とか言っている椅子のヒルルカを、背後から抱きしめて言ってやる。

「早く返しにいけ。でないとおまえの娘を辱めるぞ。俺の子を妊娠させせちゃうぞー？」

「ま、待て、待ってくれ！　椅子質を取るとは卑怯だぞ⁉」

「椅子質という単語の意味はまったく分からないし分かりたくないけど、こちらの脅しの意志は通じているから、仮に一時的によいとする。とにかく返してこい」

　ギギナが今だ動かないので、俺は舌を出して、椅子の背凭れを舐めようとする。ついでに指先で背凭れを煽情的に撫であげていく。蒼白になったギギナが高価な椅子を抱えて走りだす。

事務所の出入り口から、風となって走っていった。

世話のかかるアホだ。傍から見ると、椅子相手に欲情しているような俺の恰好もかなりアレなんだけど、無視してほしい。

帰ってきたギギナとともに、エリダナ東側、ラルゴンキン咒式事務所を訪ねていた。

夕方近いというのに、繁盛しているのか訪問客や咒式士が行き交う玄関を通り抜けて、進んでいく。

美しい石造りの受付の前に到着すると、ギギナを見つけた受付嬢が立ち上がる。

「あ、あのギギナさん。この前の夜はありがとうございました」

「今日は私の用ではない」

「おまえ、ここの社員にまで手をだしているのかよ」

俺の呆れ顔にギギナは平然としていた。

「向こうから寄ってきただけだ」

「はいはい、ラルゴンキンと喧嘩になることだけは勘弁してくれよ」

受付嬢に顔を戻して、営業用の笑顔。

「ラルゴンキンとアホどもはいるか？　書類を届けにきたのだけど？」

「所長は明日まで外出中、副所長はもう戻られるはず。今なら、ジャベイラさんは上の四階、執務室に、イーギーさんは地下の習練場におられますので勝手にどうぞ」

なんでしょう？　さっきのギギナへの態度から一転して、この受付嬢の見本のような慇懃無礼さは？

女の目線はギギナから外れていないし。不愉快な俺を無視するかのように、女とギギナが視線だけで会話し、なにごとかを納得したようだ。ギギナはそのまま受付の女と、どこかの部屋に消えていった。ええと受付の女は仕事中ですよね？

相棒を脳内で処刑しながら、俺は突きあたりの自動昇降機へと向かう。

独特の浮遊感。受付嬢に聞いたとおり、四階で降りる。所属咒式士たちが忙しく立ち回っている五階の詰め所とは違い、妙に静かだった。

会議室や執務室と記された金属札が掛けられた扉が並び、「ジャベイラ・ゴーフ・ザトクリフ執務室」と記された扉の前で止まる。扉がわずかに開いており、中の人間の声が漏れてきていた。

「いいから、母親の手術代を振りこんだくらいで泣くな。儂はおまえの命を預かる上司、それくらいしてやるのが当然ぢゃ」

「ようジャベイラ」

「おう、ガユス」

通信の終了を見計らって声をかけると、ジャベイラが顔を上げてくる。亜麻色の長い髪、艶のある表情。中身以外はなかなかの美人なんだけどね。目線でうながされたので、俺は執務室に入っていく。

「珍しいな、おまえから儂を訪ねてくるとは」

「ラルゴンキンに書類を渡すついでにな」

先に応接椅子に腰を下ろすジャベイラを放置し、俺はジャベイラの執務室を見渡す。

内面の分裂を表すかのように、執務机の向かって右半分は乱雑に書類が積み上げられ、左半分は書類の端まで揃えられているほど完璧に整理されていた。

窓を除く壁には棚があり、書類や箱が無造作に積まれていた。入口脇の棚の上に置かれていた人形に、俺の目がとまった。

動物と人間の遺伝子配合実験が失敗したような、警察のピャッポー君とピャッピーちゃん人形。棚に置いてあったのは、郡警察とラルゴンキンが仲がいいからだろう。

よく見ると、人形の左右の瞳孔が別々の方向を向いている。おまけにその眼で虚ろな笑顔を浮かべていやがるのが、とんでもなく気持ち悪い。

俺の持論だが、まともな美的感覚を持つ国家やお役人は存在しないと思う。

両手に取ってみると、樹脂性の人形は中が空らしく軽かった。落ちたら、さぞいい音が鳴るだろう。

俺は手を伸ばし、部屋の右、少し開いた扉の上にピャッポー君、左の非常口の扉の上にピャッピーちゃん人形を設置する。少し考えて、周囲を見回すと籐（とう）で編まれた屑籠（くずかご）もあったので、ついでに設置してみる。

「なにをしているのぢゃ？」

「気にしないでくれ。故郷に伝わる悪霊鎮（あくりょうしず）めの儀式（ぎしき）なんだ」

顔を戻しながら、俺は微笑（ほほえ）む。

「しかし、おまえって意外にいい上司のようだな」

「ん、ああ聞いていたのか」椅子の背に身をもたせかけて、ジャベイラが苦笑（くしょう）する。「命を預けられ、預ける部下の面倒（めんどう）くらいは見てやらんとな。それがラルゴンキン事務所の、親父（おやじ）の教えでな」

「ラルゴンキン事務所の三番隊を率いる姐（あね）さんってのも、大変そうだな。本当にたいしたものだ」

「え、いや」

突然（とつぜん）の俺の賛嘆（さんたん）の言葉に、ジャベイラが目を彷徨（さまよ）わせる。

「いや、男でもなかなかできない大変な仕事だよ。それは本当に凄（すご）いと思うし、敬意をもっている」

俺は向かい側ではなく、ジャベイラの左隣（どなり）の椅子に腰を下ろす。ジャベイラの目を見つめて笑った。

俺の視線があまりに直線すぎたのか、ジャベイラが瞳を逸らす。俺は悲しげな表情を作る。

「もしかして、俺のことが嫌いか？」

「え？　いや、そんなことは……」

ジャベイラの顔が戻ってくる。

「はっきり言ってくれ。俺のことが嫌いなら嫌いだと」

「いや、その、嫌いじゃ、ない。悪く言う人もいるが、私はいい人だと思う、ぞ」

「ありがとう」

俺は右手を伸ばし、膝の上に置かれていたジャベイラの左手に重ねる。同時に知覚眼鏡を鼻梁から落ちる寸前で止め、濡れた瞳を向ける。

俺は顔を一気にジャベイラの顔の側まで近寄らせていく。いきなり個人的空間を侵害されたジャベイラは頬を薄く紅潮させながら、小さく首を振った。眼差しは逸らされ、唇からは押し殺したような吐息が漏れる。

「年、上をからかうつもりなら、余所でしてく……」

「からかうつもりなんかないよ？」俺の声は真剣だった。

「そ、んなつもりで言ったんじゃない、それに、それに、ガユスにはジヴがいるって……」

反論で戻されたその眼を、俺は逃がさない。

「俺の前で人格変化なんて照れ隠しをしなくてもいいよ？」

左手を伸ばして、ジャベイラの右頬に触れる。女は一瞬雷撃に打たれたかのように震えたが、俺の手を撥ね除けなかった。

「ああこれ？　ジャベイラが思っていることとは違うよ？　これは日ごろの感謝と尊敬の印だ」

「でも、その……」

言葉は途切れ、ジャベイラも最後には瞳を閉じ、俺の顔の接近に抗わなくなった。

「この尻軽男、また浮気をっ……！」

「てめっ、このっ！」

叫びとともに、扉を跳ね開けて飛びこんでくるジヴ、そしてもう一方からはイーギー。二人の頭頂に、乾いた音を立てて人形が落ちる。

白金の髪にピャッポー君が、橙色の髪にピャッピーちゃんが刺さり、奇跡のように直立。

「おお、アルリアンと人形による二組の奇跡の競演。これは審査員の芸術点も高いはず！」

人形たちは例の虚ろな笑顔で敬礼していた。

「侵入者の撃退、ご苦労様」と、無機物の勇者の奮闘に、俺も小さく敬礼を返す。

ジヴとイーギーの目線と俺が出合う。事態を把握できずに、イーギーは凝結していた。ようやく状況に気づいたジヴの、美しい唇が震える。

「また、また、私を……？」

俺は重々しくうなずいてやる。

「うむ」

ジヴは俺のあとをつけて事務所で出入り口での罠に引っかかった。だから今度は自分はつけてこないだろうと俺が考える、と考えたジヴがつけてくるだろうと思ったとおりだ。出入り口が二つあるので両方に設置したら、おまけにイーギーまで釣れたのは幸運だった。

遅れて第二の罠が作動。屑籠がジヴの頭に落ちる。奇跡的に、屑籠の口が、ジヴを頭から飲みこんでいく。あ、映像を記録しておくんだった。子孫たちに伝えていく人類の文化遺産になったはずなのに、実に惜しいことをした。

頭に屑籠を被ったジヴが、落下の衝撃に押されるように床に手をついた。足元がふらつき、膝を床についた。これで三回目、ジヴはよく転がるものですなぁ。

あまりに悲惨なジヴの事態に、全員が黙りこむ。ものすごい沈黙。

「あの、これはどういうことだ?」

自らの頬に手を当てて、ジャベイラがつぶやく。俺は左手で摑んだものを見せてやる。そこには小さな小さな紙片。

「頬にゴミが付いていたからね。取ってあげようと思ったんだよ?」

なにかを言おうとして、ジャベイラが唇を開け、閉じた。疲れたような溜め息のあと、ようやく喋りだす。

「そうか〈愚者の日〉だったわね。だけどそういうのって、嘘でも傷つくな」

「ごめんね。でも、こういうバカみたいなことを楽しめる関係って、ちょっといいだろ？」

「いや、それはちょっと、ねぇ？」

ジャベイラが苦笑する。笑いより苦みが勝った苦笑だった。

「でも、私も早く恋人見つけようっと」

ジャベイラが立ち上がって、俺に寂しい笑顔を向ける。

「あなたみたいな嘘つきじゃなくて、真面目で誠実な恋人をね」

「そりゃそうだ」

ジャベイラがかすかに悔しげな顔をし、傍らのイーギーは呆然としていた。そしてお尻を突き出した姿勢のままで、屑籠を頭から被ったジヴが硬直していた。

「……納得いぃかなぁい」

地底の底から響くような怨念の声に、全員の視線が集中する。

獣のように床に這ったジヴ。屑籠を被ったままの頭部が、ぎりぎりと音を立ててこちらを向いてくる。

「私だけが騙されるのはぁ納得いぃかなぁぁい」

屑籠の網目の隙間から覗くのは、爛々と光る緑の双眸。

血に飢えた肉食獣の眼光に、歴戦の呪式士たちですら一歩後退った。

「ガユス、あの目は、あの惨劇のときの……」

「あ、ああ、黒ジヴ様の顕現だ。逆らってはならないっ！」

「ガぁユス、ジャぁベイぃぃラ先輩、私にぃ騙されなさぁぁい！」

ジヴが地の底から響く低い声で宣告した。ジャベイラはそれでも反駁した。

「いや、その、今から騙すと言って騙されるアホはいないと思うけど」

頭に屑籠を被ったジヴが、放たれた弾丸のようにこちらに向かってきた。手足を虫のように蠢かして這ってくるジヴが跳ね、ジャベイラを押したおした。

「だーまーさーれーなーさーい」

ジヴに覗きこまれたジャベイラは、悲鳴をあげることすらできずに、極限の恐怖に顔を歪めていた。

「はい、はい、騙されますから、許してくだ、くださいっ！」

ジャベイラが口の端から泡を零しながら返答し、そして失神した。扉の開く音。

「ガユス、こちらのヒマつぶしが終わったから帰る……」

扉から出されたギギナの顔が、ジヴの炎の表情を見て一瞬で状況把握。自分がここには来ていないという時空逆転をしようと、扉を閉めるギギナ。閉まるべき扉は、差し入れられたジヴの足で停止させられていた。

「そんなに参加したいの？　仕方ないわね、ギギナさんは本当に恥ずかしがりやさんでぇ！」

扉の把手を握って閉めようとするギギナと、開けようとするジヴの力の拮抗。屑籠頭の向こうに、必死の形相で首を左右に振っているギギナが見えた。ドラッケン族の腕力も、ジヴの与える恐怖の前に全力を発揮できずに膠着状態に陥っているのだ。

そして扉を開いていくジヴ。呆然としたギギナ。

「するわね?」

ギギナがうなずいた。その瞳になにが見えていたのか、永久に知りたくなかった。だが、屑籠頭が振りかえった。

網目の間の緑の業火が俺を見据えた。

ああ、俺はこの後何日も、この目の悪夢を見てうなされるだろう。

「あなたもやるわよね、ガユス?」

首を何度も縦に動かして、俺は従うしかなかった。

ラルゴンキン咒式事務所の二階中庭。煉瓦がいくつもの円を描く模様となるように敷きつめられた床。ところどころに植物が植えられ、緑の枝葉を伸ばしていた。木陰には、いくつもの長椅子が設えられていた。

中庭の四方は建物の壁に囲まれており、窓からは、行き交う咒式士や事務員たちの姿が見えた。五階まで吹き抜けの天井は、一面の硝子になっており、夕方近くの赤味を帯びた陽光が降りそそいでくる。

さて、ジヴの提案でヒマなアホたち、学名：哀れな犠牲者どもが集められていた。俺に、ジャベイラとイーギーというこいつもの面々である。

中庭の長椅子や、出入り口には何人か見物人が立っていやがる。ラルゴンキン事務所にもヒマな連中がいるらしい。

一方で、壁に凭れるギギナの顔には、不愉快な疑問。

「なぜ私まで巻きこまれねばならないのだ？　私はこういうことは、まったく好きではないのだが？」

「一度ジヴの脅しに屈服したんだ、今さら引きかえせないって。あと、人数が多いほうが被害も分散されていい感じ。俺たちが」

小声で説明してやると、ジャベイラとイーギーがうなずき、ギギナの美貌が苦く曇る。

「き、貴様らの目的と動機が皆目分からぬ。この頭の悪さ、全員人間じゃないな」

「ドラッケン族なんてルップフェットな存在は、人間の中には入らないからな」

「そう言うイーギーさんも、アルリアン人でしょうに」

「いや、ジヴも半分アルリアン人だよ？　天然で自己否定してますよ？」

俺の突っこみに、ジヴが鬼相を向けてくる。もちろん目線は逸らした。ジヴ怖い。

「まずは遊戯の規則。ガユス、発表しなさい！」

中庭にいる全員を睥睨しつつ、ジヴが命令した。俺の肩も竦んだが、無関係な見物人のラルゴンキン事務所の連中の肩まで竦んでいた。

「ええと、前みたいに集団で協力したり裏切ったりする遊戯だと仲が悪くなるのでしません。ただ適当な組みあわせで順番に嘘をついていくだけ、本当のことを言わなければ勝ちというだけ。ええと例でいうと……」

俺は隣のジヴの尖った耳へと囁く。

「ジヴ、愛しているよ」

「ちょっ、他の人がいるところでなにっ……」

頬から耳までを真っ赤にしたジヴが、次の瞬間、沸騰して「それを嘘の例とするなっ！」と俺の右太股を蹴ってきた。痛みに耐えながら、俺は説明を続ける。

「ええと、痛っ、このように怒っても負けで、痛いってジヴ、筋肉で守られていない膝裏は蹴らないでっ！」

格闘家みたいに急所を的確に蹴ってくるジヴの足を摑んで、ようやく停止させる。そこで俺は最後の規則を伝える。

「肝心なことは、本当のことを言った人は、罰を受けてもらうということだ」

途端に、ジャベイラとイーギーの顔が青ざめる。逃げだそうとするイーギーの右肩を、ジャベイラの左手が摑む。泣きそうな顔になっているイーギーを、ジャベイラの決意の目が睨みつける。

「逃げるなイーギー。これは好機なの！　ここであの魔女を倒さないと、私たちは救われない。忘れたの？　あの悪夢にうなされる辛い日々をっ!?」

イーギーが恐怖に目を見開いて、首を左右に振りたくる。

「忘れない、あの屈辱と恐怖を忘れられるものかっ！」

「いや、強制収容所を生き抜いたアルリアンが怯えるって、俺が帰った後になにがあったの？　いや本当に」

「貴様こそ、魔女ジヴーニャの最後の餌食だったと聞くが？」

ギギナの言葉に、俺の体が震えだす。俺はあの記憶を封印していて、意識の表面に出さないようにしている。だが、体が勝手に震えだしていたのだ。恐怖は体の奥に刻みこまれて、消え去ることはなかったのだ。

「じゃあ始めるわよ」

ジヴの朗らかな笑顔に、俺の心が全力の危険信号を発していた。無関係な見物人のラルゴンキン事務所の連中も、異質な雰囲気を感じたのか、序々に押し黙っていった。歴戦の咒式士たちも、それを支えてきた熟練の事務員たちも、凄惨な戦の開始を予感したのだ。

ジヴを騙して怒らせ、心の限界を超えさせてしまったことを、俺は早くも後悔しはじめていた。見極めを誤ったのだ。

中庭の中央で、適当に籤引きして対戦相手を決めてみる。

初戦はジヴ対ギギナとなり、俺たちは一気に緊迫した。

「さて、ギギナさんには、うちのガュスがお世話になっているからお礼をしないとね」

「竜をも狩るドラッケン族の戦士が、咒式士でもない、しかも女ごときに負ける理由がない。先にやるがいい」

ギギナがジヴに先攻を譲った瞬間、俺には結末が分かった。果たして分からない人間がいようか？

俺たちと見物人が固唾を呑んでいるなか、顎の下に手を当て、質問を考えはじめたジヴ。考えつかないらしく、眉を寄せ、その場で円を描くように歩きだす。

「ギギナさんってトラッケン族でしたよね。そこから問題を出して引っかけたほうがいいのよね」

自問自答するジヴ。いつまでも問いかけが出ないことに、ギギナの顔に苛立ちが浮かぶ。

「トラッケン族は戦闘民族で変な風習だし、トラッケン族って、いったいなにが弱みなのかしら？」

「女、こちらから問いの材料を引き出すような手にはひっかからない。それに私は『ドラッケン族』だ。間違えるな」

悩んでいたはずのジヴの表情が、勝ち誇る微笑みに一変した。目を見開いて、ギギナは自らの失敗を悟った。

瞬殺だった。迷っているように見えて、すでに問いかけており、ギギナは正式名を答えてしまったのだ。

見物していたラルゴンキンの咒式士たちも、愚か者を見る眼でギギナを眺めていた。そして鮮やかな勝利を得た、ジヴへ称賛の眼を向けていた。

俺は、悄然としたギギナの肩を叩いてやる。

「落ちこむなよ、勇敢な『トラッケン族』の戦士よ」

ギギナが裏拳を放ってくるが、前もって分かっているし、いつもの勢いがないので余裕で回避。

拳を放ったまま、戦士は中庭に立ちつくしていた。ギギナの横顔は憂鬱で、中庭に孤独な戦士の敗北の叫びが漏れた。

「私には、誇り高きドラッケンの戦士には、こういう遊戯は向かないのだ」

「はい、負け犬の遠吠えはそこまで。以後はどこか別の場所で吠えてくださいな。見知らぬ負け犬仲間が、傷どころかお尻の穴まで舐めてくれますからね」

ジヴは笑顔だった。変わっていた口調が、元に戻される。

「さぁ、私たちだけが楽しい罰の時間ですよ、誇り高きドラッケンの戦士さん。せいぜい愉快に踊ってくださいな」

ジヴの笑みには、人間として大事な心というものがどこにも見つからなかった。

夕方から夜に移ろうとする紫色の刻。鞄を提げた少年は、いつものようにラルゴンキン呪式事務所の前を通りかかった。安全な道なので、塾の行き帰りにはここを通るようにと母親に指示されていたからだ。

ビルを見上げると、二階の窓に人影が連なっていた。部屋の灯りを背に、呪式士に事務員、さまざまな人間が少年を見下ろしているのだ。

窓に並ぶ人影の中央、尖った耳に白金の髪の美女が、女王のように優雅に手を挙げた。その指は、少年のほうへと向けられた。

自らを指さされたと思った少年は、しかし指先が違った場所を指し示していることに気づいた。指先が示す場所を正確に辿ると、少年は不思議なものを発見してしまった。

道端には男が立っていた。長身に鋼色の髪をしたドラッケン族の男は、上空に向かって右手を伸ばしていた。

ギギナは天へと手を伸ばしたまま、垂直に跳ねた。右手の五指は、なにかを求めるように虚空を摑み、そして当然のように大地に引きもどされ、足は着地した。

「お兄、さん、なにしている、の？」

子供は当然の疑問を投げかけた。ギギナは激情を堪えるような表情で振り向いた。そして強張った笑顔を向けて言った。

「私、私は、その、お、お星さまと握手しようとしていたのだ」

途端に、少年の顔に深い憐れみの色が浮かんだ。ギギナが助けを求めるように、二階に並ぶ俺たちへと視線を上げる。

だが俺たちは、とくにジヴは「ギギナ、次、次」という言葉を目線で伝えるだけ。

ドラッケン族の銀の瞳に深い悲哀の色が浮かび、そして、決心した。勝てない戦いに挑む、戦士の眼だった。

ギギナは右手を背後に伸ばし、自分の襟首を掴む。そして上方へと引っ張る。

「よ〜し、自分で自分を持ち上げてお月さまのところまで行っくぞ〜。そこでお月様に腰掛けて、お星さまたちの海でひと泳ぎ。そしてお星さまとお月さまと、好きな子の聞きあいっこをするんだぁ☆」

ギギナの、その表情の壮絶さといったら。少年は、幼いながらも憐れみの心を知っていた。

「……あの、お兄さん」それはとても優しい声だった。「人生辛いことが多いだろうけど、くじけないでまっとうな道を進んでくださいね？」

「違っ、これは違うのだ。私をそんな汚れのない瞳で憐れまないでくれ……」

少年は「分かっていますよ」と憐憫の情に満ちた目でうなずき、身をひるがえした。

そして言葉とは裏腹に、少年は全速力で逃げ去っていった。

道路に残ったのは、ギギナの孤影。

窓から見ていた俺たちは、腹を抱えて笑っていた。

「おーいギギナ、早くお星さまに触ってくれないと終わらないよ」

俺が嘲弄の声を浴びせると、ジヴが傍らでつぶやいた。

「そこの道端に転がっている台とかに乗れば、ぎりぎり届くんじゃないかしら？」

ジヴの残酷な指示に、俺は吹き出してしまう。ラルゴンキンの咒式士たちは、なぜか硬直していたが。

星を摑もうとすること、ついに八十三回目、ギギナの自尊心が崩壊し、体が傾斜していく。重々しい音を響かせ、ギギナの長身が道路に倒れた。

「は、八十三回もやらせるジヴって凄いなぁ」素直な感想が俺の唇から漏れていた。「幼少時に、なにか重大な精神的外傷でも受けたとしか思えないほどの性格の悪さだ」

「あら、なにか言ったかしら？」

ジヴの視線が向けられただけで、俺は黙りこむ。「口は災いの元、口は災いの元」と心のなかで呪文を唱えて耐える。

すでに噂が噂を呼び、ラルゴンキン咒式事務所で手が空いているものたちが、二階の中庭に集結していた。

　中庭を見下ろす建物の窓には、呪式士や事務員、整備士たちまでもが参加し、身を乗り出して見物しようとしていた。

　中庭では二回戦、ジヴ対イーギーの一戦が始まろうとしていた。

「行けイーギー！」

「呪式士の力を見せろ」

「アルリアン同士で、男が女に負けるなよ！」

　見物人たちが勝手な気勢をあげる。運動会とかあることから疑っていたのだが、ラルゴンキン呪式事務所の連中は、お祭りが大好きなことが判明した。うむ、商機の予感。

　だが、それだけ騒いでいても、中庭の中央に向かうものは誰一人としていない。全員が理解していたのだ。そこはすでに戦士のみが上がることを許される、神聖な決闘場なのだと。

　ジヴは祖父と母がアルリアンなので、純粋なアルリアン人ではないのだが。

　まぁどうでもいいか。すでに見物料をとりはじめている俺としてはなんの文句もない。

　ギギナは中庭の隅で膝を抱えて座り、放心状態で天を仰いでいる。唇が動いているので、読唇術で解析すると「違う、断じて違う。あれは私ではない。本当の私はどこか別のところにいて、今の私は本当ではない仮の姿。だからあれは違う」と危険なことを言っていた。

　ちょっと怖いので、視線を広場の中心に戻す。対峙するジヴとイーギーの二人を眺めると、すでに格の違いが明確に表われている。

　いきりたつイーギーの視線を、ジヴは王者の風格と余裕を湛えた笑みで迎えていた。

「アルリアン人の男は口先だけのドラッケン族なんかとは違う。こんな女の口撃くらい受けきってみせるっ！」

　イーギーの威勢に、ジヴの表情が一変した。年下の男の子には優しくしてあげようかという笑みが、死刑執行人の冷酷な笑みに。

　微笑みの凄まじい圧力に、見物人たちが息を呑む。禍つ式を、竜を倒し、どんな異貌のものどもにも立ち向かっていく、歴戦のラルゴンキン咒式事務所の面々がだ。

「ガユスはどちらが勝つと思う？」

　ジヴが柔らかく問うてきた。

「黒ジヴ対イーギーだと、龍と蟻の決闘としか思えないでありますです」

「恋人を黒とか言うなっ」

　ジヴに蹴られて、俺は前に出る。振りかえると、ジヴの瞳には冷静な意志が宿っていた。

「早く始めろ」対してイーギーは憤っていた。

「こちらからでよろしくて？」

「早くしろ」

　観客たちは大喜びしたが、俺は啞然とする。もちろんイーギーは、前回のジヴの勝利を偶然だと思っているわけではない。ただ傍にいるジャベイラにいい恰好を見せたいのだろう。

青年、それは勇気ではなく単なる無謀だ。

ジヴの艶やかな唇から、優しい問いかけが放たれる。

「ではイーギーさん」一片の激情もない計算の瞳。「今この時この場所のあなたは、隣の人を愛していますか？」

左右を眺めたイーギーが硬直。青年の右隣にいたのは、ジャベイラだからだ。

窓に並ぶ観客たちは、揃って不思議そうな顔をしている。だが、俺には分かってしまった。ジヴの精緻で邪悪な策略が。

ここで本人の気持ちの問題だから、回答者がどう答えてもいい質問だと思うのは素人。これは詰みの手なのだ。

「愛している」と言って、それは本当は隣の人間が嫌いだから自分の勝ちだと、イーギーには言えない。

好意を寄せているジャベイラ当人が、イーギーの右隣にいるからだ。

イーギーは決心し答えようとして口を開き、閉じる。また勇気を奮い起こして口を開いては、閉じられた。

その迷い自体がムダなのがまた哀しい。

だって、ジヴはどちらの発言をしても、イーギーの心を殺す気なんですもの。

逆に「愛していない」と言って、それが本当は好きだということもできない。

そう、イーギーの左隣には、俺が立っていたのだ。

もしそう言えば、ジヴは「イーギー君の男色趣味宣言ね」と曲解した叫びを吹聴するだろう。

それも、ここラルゴンキン事務所の面々だけでなく、エリダナ中に。

ジヴは「隣」とは言ったが、それが「左右どちらの隣」なのかは限定していない。どちらの発言でも、追い打ちでイーギーを瞬殺できる。

「愛しているというのは嘘で、本当は嫌い」を通してジャベイラに嫌われるか、「嫌いというのは嘘で本当は愛している」と同性愛者宣言に誘導されて、ジャベイラに嫌われるか。

まさにこの時、この場のイーギーとジャベイラの位置と、青年の精神的弱さを見越してしか発動できない言葉の罠。ああ、甘酸っぱい青春を人質にとった陥穽。

唯一の脱出路は、ジヴの追い打ちをつぶすべく、自分で宣言すればいいだけの話だ。

「そうじゃない、俺が好きなのは」と、その後を続ければというだけのことだ。

だが、当人と仕事仲間の衆人環視のなかで告白する勇気が、イーギー青年にあるだろうか、いやない。だからこそ今のイーギーの煩悶なのだ。

すべての状況と設定を考慮した、ジヴの一言、たった一言のみでイーギーは完全に詰まれていた。

善意にとれば、ジヴがイーギーの意志表明の後押しをしているようにも見える、ところがまた性格が悪い。

もちろん、今のジヴにはそんな優しい心など存在しない。

その証拠に、ジヴの横顔には悪意しかなかった。イーギーの懊悩を、他人の苦痛を完全に見せ物として楽しんでいる地獄の拷問吏の表情だ。

ちょっと待て。もしかして俺に「どちらが勝つと思う？」と問いかけたのは、俺が要らないことを言うのを見越して、蹴りを入れての位置誘導をするため？

俺の背中に冷や汗が滑り落ちていった。俺は自らの恋人を眺めてみる。あなたの精神は地獄製ですか？

ジヴの瞳が俺を眺めた。「私の思考を理解したあなたは不幸ね」という翡翠色の氷の瞳だった。

もちろん、俺は声に出して指摘をすることなどしない。するものですか。

たしかにジヴは騙されやすい。だが黒状態に入ったときのジヴは違う。他人の精神を破壊することにかけては、俺など足元にも及ばない腕前を持つ。

黒き魔女皇の餌食となった、憐れなイーギーの苦悩は続いていた。アルリアンの青年の額には、脂汗が滲んでいた。酸欠しているかのように唇が喘ぎ、決断しようとする。

ついにイーギーの膝が落ちる。続いて手が床についた。うつむいた頰の色は、蒼白に近い。

彼には、どうしてもできなかったのだ。だけどその調子だと、君の淡ーい感情はどこまでも実らないことを、永遠品質保証。決断できなかった青年の顔には、凄まじいまでの自己嫌悪が浮かんでいた。

「ど、どうした、イーギー!?」

ジャベイラが駆け寄り、イーギーを抱き起こす。意外に大きな女の乳が、イーギーの肩に当たっている。この女も、見ようによってはとんでもなく残酷だなぁ。

「儂を嫌いということくらい、言ってしまえ。そんな言葉など気にしないから」

ジャベイラの天然もそこまでいくと、なにかの刑法に引っかかると思う、と内心で告発しておく。

「そう、そんな言葉では、わたしたちの関係は揺るがない」

久しぶりにまともな人格のジャベイラの言葉に、イーギーの顔が跳ね上がる。顔には唯一の希望を見つけた晴れやかさ。

「来年も、その来年も未来永劫、私とイーギーの熱い友情は続くからね！」

ジャベイラは優しく微笑む。ああ可哀相に。イーギー君への死刑宣告がごく自然にされていたのだ。

イーギーも笑っていた。真っ黒な絶望の笑みで。乾燥しきった笑みに亀裂が入り、崩壊していく。青年の唇からは遺言めいたか細い声。

「ジャ、ジャベイラ、俺は、俺の生きかたは間違っていなかった、よな？」

「イーギー!?」

呼びかけも虚しく、ジャベイラの腕のなかでイーギーの首がくずおれ、失神した。そしてそのまま起き上がってくることはなかった。

「あれ？　これって私の勝ちかしら？」

ジヴは手を打ち合わせて喜ぶ。偶然の勝利に喜ぶ、汚れのない少女のような表情を浮かべていたのが、また怖い。

「じゃあ、規則だから、決まりだから、仕方なく、イーギーさんに罰をくださないとね」

「失神したイーギーに罰の必要はないだろう！　もう、もう充分だ!?」

さすがの俺もイーギーを庇う。これ以上は死者が出る。背後からは不気味な声。

「イーギー、おんどれの仇は取っちゃるけんのう！」

振りかえると、イーギーを抱きかかえたジャベイラが、憤怒の瞳でジヴを睨みつけていた。

どうやらジャベイラの脳内世界では、イーギーは死んだことになっているらしい。涙に濡れたジャベイラの瞳は、ジヴを真っ直ぐに見据えていた。

俺の前で、二人の女の視線が激突し、不可視の火花を散らす。

「えーと、どちらかというと、とどめを刺したのはジャベイラの一言じゃないか？」

俺の真実の一言は、盛りあがる観衆の歓声の前にうやむやにされた。あと、楽しく嘘をつく闘いだったということは、もう全員がきれいさっぱり忘れているんだろうなぁ、とも確信した。

中庭には、夜にも拘わらず、熱気が渦巻いていた。中庭の四方の出入り口や建物の窓には、呪式士に事務員に整備士だけでなく、御用業者、顧客らしい背広姿までもが加わって、鈴なりに物見高い顔を並べていた。

そう、ジヴとジャベイラの頂上決戦を見るためだけに集まっていたのだ。

「ジャベイラさんは我が事務所の三番隊の隊長、負けるわけがないね」

「バカ、相手をよく見ろ。あの風格、あの顔。ただの女じゃねえ。千人は殺してないと、人間はあんな他人を虫としか見ていない眼にはならねぇ」

「ジャベイラ隊長だって、千の人格を持ち、パンハイマと死闘を繰り広げた豪傑だ！」

「待てよ待て、白金の髪に緑の炎の瞳、尖った耳。あれはま、まさかっ⁉」

「そうだ、相手は噂の魔女だ！　ジャベイラの姐さんとイーギー隊長を一時期廃人にし、あの解剖女医ツザンの精神をも砕いたという、本物の悪魔、黒き魔女皇だ！」

「いや、だからこそジャベイラ姐さんの勝ちだ。あの後、姐さんは魔境ゴルゴス山で山籠もりをし、厳しい修行に挑んだのだ」

「その話は私が話そう。迎えにいった私が見たのは、隻眼の灰色熊、あの〈ゴルゴス山の羅刹王〉を拳で殴り倒す姐さんの雄姿だった。あのとき、姐さんは拳神の境地を悟ったのだ」

「素人判断だな。あの仕上がり、あの足運びの軽さ。あの噂の女が五体満足である以上、地上に敵はいない。玄人のワシは、黒き魔女皇の勝ちに入れるな」

「なんの玄人だっての！　俺はやっぱりジャベイラ先輩の勝利を信じるね」

「はいはーい、賭けはこちらで受けつけております」

見物人の間を、賭け金を受けつける箱を抱えた俺が歩いていく。

「賭け率は、密林で人喰いオオアリクイに育てられ、千の人格変化を持つ女咒式士が、三・二三倍。いまだ無敵無敗、赤子殺しをしないと目覚めが悪く、老人殺しをしないと寝つきが悪いという黒き魔女皇が、一・八五倍となっております」

歩くたびに次々と突っ込まれる賭け金で、箱はすでに二つ目だった。ああ、胴元の取り分だけでかなり儲かっています。今帰ってきたらしいヤークトーが胡乱な眼をしていた。

「なんの騒ぎですかこれは？」

「いや、お遊びだから大目にみてくれよ」

「あまり大事にしないように。容認するのは、今日はもう仕事がないからというだけのことです」

「はいはい老ヤークトーは口うるさいことで」

俺の軽い返しに、ヤークトーの仮面に揺らぎ浮かぶ。どうやら本人も言いすぎたことに気づいたようだ。さすがに自分のことが分かっているらしい。

「まぁ、それがあんたの役割なんだとは分かっている。ついでに聞いてみるけど、千眼士から見たら、どちらが勝つと分析する？」

千眼士の六つの機械の眼が明滅し、結論を出した。

「あなたの賭け率が妥当なようです。ですが」

ヤークトーの声には不安が滲む。

「あまりいい結果にならないような気がします。二人の心には不確定なものが多すぎて、これは良くない傾向です。私は退散するとします」

老咒式士がそれ以上の明言を避け、口を閉ざして去っていく。俺は賭け金の計算をしだす。うむ、今月は黒字。

視線を動かすと、中庭の端、木陰の下の長椅子の上に、イーギーが身を横たえていた。菫色の髪と目の女性咒式士が傍らにいて、水を入れた杯を差し出す。

「大丈夫ですかイーギー先輩？」

潤ませた眼差しを相手に向けて介抱するという、慎ましやかな女を演じている。あれは、自然な気遣いに見せかけたやり手の女だ。イーギーが上半身を起こし、杯を受けとる。

「ありがとうよ、リノン」

礼を言って一気に水を飲み干すイーギー、対して女の肩が落ちる。足元までもがふらついていた。

「どうしたリノン？」

「……いえ、なに、もありませ、ん」

空の杯を受けとった女性呪式士は、悄然とした足取りで去っていく。唇は「わたしの名前はリャノンですって。まだ名前すら覚えられていないって！」と零していた。中庭の西出入り口に到達したとき、顔が跳ね上がった。「こ、こうなったら寝込みを襲って既成事実を作るしかないわね！」と怖い言葉を発していた。

……あちらはあちらで複雑らしい。

最後に決戦の中庭を見る。南の入り口に、いつの間にか椅子が用意され、ジャベイラが座っていた。ラルゴンキン事務所の呪式士たちが、女戦士を囲んで檄を飛ばしていた。

「いいかジャベイラ、相手は一度あんたを倒したが、今のあんたの敵じゃない！　あの地獄の特訓を、師匠の虐殺仙人の教えを思い出せ！」

「なにもできないくせに、現場に文句をつける軟弱な事務員など打ち倒せっ！」

「慈悲と情けのすべてを捨てろ。虎だ、虎になれ、それも残忍で獰猛な人喰い虎に！」

「分かっている。分かっているとも」

肩に掛けられた布を撥ね除け、ジャベイラが立ち上がる。

「この一戦、私の勝利に、この星の生きとし生けるものたちすべての希望と未来がかかっていることをな！」

ジャベイラ陣営が歓呼と蛮声をあげて、希望の戦士を送り出す。ジャベイラの瞳孔は回転し、停止した。

「キシャー、コロスコロスコロスコロスコロス！　ジヴーニャ、トテモワルイ。ジャベイラ、トテモセイギナ、マホウショウジ、ピガガガジョウホウゴニン、カイザン。ダカラトニカク、ジヴ、コ・ロ・スッ！」

どうやら殺人機械で魔法少女（少女という単語は故意に無視した模様）とかいう、もう説明のしようがない人格を捜し当てたようだ。

うわぁ、あっちはなんだかアレ的にアレな雰囲気になっているなぁ。

俺は中立でいたかったので、中庭の隅に移動。一歩を踏みだした瞬間、微弱な熱線が当てられているかのような、かすかな痛みを右頬に感じる。

熱線の発信源をたどると、ジヴのものすごい視線があった。

北の出入り口には、ジャベイラと同じように椅子に座るジヴがいた。優雅に長い足を組んだジヴの眼は「あなたはどっちの味方？　味方以外は死刑よ？」という中世の異端審問官なみの主張をしていた。

仕方なく、俺は北に向かう。

どうやら事務員たちがジヴ陣営らしく、周囲に制服姿が群れていた。傍らにいた事務員から酒杯を受けとり、ジヴが唇をつける。真紅の葡萄酒を嚥下し白い咽が動く。生き血を啜る悪鬼に見えたのは、俺の幻覚なのでしょうか？

「魔女皇様、事務員を軽くみる野蛮な攻性呪式士たちを、その偉大な魔力でこらしめてくださいませ！」

「あいつら強い＝偉いとでも勘違いしているんですよ。私たち事務員がいないと、帳簿計算すらできないくせに！」

「魔女皇様万歳！　子豚の邪神様万歳！　黒き魔女皇様に、子豚の邪神様に、絶対不変の栄光あれ！」

「殺せ殺せ！　負と腐の魔力で殺せ！　呪式士なんて異教徒どもは皆殺しにしろっ！」

神にかしずく信徒のごとく、ジヴの周囲に片膝をつく事務員たち。

こちらもこちらで、かなりアレ的にアレな雰囲気になっているらしい。

どうやら、この一戦は、ラルゴンキン呪式事務所の、呪式士と事務員の代理戦争の様相を呈してきたようだ。

俺も、ジヴ陣営として声をかけることにした。

「ええと、その、あれだ。頑張ってね？」

「頑張る？」空になった酒杯を掌で回し、ジヴが艶然と微笑んでみせる。「頑張るなんてのは、挑戦者の義務よ」

空の酒杯をジヴが落とした。欠けた酒杯が足元に転がる。

「王者の義務とは、愚かな挑戦者を粉微塵に叩きつぶし、身の程を教えてやることなりっ！」

帝王の台詞とともに、足元の酒杯を踏みつぶして立ち上がるジヴ。中庭に、硝子の破片が撒き散らされた。事務員たちが両手を下げて床にひれ伏し、手を挙げて、ふたたび平伏し、神の出陣を見送る。

もはや宗教である。邪教のほうの。

「子豚さんの恐ろしさを見せてやる」

笑みを浮かべ、耳を尖らせたジヴが進んでいった。俺は最後の声をかけようとして、ジヴの唇から漏れていた奇声に足が止まった。

「ぴぎぎぎぎぎぎぎぎぎきぎぎぎぎぎぎぎぎぎぎぎぎぎぎぎぎぎぎぎぎぎぎぎぎぎ！」

俺は木陰にいた男性陣のもとへと逃げ帰る。長椅子で休んでいるギギナと、回復したイーギーが見上げてくる。

「どうした？」

「ええと、すでに俺の知るジヴはこの世からいなくなったようです」

ああ、遠いお空に飛んでいきたい気分。

俺たちや観客どもが注視するなか、南北の出入り口から、二人の女が入場してくる。

二人の足が止まった。中庭の中央で、ジヴとジャベイラが対峙する。

「怖いなぁ」と傍観者気分でいると、背後から押され、俺は前に出た。

振りかえると、いつの間にか立っていたギギナとイーギーが別々の方向を向いていた。

「審判をしろ！　死人を出さないために！」

「なにかにたとえなくても、あの魔女皇のはりきり具合はおまえの嘘の所為らしいし！」

勘弁してくれよ、と思ったが拒否できる雰囲気でもない。横目で窺うと、女二人も俺を審判役だと認めているからだ。

しかたなく、二人の間に俺が立つことになる。

「ついにこの時が来たようねジヴーニャ」

ジャベイラが拳を掲げる。女の一動作で見物人たちが静まりかえっていく。

「おんどれの黒い性根を叩きなおしてやるっ！」

対するジヴは、腕を組み、顎を上げ、すべてを見下ろす王者の姿勢で立っていた。

「ジャベイラ先輩が、惨めな敗北のあとに落ちこまないことを祈っていますわ。それだけで済ませる気はまったくありませんけどね。ああ、もう公衆の面前での魔法少女以上の罰をさせなくてはいけないなんて、私の心が痛みます」

二人の間で空気が撓む。超重力の間に挟まれて引き裂かれる気分。

仕方なく審判らしきことをしてみる。

「ええと、無理だとは思うけど、いちおう〈愚者の日〉の規則に則って淑女として戦ってください。奇跡だと思うけど、死人が出なければ俺はすごく嬉しいな」

「知るか腐れ魔羅。根元から引っこ抜くわよ？」

「帰って寝てろ無能眼鏡。一日三食、甲虫の幼虫でも食べているような顔のくせに」

開始の合図は、審判の俺への口撃。酷いです。

二人はすでに一歩を踏み出し、互いの言葉の間合いに入っていた。

死闘は開始された。

「ジヴーニャは本当にいい子だわ。恋人がひょいひょい浮気するのが信じられないくらい、魅力的だわ」

「ジャベイラ先輩こそ素晴らしい女性ですわ。そんな人と離婚するなんて、旦那様は正気を失っていたのですね」

最初から短くも重量級の言葉の一撃が、互いの急所へと叩きこまれる。

肝臓への拳を受けたように、二人の女の膝が崩れそうになるが、踏みとどまる。

「ジヴーニャの服選びの感覚には感心するわ。自分の年齢を無視して、女学生の制服とか着たりする強靭な神経は見習いたいわ。まさに豚の神経。ああ、視力に問題があるから鏡を見ても自分の姿が正確には分からないのね。おかわいそうに」

「いえいえ、私ごときの歳では、ジャベイラ先輩のような、異次元生物を意識した見事な着こなしにはなりません。それに、先輩の人格変化ほど、恥知らずなまでの多彩さにはなれませんわ。一つの人格では満足できない、まさに豚のような貪欲さのみがなせる偉業。見るものすべてが失明しそうなほどの神々しき姿ですわ」

続く一撃はまたも相討ち。

俺の隣に来ていたイーギーを発見。アルリアン人の頬が青ざめている。

「あの、もうすでにこれは嘘で相手に本当のことを言わせる勝負じゃなくて、単なる厭味の言いあいのような気がするのですけど？」

「真実を言うなって」

イーギー青年の素直な感想を制止。俺は二人の女に視線を戻す。

たしかに二人が言っているのは、嘘は嘘なんだが、それを最初から明言していて褒めているから怖い。

二匹の猛獣の眼光が、天蓋の上に広がる夜の闇すら圧して光る。優しい嘘と見せかけて実は凶器となっている言葉が、相手の急所を抉っていく。

「ジヴーニャは、ガユスという料理が上手い恋人がいて羨ましいわ。幸せ太りっていうのかしら？　会社で仕事を教えていたときより、体の線が丸くなって女らしく豊満にふくよかになったわ。ああ、この前食卓であなたと似たようなものを見たことあるわ。ええと、あれは子豚の丸焼きっていうのかしら？」

女性に「太った」という言葉は大禁句だが、何とも遠回しな指摘ですねジャベイラさん。

「ジャベイラ先輩こそ、お綺麗ですわ。とくに踵の丸みだけは抜群にお美しい。後はもうおまけのようなものですわ。切除なされたほうが、全体の美の均衡がとれていいかと思いますけど？　この星以外でなら美女で通用するのに、残念ですわね」

うわ、他に褒めるところがないって言っているようなものですねジヴーニャさん。

　ジヴが加速していく。

「先ほど給湯室で女性社員がジャベイラ先輩について噂をしていました。『頑張りすぎよね。間違った方向で』とか『言動のすべてが、鼻から白い粉を吸っているとしか思えない』とか先輩の素敵な噂ばかり。先輩は給湯室では人気者ですね。逆の意味で」

　呼応するように、ジャベイラも加速していく。

「そうね。自分で流した噂をさも他人が言ったように語る、そんな優しい腹黒さがジヴーニャにはあるものね。だから私も涙を呑んで、可愛がっていたあなたを向上させるために頑張ったわ。当時ジヴーニャが付きあっていた営業のクラナス君にあることないことを教えたり、酔ったジヴが反吐を戻しながら飲み屋の人形を破壊したときの記念写真を送ったりして、二人を別れさせたくらい頑張ったわ☆」

「要らないお世話を、どうもありがとうございます。ええ、状況証拠しかなかったけど先輩の策略だと思っていたので、私も尊敬する先輩のために心を鬼にし、先輩がふざけて研究室を爆破したことを部長に報告しました。その後、無事に転職できたことで喜ばしいかぎりです。会長が入れ歯を洗った水を、わざわざ秘書課の知りあいから手に入れて、ジャベイラ先輩のお茶に使った甲斐がありましたわ。先輩が偉くなれますように、って願いが通じたようで♪」

新たな因縁の開示。二人の関係のように大気がぎっしぎしに軋む。

「あははは、転職のきっかけのあれ、私が信用して打ち明けたジヴーニャの親切な告げ口だったんだぁ。長年の疑問が解けて良かったなぁ」

「うふふふ、先輩のおかげでクラナスは私から去ったんだぁ。今、クラナスは重役さんたちに気に入られて支店長に昇進し、さらに優しく男前になっているのになぁ。ああ別れさせていただいたことを確認できて良かったなぁ」

「……ねぇ、ジヴーニャさんにジャベイラさん。仕事の先輩後輩で仕事を教えたり支えあったりして、お二人さんが仲良かった時期を忘れていないでしょうか？　むしろその仲の良い時期って実在したのか疑わしいのですが⁉　誰かに対する捏造ですか⁉」

俺の疑問は、対峙する二人に完全無視された。

「なるほどなるほど、下衆な内面を晒して自分の地位を下げることにより、相対的に他の全員の地位を上げる。そんなジヴーニャの自己犠牲精神の美しさには頭が下がるわ。美しすぎて。あとはもう美しさは重罪ということで、死を迎えるしかないわね」

「いえいえ、私ごとき凡人には、ジャベイラ先輩のように、奇行でラルゴンキン事務所どころかエリダナ全体の平均株価を下げるほどの域には達することはできません。先輩は、その身を張って、老人介護のたいせつさを伝えようとしているんですよね？」

「なぁに、ジヴーニャのように、この星から出ていけばいいのに、なんてみんなに思われるのは、並大抵の才能と努力では不可能な偉業だと思うわ」

「あらごめんなさい。去年の天気を思い出すことに夢中になりすぎて、先輩の貴重なご意見を拝聴できませんでした。あと先輩の美声をまともに聞くと、鳩尾から肝臓が痛くなるので。疑問なんですが、先輩のその声には赤子も泣きだし、蝙蝠も失神して落下するって本当ですか？」

二人の女が睨みあい、不可視の火花が飛び散る。俺たちは無言の死闘を見ているしかなかった。

「な、あ、ガュスよ」

隣にきていたギギナが、もつれる舌で俺に呼びかけてくる。

「我ら男の口の悪さなど、可愛いものだったのだな」

「あ、ああ、婉曲さと悪意の質と量で、女に勝てる男などいないよ」

俺は諦念とともに吐き出した。

「あれが、あれこそが本物の闘士、本物の女！」

中庭の隅で、拳を握っている女がいた。たしかリャノンだとかいう女性咒式士。リャノンの顔には決死の覚悟。

「イーギー先輩の心を得るには、わたしもあの高みまで上らなければならないのね！」

間違っていますよ、リャノンさんとやら。あれを目指すと、一般的な男の好みから、激しく逸脱するようになるだけですよ、と忠告したかったが、気力がなかった。

女たち、というか二体の魔人の激闘が続いていく。

「相変わらず、ジャベイラ先輩は美人ですね。さぞお子さまも可愛くて聡明なのでしょうね。元旦那様のほうに、だ・け、似ておられるのなら」

「あら、ジヴーニャこそ可愛いわ。とっても立派で他人に自慢できる恋人なんて、すごく羨ましいわ」

互いに重い一撃。ジヴが俺へと視線を疾らせる。俺は視線だけで無言の謝罪をする。

ジヴが態勢を取り戻すより早く、ジャベイラが畳みかけてきた。

「別れた旦那は会社経営者だったから、慰謝料に邸宅や高級車をくれたけど、そういうのって寂しいわよね。心の痛みはお金なんかでは癒せないというのに。あなたたちみたいな、貧しくても愛があって、でも不誠実さを楽しめるような恋人たちが羨ましいわ」

出た。謙遜と見せかけた自慢攻撃。

反撃できないジヴが、俺を睨みつけてくる。その烈火の視線は、俺を激しく責めたてていた。すいません。たしかに俺という存在が、ジヴの弱点です。

女同士の戦いにおいては、主に美貌や体形、年齢や服の審美眼などが武器となる。そして、つきあっている男の社会的地位や経済力、顔や身長に誠実さと優しさといったものも勝敗を左右する要素となる。

だとすると、ジヴの分は非常に悪い。俺って、そういうの皆無だし。

お願いだからジヴ、今この瞬間に出世しろという熱い瞳で俺を見ないでください。無理無理無理無理、無理、無理だから！

俺の言葉に頼らない視線の弁解に、ジヴの瞳の温度が急降下していった。

頼りない俺を武器とするのを諦めた、極北の氷河の目。昆虫か節足動物でも見るような瞳に、俺まで落ちこむ。

あ、観客のなかにも、痛む胸を押さえている若い咒式士たちがいる。ついでに「金なのか？俺に金がないから、あの男のところに走ったのか⁉ アーネンベルエっ⁉」と逃げた女らしき名を叫びながら、四階の窓から飛び出そうとする青年咒式士。飛び降り自殺の寸前、周囲が必死に青年を押さえている。

ジヴがジャベイラへと視線を戻し、戦いが再開される。

「でも愛って重要ですよね。女にかぎらず、人間という存在は、愛されないと輝かないし」

二階の廊下にいた肥満体の整備士が、床に手をついた。「違う、人間の価値は内面、知識と精神の豊かさなんだ！」と拳を床に打ちつけるのを、周囲の女性事務員が冷たい眼で見下ろしていた。

ジャベイラはまだまだ余裕の笑み。

「羨ましいなぁ、そういう意地悪な真実を言ってしまう愚かな若さって」

「そうですよね」ジヴがうなずき、ジャベイラを笑顔で見据える。「若いと、人の男に必死に色目を使う必要もないですし」

相手の主張に乗っかりつつ揚げ足を取るジヴの攻撃に、ジャベイラがよろめく。

たしかに、ジャベイラが好意なのか性的興味なのかを俺に抱いている以上、現実に俺を摑んでいるジヴが強い。

俺は三階の窓にいる女咒式士が、苦しげな顔をしたのを見逃さなかった。あれは後輩の夫と不倫しているな。

「ああ、私も早くジャベイラ先輩みたいに老醜を晒して枯れた心境に達したいですわ。そして他人に要らない口出しをしたいものです。そして周りに早く死ね死ねと思われる、素晴らしく惨めな老後に憧れるぅ！」

ジヴの発言で、中庭に面する廊下を歩いていたヤークトーの痩身が揺らぐ。「私だって、私だって必死に生きて、若者たちに忠告していたつもりなのですよ⁉　か弱い老人がささやかに生きることは、そんな、そんなにも重い罪なのですか⁉」と壁に肩を預け、床に滑り落ちた。

「この可能性を予期していたのに、こんなことになるとは……不覚」

ラルゴンキン事務所の頭脳の沈黙に、周囲の咒式士たちが駆けよる。

「あなたのガユスの腰抜けっぷりには、常日頃から感心することしきりだわ。咒式士としてはありえないけど、お優しいのよね。……自分にだけは」

ジャベイラの発言で、中庭の木陰にいた青年呪式士が「違う、あのとき俺が行かなかったのは竜が怖かったんじゃない。親の葬式があったんだ。なぁ信じてくれよ！　あの討伐作戦が失敗したのは、俺のせいじゃないって⁉」と周囲に必死に同意を求めていた。

「あらあら先輩の相棒のイーギーさんの、好きな女に告白ひとつできない意気地のなさにこそ敬服しますわ。まぁ告白してもダメって、本人もはっきりと分かっているのでしょうね」

思わぬ言葉の流れ弾に、俺の隣にいたイーギーの体が跳ねる。銃弾で撃たれたかのように、イーギーは胸を押さえている。ジャベイラは自分との関連性には気づかず攻めていく。

「ガユスこそ、あなた以外の女の子にもいっぱい好かれる魅力的な彼氏で羨ましいなぁ」

俺の心臓にも流れ弾が当たって、凄い激痛。

中庭の入り口にいた若い女呪式士が、壁によりかかっている。「なぜなの、なぜ私という恋人がいて、こんなに尽くしているのに浮気をするのっ⁉」と壁に頭をぶつけている。

「ガユスにくっついてるギギナも、許嫁に頭の上がらない可愛いところ、というか情けないところがあるわね」

関係ないと苦笑していたギギナにも、特大の銃弾が襲いかかる。ギギナの体がよろめく。

「ああ、強がっているわりに、ガユスに迷惑かけるしかできない、人間試験に失格するどころか申請段階で刎ねられた人ですね」

勇猛をもってなるドラッケン族が、ジヴの一撃で後方に飛ばされる。ギギナはなんとか踏みとどまったが、中庭の煉瓦の床に膝をつく。

「わ、私とて頑張っている、のだぞ？　人として⁉」

「あれ？　ギギナさんって、まだここにいたの？　とことん空気が読めない人ね」

ジヴの冷酷な言葉の刃に一刀のもとに切り捨てられ、ギギナが沈没。

「まぁ、ギギナさんが森の愉快な仲間に別れを告げて、人間界にやってきたのは評価するわ」

倒れたギギナの体が、追い撃ちを受けたかのように跳ねる。

「でもね、あなたの森の仲間たち、毒蝦蟇さんや糞蠅ちゃん、腐れ蛞蝓さんたちも『ギギナ、もう無理に人間のフリをしなくていいよぅ。ボクらのところに戻っておいでよぅ。いっしょに樹液を吸ったり虫を食べようよぅ』と言ってくれると思うわ。だってギギナさんが現代社会で生活するって、やはり思想的・生物学的に不可能だし」

ギギナの体に言葉の砲弾がめり込み、完全制圧。ジヴの目が俺にもそそがれる。

「そういえばギギナさんとガユスの喧嘩も、どこかで見たことあるわね。あ、裏庭の小石を退けたときに見た、蟻さんと蛆虫さんの戦いにそっくりだわ！　本人たち以外はどうでもいい閉じた食物連鎖！」

俺の膝も崩れる。俺にとっては、ギギナとの争いは必死の生存競争なのだが、ジヴから見たらその程度のものだったらしい。

中庭、そして周囲の窓や廊下には、言葉の流れ弾に命中した人々の死屍累々とした姿があっ

た。

　二人の戦いは、呪式士と事務員の代理戦争から、若者と年配者の代理戦争、男女の代理戦争、そしてなんだか分からない神々の代理戦争みたいなものへと発展していた。

「戦争を始めるのは簡単だが、終えるのは容易ではない。戦争とは常に拡大していく飢えた怪物である」と言った古代の軍事専門家ゲシェルリンドの格言を、俺は思い出していた。

　俺はなんとか立ちなおり、決心した。ジヴに近い俺が言わねば、戦線は全員を殺すまで拡大を止めないからだ。

「あの、ジヴーニャさん、ここらで引き分けということではどうでしょうか？」

「黙っていてくださるかしら、ガユス・レヴィナ・ソレルさん？　そんな甘っちょろい戯言は、私以外の腰抜け、あなたの同類に言ってあげてくださいな」

　ジヴの眼には狂気のような戦いへの意志の光。

「一〇〇イェンあげるから、そこらで犬の糞でも召しませ」

　ジヴが財布から一〇〇イェン硬貨を取り出し、投げつけてくる。額に硬貨があたり、慌てて俺は受けとってしまう。

「あなたはお金が儲かって、しかもお腹は満腹。しかも見物している私も楽しいという、誰もが満足する状態ね」

「あの、あなた誰？」

俺は首を振るしかなかった。

「ああ、神様。ジヴを返してください。あれは俺の愛するジヴではないです。あれは、あれは地獄の悪鬼です」

「前にも言ったが、もう一度言う。よく考えなくてもすべて貴様の所為なのでは？」

倒れていたギギナが、苦い声を地面に這わせた。

俺は思う。女って……。

「女って怖い、とか考えていない？」

ジヴが、俺の目を真っ直ぐに覗きこむ。緑の瞳は、胸の奥底まで見透かしてきた。

「女が怖くならざるをえないのは、あなたたち男の、不甲斐なさの所為なんですからね？」

怖い、怖いよ。ジヴーニャさん。

よろめく俺を見捨て、ジヴは戦線へと戻っていく。そして互いを攻撃すると見せかけた男たちへの口撃がまだまだ続いていった。ひたすら続いていったんだってば！

夜中まで続いた戦いは、精根尽き果てた二人が膝をついたところで終了した。

ジャベイラの顔には清々しい表情があった。出たのかどうか分からない殺人機械で魔法少女という人格は消耗しきって去ったらしい。

「……なんか、言うだけ言ったらすっきりしたわね」

「……ええ。胸のつかえが取れたみたいです」

対するジヴーニャも、憑き物が落ちたかのような顔をしていた。黒き魔女皇様だか子豚の邪神様だかも、邪悪な魔力を放出しきったらしい。

「ジヴーニャ、なかなかいい娘ね」

「いえいえジャベイラ先輩こそ、いい先輩ですよ」

ジャベイラの晴れ晴れとした表情に暗雲が垂れこめる。消え去ったはずの暗黒の炎がふたたび揺らめきだした。

「儂は仲良くしようと、『娘』と言ったのだが？　こちらをいい女とは言ってくれないのかな？」

「年増のひがみは、もうやめてください。女としては評価を差し控えますが、人生の先輩としては少しは認めなくもないんですから」

微笑む女たち。陽炎を背負っているかのように周囲の風景が歪みだす。

「おやおや、どうしても抹殺しておかないとならないようだね。この腹黒小娘さんは☆」

「まったく、どうあってもここで駆除しないといけないようですね。先輩という名の害虫を♪」

俺の首筋に寒気。見える、見えるぞ。二人の女の背後に、天をも焦がす黒い炎の柱の幻影が⁉

「さて、手加減はこれくらいにして、そろそろ少しは本気を出しますか」

ジヴの言葉にジャベイラの顔が蒼白になる。あれで本気、ではなかったのか⁉

第二戦、互いを口撃し、また同時に、男たちへの口撃が再開される。

延々と延々と、そして果てしなく……。

周囲では、すべての人間たちの心が死んでいたが、もう一度殺されることになった。

明日、ラルゴンキンは、社員の欠勤率が異常に高いことに、首を傾げるだろう。

欠勤届けの理由が、揃って一身上の都合とか、心療内科や精神科への通院のためだということにも。


まだ言い足りなさそうなジヴを、俺とイーギー、ギギナ、ラルゴンキンの呪式士たち全員でジャベイラから引き剝がした。当のジャベイラは善戦したが、疲労困憊で立ち上がれなかった。そして本気になったジヴも足元がふらついていた。

そこで俺たちは、強制解散することにした。つーか、これ以上ジヴに攻められたら、ジャベイラも俺たちも再起不能の廃人になる。

本気のジヴの攻めに、全員が恐怖していたのだ。まさかあれほどとは……。

事務所の玄関で、ラルゴンキンの呪式士や事務員、その他の人々もそれぞれの帰途へとついていった。散々な愚者の日のはずだったが、それぞれの顔は明るかった。

「楽しかった。来年も頼むよ、お嬢さんがた」

「黒き魔女皇様万歳！　魔法機械少女万歳！」

「今年は胸が痛いだけだったので、来年は俺もジヴーニャ陛下に挑戦するよ」

「止めとけって、てめえじゃ返り討ちだっての」

「ラルゴンキン事務所の咒式士は退かないのさ」

俺やジヴに声をかけ、手を振りつつ人々が去っていく。

咒式士にかぎらず、人々の日常は、辛く厳しいのだ。日々の仕事は過酷で単調で、時々なんのために仕事して生きているのか分からなくなる。

だからこそ、あれは、一種の狂乱の祝祭だったのだろう。この愚者の日だけは狂い、暴れ、笑おうという全員の暗黙の了解が、いつしか形成されていたのだろう。

そして祝祭は非日常としての役目を終え、その余韻を胸に、それぞれがそれぞれの日常へと戻っていくのだ。

祝祭のあとの一抹の寂しさ。だけど、人はいつまでも祭りのなかにいることはできない。

携帯に着信。懐から取り出して確認すると、文面は仕事の依頼。日常が帰ってきた。

「じゃあジヴ」愛する恋人と、俺は向きあう。「俺たちはここで」

「ええ」

ジヴの表情も晴れやかだった。

「また来年」

俺は笑みを返す。今回はジヴの餌食にならずに済んで良かったと、心から思う。


俺とギギナを乗せたヴァンが走っていく。

やがてエリダナ南部の一棟のビルの下に到着し、俺はヴァンを降りる。助手席のギギナが、理解不能といった顔をしている。

「なぜここで停まる？」

「楽しいこと。おまえも来るか？」

ヴァンを降りた俺に、不承不承のギギナが続く。ビルの錆塗れの非常階段を二人で上っていくと、初夏の星空の下、屋上に着いた。俺は携帯咒信機を取り出し、ジヴを呼び出す。

「ああ、ジヴか？」

「なに？　また私を騙す気？」

疑念を隠そうともしない、ジヴの不機嫌な声。

「違うって、ジヴのためにいい考えを思いついたんだ」そこで声を絞る。「ジャベイラのアホを騙そうぜ。あんな判定勝ちでは納得できないだろ？」畳みかけていく。「俺が重傷を受けて死にそうだとか言って。うん、真面目なジヴが言うなら完璧に引っかかる」

しばらく考えたあと、ジヴの抑えた笑声には、意地悪な成分が混入されていた。

「おもしろそうね。するする！　絶対する！」

「ああ、俺はこれからギギナと仕事だから。うん、なんか市街地に〈異貌のものども〉が出たらしくて。ああ、結果を教えてくれ」

　俺はジヴへの通信を切って、すぐに別の番号を呼び出す。ギギナが不思議なものを見るような銀の瞳をしているが無視。何回かの呼び出し音のあと、相手につながる。

「ガユスから私に連絡するとは珍しい。……そうか、ついに儂へ愛の告白か!?」

「妄想は、他人に言わずに脳内で厳重に封じておこう。鉄格子の窓の病院に入りたくないのならな」反射的な返しを止めて、呼吸を整える。「単に仕事場のほうの番号を忘れただけだ。おまえみたいな心の病気持ちを好むような物好きは、あのイ……。まあいい、一つ頼みたいことがあるんだ」

「それこそ珍しい。まあ、お主の頼みならこのニョロイラが何でも聞いてやるニョロ。んでなにニョロ？」

「語尾うざいな。ああ、今からジヴが、俺が大怪我をして死にそうだと騙そうと、ジャベイラに電話をかけてくる。そこで『知っているわ。つい十秒前に引継ぎ依頼をしようとして知った。ガユスがギギナと喧嘩して大怪我したんでしょ？　私もツザン診療所前に向かっているわ。ええ、嘘だと思いたいけど！』って焦った感じで言ってくれ」

　俺の説明に、受話器の向こうのジャベイラが沈黙する。隣で夜風に吹かれているギギナも嫌な顔をしていた。

「……ま、前から言おうと思っていたけど、あなたとつきあうのって大変なことなのね。ジヴーニャの忍耐力には恐れ入るわ」

「それはともかく、嘘の秘訣最終章を教えてやるよ。それは、相手に自分が騙している立場にいると思わせるように騙してやることだよ」

携帯を切って、俺はビルの屋上の縁に肘をついて頬を支える。視線は、ツザン診療所の入り口を見下ろす。

解散時の感想とは裏腹に、俺はまだ祝祭を終わらせる気はない。楽しいことは長くは続かない。ならば終了直前まで全力で楽しむのが、俺の流儀だ。

しばらく待っていると、診療所の玄関からツザンが出てくるのが見えた。古臭いネオン灯やリチウム街灯の光の下に、波うつ藍色の髪が映えた。

呪式医ツザンは、白衣を鮮血に染め、右手には魔杖鋸を下げていた。刃には肉片と黒血がこびりついているのが気持ち悪い。

変態女医の私生活など知りたくもないが、眺めるものもないので眺めていると、ツザンが夜空に向かって両手と背を伸ばした。そして舌を出して一言。

「今日もいっぱい解剖、いや、治療ができたわ」

言い間違いがまったく可愛くない。ついにはベイルス競技の打者みたいに、魔杖鋸で素振りしはじめる。

「ガユスとか、また大怪我して運ばれないかなぁ。新鮮な犬の死体が手に入ったから、首から下につなげてあげるのに」

　この辺りでは絶対に負傷しないことを、俺は夜空の星に固く固く誓った。俺は、まだ俺でいたいから。

「エリダナの咒式士には変態女が多いな。医者か殺人者か微妙なツザン、偽装多重人格者ジャベイラ、拷問吏レジーナ、そして緋のパンハイマ……」

　ギギナの顔が陰鬱な表情になり、言葉を零した。

「一般人との統一部門なら、おまえのジヴーニャは、確実に表彰台の三人のなかに入っていると思うが？」

「……それは言うな」

　俺は本気で返してしまった。

　しばらくしてポリエチレン製のゴミ箱になにかが激突して転がる音。路地の角から疾走してくる影。

「来た来た、来ましたよ！」

　薄緑の九十五年式スパトリアカの小さな車体が突進し、驚いた顔のツザンの前に急停止。扉を撥ね除けて、ジヴが飛び出してくる。

「ガユ、ガユスが、お、大、大怪我した、したって！」

ジヴの泣きだしそうな横顔に対し、ツザンの顔が怪訝に曇り考えこむ。そして重い重い溜め息を吐いた。

「悪いことは言わない。ジヴーニャよ、患者四九七〇七〇一号、ええとガユスとは別れなさいな」

「な、なにわけの分からないこと言っているんですかっ⁉　今はガユスの怪我がっ⁉」

「……だから」女医の再度の溜め息。ジヴを憐れむ藍色の瞳。「あなたは去年もそう言ってここに来たでしょ？」

可哀相な人を見るようなツザンの目つきに、ジヴの不安と心配色の瞳が、記憶の世界に飛ぶ。即座に検索と照合が完了。記憶が焔と燃えあがっていき、絶叫するジヴ。

「ガぁユスっ、また私を騙したのねっ！」鬼の形相で、上空のビルを見回す。「どこか近くで私を見て笑っているんでしょっ！　出てきなさいこの最低野郎っ！」

俺はビルの縁の裏に隠れ、まさに笑い転げていた。コンクリ床の上で身を捩り、声を出すのを堪えるのに必死だった。声を出せば、怒り狂ったジヴに見つかって、間違いなく殺される。

だがダメだった。

「ぶはははははは、ダメだ我慢できない、ジヴが可愛すぎるっ！」

「やっぱりそこにいたのね、この最低嘘つき男っ！」

俺は諦めて、ビルの上から顔を出す。ジヴが泣きそうになっていた。

「もうジヴったら可愛すぎるよ」俺は表情を引き締め、左手を胸に当て、指をそろえた右手を星空に突き上げる。

「星空に誓って改めて言おう、俺は君を心から愛していると！」

「おまえ！　そこ動くなっ！　殺す、絶対に殺す、もうブチ殺すっ！」

ジヴの絶叫が傾いていく。足元がふらつき、白金の髪の尾を曳いてジヴが倒れていく。ツザンが動いてジヴの体を支える。

「いかん」

ギギナの叫びよりも速く、俺は非常階段へと向かい、急いで駆け降りる。路上で足首を押さえたジヴが、俺の顔を見て笑った。

「やーい、引っ、かかっ、た」

「いいから、黙れ。捻挫か、下手して骨折でもしていたら、その、とてもイヤだ」

俺はジヴを抱きかかえ、ツザン診療所へと運びこむ。


手術台の上の半裸のジヴを囲む、医療機器。そして、青や緑の光の線で描かれた検査咒式の組成式。

立体構造式からジヴの体へ各種走査線が伸ばされ、膨大な数値と映像を空中に紡いでいく。

「とくになにも異常なし。過労と興奮のしすぎによる足元のふらつきと、ごく軽微な捻挫だ」

ジヴの傍らに座ったツザンが診察結果を告げ、組成式を一部解除。ジヴの足にツザンが湿布を貼って治療の終了を告げた。

「だから、ガユスが私を怒らせるのが健康に悪いのよ。健康診断までされているし」

下着姿のジヴが身を起こし、診察室の床に素足を下ろし、革靴を引っかける。

「もう、見ないでよ」

凄まじく煽情的で刺激的な肢体から、俺は目を逸らすと、ジヴの靴底が古臭いリノリウム張りの床を去っていく足音。

衝立の紗幕の向こうでジヴが服を着ていく衣擦れの音も、俺の耳には遠かった。

「ええと私の鞄は？」

「ああ、奥にあるわ。医院の裏を出て、通りの向かいの扉、倉庫のなかに保管してある」

「なんでそんな遠い場所に……」

ジヴの足音が奥の部屋へと向かっていき、扉が開かれ閉まる音。

ツザンが革張りの椅子に深く身を沈める。憔悴しきった女医の顔に、俺は震える声を投げつける。

「……ツザン、これは俺を騙そうとしているのか？」

「突然来た患者の、偽の診療情報を用意できる時間があるなら、な」

室内の空中に所狭しと並ぶ検査呪式の各数値は、ツザンの先ほどの診察とは裏腹の結果を告げていた。

針筋電図、末梢神経伝導速度、感覚神経誘発電位、脊髄液検査の数値と脳と脊髄の核磁気共鳴探査画像は最悪の結果を示していた。

ジヴの脊髄から、全身の末梢神経までに広がる白い霧のような影。

俺は乾いていく舌を動かし、尋ねるしかなかった。

「なん、なのだこれは？」

ツザンは沈黙。俺の傍らのギギナの指先が、空中の映像を撫でる。唇から零れるのは、絶望的な言葉。

「アリアード性急速進行型多系統萎縮症。複数の神経症が同時多発的に急速に進行する難病だ。神経栄養因子の欠乏により運動神経細胞が死滅していき、脊髄の側索が変性し、グリア細胞の増殖のために硬化していくという、四万分の一の確率でアルリアン人に発症するとされる常染色体優性遺伝だ。まさか混血のジヴーニャに発病するとは……」

ギギナの診断の言葉に、俺は思い出す。たしか去年の今ごろ、ジヴーニャのアルリアン人だったという父方の祖父が、その病で死んだという話を聞いたことがある。

朝にも思い出したはずなのに、放置していた自らの愚かさを責めた。

「助かるんだ、ろ？」

俺の懇願めいた問いかけに、ギギナは視線を逸らした。俺の視線を受けとめてしまったツザンは、一瞬だけ迷い、そして首を左右に振った。

女医はそれでもなにかを言おうとして言いよどむ。それでも決心したかのように、俺を真っ直ぐに見つめた。

「この病は、原因となる遺伝子の部位がまだ特定されていない。修復すべき因子が特定できなければ遺伝子治療は行えない」

「じゃあ、それを特定して治療をしてくれっ！」

俺は叫んでいた。叫びの鋭さにツザンの顔が苦渋に歪む。

「無理よ。神経栄養因子の補充や、神経栄養因子調整によって対処療法的な治療を行えば、ある程度の延命は可能だけど、根本的治療には、脳を含めた全身の改変に等しい治療が必要なのよ。それは、小国家の国家予算なみに莫大な金と、膨大な時間が必要なの」

ツザンは続けた。

「完治しても、全身と脳を改変されたそれは、もはや以前と同じジヴーニャと呼べる存在かどうか」

「嘘だ、そんな残酷なことがジヴに起こるはずがない……」

俺はもはや正気を保てなくなっていた。ツザンの白衣の襟元を摑み、椅子から吊り上げる。

途端に周囲の咒印組成式が崩壊し、星屑となって床に落ちていった。

「ジヴがなにをしたと言うんだっ⁉　あいつは、真面目で優しくてっ、俺にはもったいないほどのいい女だ、それをっ！」

「……初期症状は出ていたはずよ。運動失調による歩行時のふらつきや、手、またはアルリアンの尖った耳などの末端部の震えが」

ツザンの眼には怒りと哀しみ。

「どうして一番身近にいるあなたが、気づいてあげられなかったの⁉」

俺以上の怒りをこめて、ツザンが怒鳴り返してくる。女医の言葉の正しさに、俺の心臓が貫かれた。

俺の所為だ。ジヴを労りもせず、放置して過ごしていた結果がこれだった。

「許せ。現代の咒式医療とて、いまだ万能には遥かに遠いのよ」

視線を落としたツザンの言葉に、俺の手は力を無くし、白衣の襟を握っていられなくなった。

ツザンはそのまま椅子の上に腰を落とした。

「嘘だったらどんなに良かったか」

ツザンの目は涙を流すまいと、赤くなっていた。なにかを恨むかのように、壁を睨みつけていた。

「残念だが、嘘じゃない。すでに愚者の日は終わっている」

ツザンとギギナと、そして、俺の視線の先で、壁時計の針は午前零時四分を示していた。

無邪気な嘘で埋めつくされた一日は、とうに過ぎ去っていたのだ。

残されたのは残酷な真実だけ。そんなものはいらなかった。


夜のエリダナ。夜空に反逆するかのように、白に赤に紫に緑に青、様々な灯りが、眠らない街角のあちこちに灯されていた。路地に停めていた車を目指して、俺とジヴが並んで歩いていく。

「騙されて悔しかったけど、楽しかったわ。というか、そう思わないとやってられないわよ」

俺の腕に掴まったジヴが、甘えたような怒ったような顔を向けてくる。

ネオンの光に照らされた無邪気な微笑み。その儚さに俺の胸が締めつけられる。

俺は両腕を伸ばした。俺の行動を不思議そうに眺めているジヴ。その体を引き寄せ、抱きしめた。

「や、なにっ？　私は外でするのはちょっと好きじゃ……」

「ジヴ、落ちついて聞いてくれ」

いつになく真剣な俺の声に、ジヴが抗うのを止めて耳を傾けてきた。

「君は……」

愛の言葉でも待っているかのような、ジヴの目に、俺の決心が揺らぐ。

だが、残酷な宣告を続ける。

「君は、アリアード性急速進行型多系統萎縮症という遺伝病にかかっていて、すでに治療不可能なところまで来ている」

喉元で詰まる重い宣告。だが続けるしかない。俺が言わずに誰が言う。

「君はあと一年、いや半年の命だ」

「またまたぁ、もう騙されないわよ？」

ジヴが上目遣いで笑う。その可愛らしい微笑みに、胸を突き刺すような痛みが荒れ狂う。だが、だがしかし告げねばならない。

「嘘じゃない。ツザンの診察結果と医療機器の数値は、俺も、肉体の専門家たるギギナも確かめた。それに嘘が許される時間は過ぎているんだ」

俺は携帯を取り出し、胸の中のジヴに見せる。薄明かりを宿した液晶画面には「〇時〇八分」という真実が浮かんでいた。

「嘘、そんな」

ジヴの緑の双眸が驚愕に見開かれ、俺を見上げてくる。

「でも、たしか私のアルリアン人のお祖父さんがそんな病気だって、まさか、そんな……⁉」

自らの言葉に、ジヴの瞳が漆黒の絶望に塗りつぶされていく。現実を変えようとして、ジヴの唇はなにかを紡ごうとし、言うことができなかった。

それでもジヴは必死に俺に問いかえした。

「本当、なの？」

うなずく俺の残酷な宣告に、ジヴが真相を確認してしまった。立ちつくす彼女から、俺は逃げなかった。

「すまないジヴ。本当にすまない……」

俺はもう逃げない。どんな辛いことでも、せめて自分らしく向かいあう。それが、あの事件以降の俺の態度だ。

「君の残りの時間、俺にはなにもできない。だが、最期の時まで君と一緒にいたい。君を騙してきた俺だが、君に迷惑でもそうしたいというのは真実だ」

ジヴの瞳が潤み、涙を零すまいと洟を啜って耐える。

俺は力のかぎり、ジヴを抱きしめる。そうしないと、愛するジヴが砕け散ってしまうように思えてしまったのだ。

俺は無力だ。あまりにも無力で愚かだ。

失う時になって初めて大切さに気づける。こんなことばかりを繰りかえしている。

うつむいたジヴは咽び泣きつづけた。

押し殺した声が、途中から音階が上がっていく。神経の病が、ジヴの心まで侵食しはじめたのか⁉

だが、ジヴの声は反転し、最後には笑声になっていた。

「ついに、ついに引っかかったわねガユス！」

言葉の意味が理解できない俺の腕の中で、ジヴが微笑む。

「病気は、ウ・ソ♪」

唇の両端が吊り上がった、魔女の哄笑だった。

「苦節一年、この日のためにツザンさんを抱きこみ、お祖父さんが遺伝病で死んだという嘘を投げっぱなしにし、耐えに耐えた甲斐があったというものよっ！」

呆然として、俺は言葉もなかった。抱きしめていた手が離れ、宙を彷徨った。

唖然としたままの俺を眺め、勝ち誇るジヴが微笑みつづける。

「時間が過ぎているって？　ガユスの携帯と診療所の時計を進めておいたのよ」

ジヴが自らの携帯を掲げる。液晶画面には、六月二十三日、十一時五十八分の表示があった。

「だから愚者の日は有効なの。なぜ嘘つき勝負でガユスだけが見逃されたかの答えがこれよ。ガユス風に言えば、嘘の秘訣の補足条項。前フリは長く、準備は万端に。専門家の協力があれば、なお有効ってところかしら？」

頑なに黙りつづける俺に気づき、ジヴが慌てだす。

「ガ、ガユスが悪いんだからね、去年と今日と意地悪ばかりするから、私の愛情を玩具にするから……」

そこでジヴの強がりが崩壊した。

「ごめ、ごめんなさい。驚かせすぎてごめんなさい」

半泣きになるジヴが俺の胸に鼻先を埋め、嗚咽をあげる。

離していた両手を戻し、ジヴの細い体を再び強く抱きしめる。

「嘘で……」

涙に濡れたジヴの瞳が、俺を見上げる。

「嘘で良かった」

俺の唇は、心からの安堵の吐息と言葉を漏らしていた。

「ジヴが死ぬなんて、俺には耐えられない。君の最期まで側にいて看取ると言ったけど、本当はそんなことできっこない」

俺の唇は、勝手に内心を吐露していく。

「どんなことをしても、君を助ける方法を探す。君が嫌がろうが、何人を騙し殺してでも金を用意し、禁忌の咒式だろうが、気難しい咒式医師を脅してでも治させる。絶対に死なせないつもりだったんだ」

譫言のような自分の言葉に気づいて、俺は長い息を吐く。ジヴの目が直線で俺を覗きこんでいた。

「……ガユス、狡い」

ジヴの口先が尖り、俺を責めるような言葉を吐きながら、抱きしめかえしてくる。俺は戸惑ってしまってマヌケな言葉を続けてしまう。

「狡いって、なに、なにが？」

「いつもは意地悪な癖に、たまに優しいんだもの。ダメな人がたまに優しいと、いい人に見えて、真面目な私がたまに意地悪すると、すっごい意地悪な女に見えてしまう」

ジヴが恨めしそうに俺を見つめてくる。

「それってなんか狡いわ」

「すまない」

いつものジヴに戻って、俺は安心する。

「でも、ときどき優しいくらいに言い換えて欲しいな」

「ごくごく稀に、ほんのすこーし優しいが正確ね」

ジヴに窘められる。どうやら俺は調子に乗りすぎたらしい。

「でも分かって。あなたって、いつもそんな気持ちを私に味わわせていたのよ？」

「ああ、ごめん」

素直に謝罪の言葉が口を衝いてでた。

「本当に分かっているの？」

「ああ」

ジヴの頭を俺の胸へと抱き寄せ、それ以上の言葉を封じる。

そして幾許かの時が過ぎ、手と手を取りあい、ここからほど近い俺の自宅の一つへと向かうことになった。一刻も速く、二人の唇と体を重ねたくなったのだ。

そこで俺はいつもの俺に戻り、ジヴに意地悪をしてまた怒らすだろう。激昂するジヴを宥めつつ押し倒し、憎悪混じりの愛を交わすだろう。

手を握りあった二人が歩きだす。俺の胸のうちに、一つ疑問が生まれる。

「ええと、じゃあよくジヴが転んだのは演技？」

「そうよ。当たり前じゃない」

ジヴの頰が膨れたが、俺の口元は綻んでいた。どれかは演技だろうが、どれかは天然でジヴは転倒していたらしい。その内訳を考えて指摘しても、なんの益もないから止めておこう。

ジヴと夜道を歩いていく俺の脳裏に、ある想いがよぎる。

来年のこの日も、俺の隣にジヴがいてくれるだろうか？

この幸せは、いつまで続いてくれるのだろうか？

不安になった俺の左手は、ジヴの右手を強く握りしめた。ジヴは無言で握りかえしてきた。

俺以上の力で、熱く、強く。

見ると、ジヴの横顔は何事もないように、前だけを見ていた。

そう、実は愛なんて、嘘と打算に、妥協と諦めだ。そこに不安があって当然なのだ。

だけど、そんなものに負けてこの手を離すのは臆病な子供だ。

いつか離別の日が来るとしても、それまではこの手を握っていたい。

ジヴに倣って、俺も前を向く。

嘘つきな俺に、嘘つきなジヴ。愚者の日を、いつまでも続けているような二人。

俺は突然気づいてしまった。

〈愚者の日〉とは、単に嘘をつくことを許可した祭日ではない。嘘の後で許しあうことが必要になることを見越して作った祭日なのだろう。

愚者の日以外の日常こそ、嘘と欺瞞を重ねたものであることを自覚させ、その日々の嘘をも許しなさいという意図があるのかもしれない。

今なら分かる。女道化師フーリーは優しき天才だった。

嘘つきの先達の英知だか悪ふざけだかに敬意を表し、俺は片手を軽く掲げた。

「なにしてるの？」

ジヴが視線と言葉で問うてくるが、俺は黙って笑顔を返すだけだった。

世界中の嘘つきたちよ、来年もその来年も、時の果てるまで嘘をつけ。

残酷で傲慢なくせに、醜く退屈なこの地上を、嘘で覆いつくせ。

それが、それだけが、
この世に対して、弱虫たちができる唯一の戯れかたなのだから。

いつか来る別れの日まで。

優しい嘘をついていこう。

己が全ては
を持って世界と戦うあ
の方のため。
我が身を持って刃とし
その血を打ち砕かん。

されど罪人は竜と踊る

翼の在り処

モルディーン・オージェス・ギュネイは、大樹の下の長椅子に座っていた。

午後の陽光が木々の梢を通して、優しい日差しに変わるこの場所が、彼のお気に入りのひとつだった。

たまにこの場所にきて、一人物思いに沈むことがモルディーンにはあった。

午後の準備はすでに終わっており、あとは自動的に推移する事態を楽しく見物するだけだ。

久しぶりに見られる見世物に期待感が膨らむ。ただ、彼にとっての厄介な問題は、傍らには一抱えもある書類の山。そして手に握られていたのは、至急片づけなければならない書類の束。

モルディーン枢機卿長に読まれ、その署名を待っている紙の責務たち。

モルディーンは手に持った書類の束を折ってみた。夏風のせいか、ふと子供時代を思い出して、さらに紙の束を折ってみた。また折って、開いていく。

できあがったのは、翼も機体も分厚い、不細工な紙飛行機。滑空するというよりは投げつける手作りの紙の遊具。子供時代には、これと同じものを学業の課題で作っては、双子の兄のアスエリオや、親戚のゼノビアやバロメロオにぶつけたものだ。

モルディーンは、当時と同じように紙飛行機を飛ばしてみた。

自らへの重荷を、一時でも手放してしまいたいかのように。

誰かになにかを託すかのように。

ツェベルン龍皇国、オージェス王領にオージェス宮の別館があった。

広大な庭園では、噴水の飛沫の先端で陽光が散らされていた。大理石が敷きつめられ、白い通路が放射状に広がっていく。広大な敷地のほとんどを、林が埋めている。

鬱蒼とした林のなか、木々の間の通路を突っ切って、軍人が歩いていく。

ツェベルン龍皇国正式軍装の長外套、右目を眼帯で覆った隻眼の男だった。

箒で落ち葉を掃いたり、如雨露で水を撒いていた侍女たちや、庭木の剪定をする庭師たちが男に気づいた。

侍女たちが軽く膝を曲げてスカートの端を持ち上げ、庭師が麦わら帽子の庇を下げて挨拶しても、男は顎を引いて無愛想な顔でうなずくだけ。足は奥へと直進していく。

イェスパー・リヴェ・ラキは急いでいた。モルディーン枢機卿長による翼将の招集に、遅れるわけにはいかないのだ。遠くからの地響き。続く叫び声。

「兄貴、元気？」

唯一残った左目が、上方に向けられる。通路に張り出した枝から下がる影。

枝に膝裏をかけて、人間が逆さにぶら下がっていたのだ。頭に飛行眼鏡を載せた青年、ベルドリト・リヴェ・ラキだった。ベルドリトは、青年というより少年のような屈託のない表情をしていた。

「ニョイっとこんにちは」

「久しぶりだが、到着が早いな」

「うん、朝から来ていて、預けていた飼育動物の餌やりをしていたんだ」

枝から下がる弟と、通路に立つ兄の視線が出合う。

二人が兄弟で双子ということに、遺伝子の不思議さを感じるものも多いだろう。それほど体格から顔から似ていなかった。

イェスパーの軍服、黒い羅紗地に銀の刺繍も、長旅の埃と塵でくたびれていた。ベルドリトも同じ型の軍服なのだが、目にも鮮やかな橙色の布地で作られていた。

兄が律儀に軍服を着ろというので譲歩はしたが、地味な色が嫌いなベルドリトらしい抵抗だった。

枝の間から零れた木漏れ日が、二人の顔に斑となって降りそそいでいた。

「それで、おまえはそこでなにをしているのだ？　重力で背を伸ばしたいのか？」

「いやぁ、なにをしているかというより、実はもいもいーんって飛ばされたんだよね♪」

体を回転させて、ベルドリトが白い石の通路に落下。イェスパーの横に並ぶベルドリトは、魔杖剣〈空渡りスペリペデス〉を構えていた。

地響きが近づいていた。イェスパーは、反射的に右手で〈九頭竜牙剣〉を、左手で〈九頭竜爪剣〉を引き抜いていた。

前方の小道には、侍女や庭師が立ちすくんでいた。手放した箒が倒れ、横倒しになった如雨露から漏れた水が、石畳に広がっていく。使用人たちの怯えた視線は、そろって右の林を見上げていた。

さらに地響き。緑の梢がざわめき、鳥たちが飛びたっていく。再びの地響きに続いて、木々の間から足が飛び出る。足は倒木を踏みつけ、割り砕いた。常人の五倍の大きさの足。

見上げると、そびえるのは並ぶ肉の壁。分厚い胸板。肉瘤のように盛り上がった両腕。巌を積み上げたような体軀。金属の輪をつなげた鎖帷子に、獣の革を貼りあわせた衣服。

四から六メルトルという、人間の二から三倍の背丈。巨人、まさにそうとしか表現できない四つの存在が現れた。

人間との身長比例以上に大きな手足は、巨大な身体を支えるため。四人の巨人たちは、首から鎖を垂らし、無骨な大鎚や大斧の長柄を握りしめていた。

ベルドリトが朗らかに告白する。

「飼っていた巨人たちが、制御桿や鎖を外して逃げてしまって。いやぁ失敗失敗♪」

「失敗ですむか」

巨人たちが一歩を踏みだす。地響きで現実感が回復し、侍女の一人が悲鳴を撒き散らす。侍女や庭師たちが駆けてくるのとすれ違うように、イェスパーが疾走。

イェスパーの疾走に、巨人たちが方向を変えた。巨人の肩や胸が触れただけで、木々の梢が折れ、破片を散らす。踏みつけられた小道の石畳が亀裂を刻まれる。

先頭の巨人が、大剣を振り下ろすも、イェスパーは流水のような脚捌きだけで回避。すれ違いざまに銀光が舞い、屈んだ姿勢の巨人の右腕を切断。

左手を地につき、イェスパーへと振りかえろうとした巨人。屈んだ姿勢の巨人の左耳に、冷たい刀身が差しこまれていた。

「僕って意外にザギュギュッと残酷なんだよね♪」

ベルドリトが〈空渡りスペリペデス〉を捩じりこんでいく。巨人の左耳から脳を貫き、右耳から血に濡れた刀身が突き出た。

眼球が反転し倒れていく巨人から、ベルドリトの体が離れる。その様子を横目で見ていたイェスパーが薄く笑い、さらに前へと加速していく。

続く巨人は左膝をついて、自分の半分の背丈のイェスパーへと、横薙ぎの大斧を見舞う。大斧の一撃が、脇の木の幹を粉砕。

倒れていく樹木。だが、地を這う一撃はイェスパーが跳躍して回避していた。イェスパーの左足が、巨人の撓めた右膝に着地。右足で相手の太股を踏みしめると同時に、イェスパーの水平の斬撃。巨人の首が消失。

なにが起こったか理解していない表情のまま、巨人の頭部が小道に落ちていった。

首を失って崩れ落ちる巨人の身体。胸板を駆け登り、肩を蹴ってイェスパーが飛翔。

後列の巨人による長剣の投擲に対し、空中のイェスパーの左手の〈九頭竜爪剣〉が分裂。九条の刃となって飛来する剣に絡みつき、十個の破片へと分断。空中を駆けたイェスパーの右手の〈九頭竜牙剣〉が、巨人の頭部を縦に断ち割った。巨人の胸板へと着地したイェスパーが再度跳躍。背後では、脳漿を撒き散らしつつ巨人の巨体が倒壊。

大地に帰還したイェスパーの眼前、通路では一人の侍女が尻餅をついていた。その前には長大な大鎚を両手で振り上げる巨人。身が竦んでしまった侍女は動けないのだ。

間にあわない。それでもイェスパーが刃を放とうとするが、巨人の瞳孔は、眼下の侍女を見つめておらず、どこか虚ろだった。

巨人が掲げた大鎚の柄の中心に、線が描かれていた。

線を境に、大鎚の柄が折れた。折れたのではなく、切断された柄を左右から握っていたため、ずれたのだ。同じように、巨人の頭頂から分厚い胸板に股間まで、極細の朱線が一直線に引かれていた。

巨人の左右の目が、自らの額から眉間、鼻筋から顎まで走る線を確かめようとする。朱線が二本となり、断面の境界線となり、左右に分かれていった。

悲鳴をあげようにも、舌も声帯も口蓋も、二つになっていく。真っ二つにされた巨人の半身が、真紅の軌跡を曳いてそれぞれの方向へ倒れていく。

血煙の間から現れたのは、異様な人影だった。

握るのは極東の緩く湾曲した刀。腰に大小の二振りの鞘を差し、背中にも旗のように五本の太刀を背負っていた。合計七振りの刀を身に帯びた異形の剣士、東方の〈侍〉の姿だった。

「すまぬな。死後の世界で存分にそれがしを恨め」

巨人の死骸へと左手で拝むような礼をし、男が振り向く。撫でつけられた黒髪に整えられた顎髭。濡れたような黒瞳。口許では一輪の花を飾った小枝が揺れていた。

男は空いている左手で倒れていた侍女の手をとって、立ち上がらせてやる。

男の右手が握る魔杖刀、七八二ミリメルトルの刀身は三二ミリメルトルの反りを持ち、全体が緩く湾曲していた。

極東のヒナギの国の名刀匠、粟田口國綱が鍛えし名魔杖刀で、銘を〈鬼丸國綱〉という。刀の柄には、玖という数字の印章が刻まれていた。〈鬼丸國綱〉の威風堂々たる刃は、青白い燐光を宿していた。

「オキツグ師⁉」

「久しぶりだなイェスパー。太刀筋は良いが、まだまだ詰めが甘い」

オキツグと呼ばれた男がイェスパーに応え、豪壮な刃を腰の鞘に納める。ベルドリトがオキツグに向かって飛び跳ねていく。

「わーオキツグさんだ、お久しぶり〜！」オキツグに抱きつく寸前で、ベルドリトの笑顔と全身が縦回転、迅雷の蹴りを放つ。首筋への蹴りをオキツグが左手で受け止め、右手はベルドリトの体が落ちるのを防いだ。

「うむ。見事な胴回し回転蹴り。隙あらばそれがしの首を取れという教えを、忘れていなかったようだな」

機嫌の上昇を表現しているのか、オキッグの小枝が上向いた。

「ええー？　違うよ単に僕の巨人を殺したから、ヌイヌイっと嫌がらせ♪」

「ベルドリトが悪いのだぞ。呪式生物の管理くらいしっかりやりなさい。第一ベルドリト自身も殺しているではないか」

「僕はいいの」オキッグに抱えられたベルドリトが返す。上体を捻り「やっぱり、ごめーんね」と両手を合わせて巨人たちの死骸に謝罪するベルドリト。あまり反省の色は見えない。

「しかし多忙なはずのオキッグ師が、招集に応じるとは」

イェスパーの左目のみの瞳孔が収縮する。ベルドリトを抱えながら、オキッグが重々しくうなずく。

「担当の戦線が安定しているからな。久しぶりに猊下のご尊顔でも拝しようと思ったのだ」侍の双眸に、刃紋のような波うつ感情が差す。「あのヨーカーンが会議を手配したのが気に入らないがな」

「いいじゃん、そんなことは。とにかくオキッグさんに会えて嬉しいよ♪」

振られたベルドリトの手が、オキッグが銜える花の小枝を折ってしまう。

「ああん!?」

精悍な武者の表情が一瞬で溶解。膝が崩れ、掌を大地につく。ベルドリトがオキッグから離脱すると、現れたのは、完全な腑抜けの横顔。

「ああ、小枝ちゃんが。精神的支柱というか、それがしの心が折れた」

「ええ？　どうしちゃったのオキッグさん!?」

「ああ、今回は小枝が問題なのか」

ベルドリトの問いかけるような目に、イェスパーが解説する。

「……いやその、オキッグ師は、その時その時で験担ぎというか中毒となるのだ。今回は小枝がないと、そのあれだ、かなり壊れてしまう小枝中毒者の時なのだろう」

イェスパーは無念の表情で天を仰いでいた。助けられた侍女も、失望の表情を浮かべてしまったくらいのオキッグの消沈ぶり。

「こんな芸人体質丸出しの人が、ヨーカーンさんと同等の力を持つ、最強の翼将ってなんかイヤだなぁ」

ベルドリトが冷たく言い放つ。オキッグは地面に突っ伏していた。

「と、とにかくだ。待ちあわせ場所に急ごう」

イェスパーがオキッグの手をとる。しかし師匠は身動きすらしない。仕方なくオキッグの前に座り、無理やり立ち上がらせる。一気に老けこんだオキッグが、震える手を伸ばした。

「おお、弟子が我より大きく見える日よ」

「しっかりしてください師匠。傷は浅いですから」

「ほんと？　それがし死なない？」

「死にません。俺が死なせるものですかっ！」

妙にずれたオキッグと妙に熱いイェスパーが、会話しながら進んでいく。

「じゃまったね～！」

ベルドリトが侍女や庭師たちに挨拶をし、兄と要介護老人と化した師匠の背に続いていく。

使用人たちは、三人の後ろ姿を見つめていた。

これはなにかの寸劇だったのかな、という素直な感想を内心に秘めて。

三人の眼前にそびえるのは、蔦に覆われた壁。正面には両開きの重厚な樫の扉。

建物の頂上には、陽光を受けた銀製の光輪十字印が輝いていた。ギベール第三王朝時代の様式で建てられた古い教会だった。

教会の傍らには、大樹が生えており、木陰には長椅子が置かれていた。イェスパーの肩に、寄りかかるオキッグの重みがかかった。

「大丈夫ですかオキッグ師？」

「……それがしの命運も、そう長くはあるまい。あとのことは任せた」

イェスパーに抱えられたオキッグは、老人のまま。完全に体重を弟子に預けていた。

玄関を抜けて廊下に入っていく一行。

緋色の絨毯の廊下の突き当たりには、再び両開きの樫の扉。扉の上には「生も死も、すべては神々と人の娯楽なり」という銘が刻まれていた。

「たしか、司祭にして詩人のオゼッティードの言葉。呑気な観客の意見だな」オキッグが力なく指摘した。

扉を開け放ち、イェスパーとオキッグたちが入室していく。

礼拝堂。木で作られた信徒席が波のように連なっていた。礼拝堂の両側には青銅の台が置かれ、上にはさまざまな彫像や工芸品が鎮座していた。オージェス王家が芸術の守護者を自認するため、このような無理やりなことになっているのだろう。

三人の足元、廊下からつながる緋色の絨毯が信徒席の間を貫いていき、光輪十字印の足元に到達する。オキッグがつぶやいた。

「すでに集まっていたようだな」

「はははははははははははははは！　天に太陽、地に緑。人の心に正義と勇気！」

「何者!?」

イェスパーの叫びに、オキッグが渋面を作る。

「いや、何者といっても、あの暑苦しい男しかおるまい？」

億劫に視線を上に向けていくオキッグ。

「まぁ、高くて目立つところを探せばいいだけだから……やはりいた」

全員の視線が上に向かっていく。教会の高い天井付近の壁に平行に設えられた硝子窓。窓は、色とりどりの硝子で啓示派教会の歴史と物語を表していた。聖ポレンティウスが悪魔ムズグルグを退治している窓の前に、そいつは立っていた。

二八九センチメルトルという、巨漢揃いのランドック人にあっても異様な巨体がそびえていた。

岩盤のように分厚い胸。丸太の腕は腕組みをしていた。大木の太さを持つ首には、室内で風がないはずなのに、真紅の襟巻きが水平にはためいていた。

「正義の味方、勇気の化身。我が輩ことシザリオスがいるかぎり、悪漢どもに明日はないっ！」

肩の上に乗るのは、岩を切り出したような顔。太い眉に鋭い眼光。口から覗く白い歯が、発光体であるかのように輝いていた。

「正義の暴力で、もうやたらめったら殴って蹴って、関節を極める！　肘や膝どころか、両手両足の指のすべての関節を極めて折るっ！　悪者に遠慮はいらないので、目玉を抉って睾丸を踏みつぶして、脳を磨りつぶして……」

「あー、いーから降りてこいシザリオス」

オキッグの声は疲れていた。

「なにぃっ!?　我が輩の悪者どもへの正義の仕置き宣言は、これからが本番だというのに!?　邪魔する貴様は、悪漢か!?」

「……おまえの同僚のオキッグだ。いいかげん顔くらい覚えてくれ」

「そうか、よく見るとあなたは翼将のオキッグ殿でしたな」シザリオスのどこか異次元に飛んでいた表情が戻る。「いかんいかん、正義に熱中しすぎると、他のすべてが見えなくなってしまうのが我が輩の悪いくせで、ちょっとお茶目なところだ!」

シザリオスは巨大な拳で自らの頭を小突いてみせるが、本人の意図はともかく可愛く見える道理がなかった。

「怖い正義の味方だな。あと、語尾のすべてに『!』をつける癖もどうにかしたほうがいいと思うが」

オキッグが老人の声でつぶやいた。

シザリオス・ヤギン。翼将での席次は七位。七都市同盟出身だが龍皇国に属しているという珍しい経歴を持ち、〈ドレイドンの惨劇〉で唯一人だけ生き残った英雄。単独行動が多いため、イェスパーにしても滅多に会うことはなく、本当にモルディーンに従っているのかどうかすら分からない。

追記するなら、異常な正義漢。どちらの言葉がどちらにかかるかは、本人だけが理解しない。

「とにかく降りてこい。天井を見上げていては首が疲れる」

オキッグの瀕死のつぶやきに、シザリオスが四角い顎を引いてうなずく。

「とうっ！」

両手をそろえて、シザリオスが跳躍。巨体が軽々と飛び、空中で回転、床に着地。

イェスパーは、内心で冷や汗をかいていた。

ふざけた言動だが、シザリオスの体術は凄まじいまでの技倆。十五メルトル以上の高さから飛び下りたというのに、その着地は羽毛が落ちたとでもいうように、まったくの無音。靴が床に擦れる音すらしないのだ。

「ウフクス殿も、そんなところではなくこちらに来てはどうだね？」

オキッグの気のない声は、教会の隅に向けられた。

礼拝堂の隅に、自らの体を押しこんでいる人影があった。濃緑色の長い髪は、同色の濃緑色の長外套と背広を縦断し、膝裏まで届いていた。

髪の間からは、死病で死ぬ寸前のような蒼白な顔色と、長く尖った耳が覗いていた。爛々と光る眼は、この世のすべてに絶望するかのような真緑の瞳。

「翼将どもがこうも集まってくるとはな。みな死んでいれば良かったのに」

「暗い暗いぞ。ウフクス殿は、相変わらず世界を憎んでいるようだな」

隅っこの暗がりにいるウフクスに向け、シザリオスが朗らかに笑う。

「違う。生物だけだ」

ウフクスは両手を衣嚢に突っこんだまま。唇から漏れるのは、毒液の滴り。

「他人が生きているのが気持ち悪い。呼吸し喋り、食事し排泄し、性交し出産して殖えていくのが、ウザいし気持ち悪い」

悪意も殺意もなく、ウフクスはただ不快感を表明しただけ。

ウフクス・ジゼロット。翼将においての席次は第八位。イェスパーにしても滅多に会ったことがない翼将で、最悪の性格破綻者組の一人。モルディーンの指示だけで暗躍しているらしいが、生粋のアルリアン人という以外、能力も経歴も不明。

ウフクスの目には、他者への恐怖と憎悪が均等に入り混じっていた。

「生きている人間にこれ以上近づくと、私の精神が耐えられない。どうしてもそちらに行かねばならないというのなら、全員死体にしてからだ。それからなら会話をいくらでもしてやる」

「皆殺しは止めていただきたいものだ。他は良くても、少年少女だけは殺してはならない」

オキツグを抱えるイェスパーの背後から声があがった。振りかえると、車輪の軋み。玉座のような車椅子が、礼拝堂に進んできた。

「十歳から十四歳までの少年少女、そこにだけ真実で至高たる美と愛が宿る」

車椅子に座るのは、金髪に鮫のような碧眼の男。金糸銀糸で織られた豪奢な衣服。寒冷地方とはいえ、夏に襟元を覆う漆黒の羽飾りまで帯びていた。

車椅子を停止させたのは、金髪巻き毛の双子の少年と少女。傍らに膝をついた赤毛の少女が車椅子の主人の膝にしなだれかかり、猫のように喉を鳴らす。足元には黒髪の少年が寝そべっていき、主人の足に腕を絡ませていく。床からの挑戦的な黒瞳が、オキッグ一行を見上げていた。

すべての少年と少女が年端もいかない幼さで、全員が非常に見目麗しかった。

「美少女とは宝。美少年とは愛。基本的な鑑賞限界は十四歳までだが、十六歳も可。ただし、童顔という希有な才能が必要だ」

車椅子の男の唄うような演説。イェスパーが驚いたような声を出す。

「レコンハイム公爵、あなたまで出席されるとは珍しい」

「家名で呼ぶのは年寄りの悪しき習慣だ。バロメロオでいい」

バロメロオ・ラヴァ・レコンハイム。翼将での席次は第三位。オージェス王家の遠縁にあたるレコンハイム公爵家の当主。卓抜した咒式士で軍事指揮官。顔立ちは三十代に見えるが、超高位咒式士の外見などあてにならない。追記するなら変態。

バロメロオの眼差しが、シザリオスを無視して、ウフクスにそそがれる。

「ウフクス。昔は綺麗な子だったのに、今ではそんなことになってしまったか」

「死ねバロメロオ。昔からおまえに見られるだけで怖気が疾っていた」

「ウフクスにしろキュラソーにしろ、私は女性受けが悪いな」バロメロオの表情は愉快そのものだった。「ま、大人になった人間に毛ほどの興味もないが」

車椅子に座すバロメロオの手が、オキツグに向かって伸ばされる。

「ここにいるオキツグも昔は美しかった。桜色の唇、艶のある黒髪、そして、ああ、あの東方人特有のきめ細かく滑らかな肌」バロメロオの手が落下し、瞳には深い哀惜の色。「だが、今はこんな髭面の中年男になってしまって。なんと、なんと嘆かわしいことだ！」

「変わらぬなバロメロオ。盟友といえど、その童子童女趣味だけは分からぬ。それに、それがしもいつまでも幼い童子でいるわけにはいかぬではないか」

オキツグが苦笑する。

「お主とは少年時代からの友だったが、よく考えたら当時からそんな目を向けられていたのだな」

「一言多いぞオキツグ。私はそれでも友情は友情、美は美の鑑賞で分けていたよ」

バロメロオの鮫の瞳が、ラキ兄弟に向けられる。

「イェスパー、退け」

翼将でも貴族としても上位のバロメロオの命令だったが、イェスパーが不承不承といった様子で退いた。バロメロオの熱病に冒された目は、ベルドリトに注がれていた。

「ベルドリト、君にはまだ見込みがある。母君譲りの希有な才能が、君の体の崩壊を押し止めている。今からでもいい、抗加齢処置を、いや時を止めるためにも、永久氷河の柩の中に入ってくれないか？　いや、是非にそうするべきだ。カヴィラ殿もそう思うだろう？」

バロメロオの視線の先、礼拝堂の通路には女が立っていた。

全身を漆黒のドレスに包み、長い黒絹の手袋が指先から肩まで覆っている。室内だというのに闇色の帽子を被り、夜色の日傘を差していた。帽子から垂れた黒繻子が、口許以外の顔の造作のいっさいを隠している。

肌のほとんどを外に出さず、夫の葬式に参列する寡婦のような姿だった。

カヴィラ・アレイド。翼将での席次は五位。虚ろわぬカヴィラとして、モルディーンに古くから仕える淑女。だが、喋ったところを見たものは誰一人としていない。

「カヴィラ殿の姿はいつ見ても変わらず、無言を貫くか。やはり私は女性受けが悪いな」

「ごめんバロメロオさん、やっぱりなんか気持ち悪いから、僕は遠慮します」

怯えたベルドリトがイェスパーの背後に隠れる。落胆した表情のバロメロオを、周囲の少年少女たちが慰める。

「バロメロオ様は最高です。美の主護神、愛の化身です。あいつには、バロメロオ様の高雅な変態趣味が分からないだけです！」

「そうです、私たちがもう全身の穴という穴、粘膜という粘膜を使って、肉欲のかぎりを慰めてさしあげますわ！」

バロメロオが感極まったように叫ぶ。

「なんと優しい私の愛の天使たち。もう全員尻を出して並べ。順番に白濁した愛を淫乱な穴に授けようぞ！」

その様子に、シザリオスが鼻を鳴らす。

「翼将会議に余人は不要だが？」

「平民君、ムダムダっぷ〜なことにわざわざ人間を使うのが、貴族の贅沢で義務なのだよ」

「先ほどから話が進まぬ」

静かに呆れ声をあげるオキッグ。バロメロオが、手袋を嵌めた手を掲げる。

「オキッグが言うなら消そう」

バロメロオの指が振られると、少年少女たちが糸が切れた操り人形のように倒れていく。転がった子供たちの額には認識章。さらに指が回されると、子供たちが痙攣し、目や唇、鼻や耳から赤い液体が漏れる。演算宝珠が崩壊し、人造人格が破壊されたのだ。

おそろしいほど精巧に作られた〈擬人〉の少年たちだった。人間と見分けが付かないほど精巧で自然なのは、一体で豪邸を買えるほどの超高級〈擬人〉であろう。

バロメロオはそれを惜しげもなく破壊した。壊れた人形には一瞥もせず、氷のように冷静な瞳に戻っていた。

「なぜかとてつもなく疲れた。これで登場は終わりか？」

オキッグの問いかけに、カヴィラが無言で動いた。黒絹の手袋の指先には紐が下がっていた。

紐の先には、携帯咒信機があった。

「よーほー、みなさんちゃん、元気ー？　俺様はクソ牢獄のなかで、クソ素敵なクソ拘束着を着せられて、クソおとなしくさせられているぜ！」

携帯から響いたのは、男の声。翼将性格破綻者組の声だった。

「狂える殺人鬼め」

イェスパーが吐き捨てる。

「聞いたぞ、一つ眼。いつかこの牢獄から出たら、てめーから殺してやるからな」

アザルリ。翼将としての席次は六位だが、家名も役職も不明。

ただ皇国のどこかの迷宮牢獄に、拘束着を着せられて厳重に封じられているらしい。詳細を知るのは、モルディーンと一部の翼将だけらしいが、尋ねると全員が口を噤む不吉な存在。イェスパーやベルドリトは声だけでしか知らない。

カヴィラの右手の指が動き、掌の後ろに載せていたもう一つの携帯を取り出す。

「ついでに私、ジェノンもいますよ」

男か女か判別しがたい中性的な声。

全員が沈黙。長い静謐。それぞれの泳いだ瞳。

「もしかしてみなさん、私のことを忘れているのですか⁉　ジェノンですよジェノン、千貌のジェノンですよ⁉」

「わ、忘れているわけないだろうが！」「我らの素晴らしき同士、ジェノン卿をね！」

気まずい雰囲気を隠そうとする翼将たち。イェスパーが問いかける。

「ジェノン殿とは黒竜の一件以来だ。今どこにいる？」

「猊下の命令でずっと単身赴任です。いろいろなものに変化しすぎて辛いですな。今回は通信で会議に参加します」

ジェノン・カル・ダリウス。翼将の席次は第十一位。自身の体を自由自在に変化させられる、変装というより変身の達人。影武者や代理をさせられるため、翼将随一の多忙さを誇る。本当の顔を見せないから、記憶に残りにくい。

「私、どうも影が薄いですからね。よろしくいただければと」

「俺様の隣で喋るなジェノン！　死ね！」

カヴィラの手の内で、ジェノンとアザルリの声が激突した。イェスパーの苦い顔。

「猊下が、おまえのようなものを殺さず、いまだに飼っておられる理由が分からない」

「はっ、猊下猊下猊下。あの中年眼鏡に尻でも貸したか狗っころイェスパー？」

「なん、だと？」

「狗狗狗、狗っころ♪　頭が空っぽだから、上の指示に従うことしかできない狗畜生っ♪」

「尻は十四歳以下にかぎる」

「下衆どもが。やはり生物はウザキモ臭い」

「いかんぞウフクス卿、それは正義的に良くない言葉だ」

ベルドリトが指先で傍らの兄の肩をつつく。

「翼将って奇人変人大集合だねぇ」

「おまえが言うのも、なにかが違うと思うぞ？」

返したイェスパーだが、胸中に疑問が生まれた。同じ翼将といえど、人格に経歴、役職すら知らないものが多い。能力にいたっては意図的に隠している節がある。

翼将の間でも派閥があり、また激烈な個人間闘争がある。モルディーンの方針なのだろうが、それがイェスパーには懸念すべきことに思える。

翼将たちが言い争い、見る間に緊張感が満ちていく。

「いかんな」

一歩引いたバロメロオのつぶやき。翼将同士の争いが、過去には小規模な戦争になった例をバロメロオは知っていた。ついでに自分には人徳が皆無だという事実も理解しきっていた。

「オキッグ、おまえがまとめろ」

「夕御飯はまだかいのぅ、バロメロオさんや？」

信徒席に腰掛けていたオキッグが耳に手を当てて聞きかえしてきた。気力の減退が、侍の精神と肉体の老化を引き起こしていた。

用心のためにオキッグの最新趣味を調査し、準備していたものを探すべく、バロメロオは懐に右手を差し入れる。取り出した手が握っていたのは、季節外れの梅の小枝。手を一振りして投げる。

優雅に空中を舞う小枝を、オキッグの唇が噛む。

「この感触、この長さと太さ」

オキッグの曲がっていた背筋が伸びていき、四肢の筋肉が一房増えたかのように体が膨らむ。発せられる圧力が増大していく。

「そして先端に咲いた一輪の梅の花、その花弁の色と艶」

オキッグの髪や髭に艶が戻っていく。瞳には、意志の光が戻った。

「翼将同士で争うな」

オキッグの言葉。静かで脅すところなど何一つない言葉だった。

翼将たちの顔が、一斉にオキッグの姿に引き寄せられる。

立ち上がっていたオキッグ。威風堂々とした武人の姿がそこにあった。

そこにオキッグが立っているだけで、翼将たちの争いが消失していった。

「オキッグさんって、いい加減な設定だなぁ。小枝なくても元気なときもあったし、絶対作りだよあれ」

ベルドリトが全員の共通認識を口に出した。

「空気を読みまちがったか？」オキッグが照れたように頭を掻いた。

「翼将筆頭の仲裁に耳を貸さぬわけにもいかぬ、ということだ」

車椅子に座るバロメロオが安堵した。

礼拝堂の入り口に掛けられた時計が午後三時を示しているのを、オキッグが確認。

「時間があるなら、互いの状況報告でも聞くかな」

翼将たちがそれぞれ椅子に座り、壁に背を預け、即席会議の開始となった。

イェスパーが手を振ると、礼拝堂の空中に立体光学映像が発生、半球状のウコウト大陸の地図が浮かび上がる。ベルドリトが手を踊らせると、地図が拡大されていく。山々が起伏を持ち、都市の光点が灯っていった。

「それがしが担当する神聖イージェス教国に、今のところ大きな動きはない」

堂々としたオキッグの声。侍の手が、眼前に広がる地図の北西部を示す。

「十三年前の戦争の敗北から、立てつづけに対外戦争をしている状態で国情が疲弊している。イージェスもしばらくは慎重姿勢を保持するだろう。展開している軍勢は国境警備隊くらいだ」

見やすいように、半球状の地図が回転。北西部の国境線に、赤い光点が灯っていく。

「いつもの国内向けの示威行為だろう。国力が回復してきているらしいが、まだ正面から我が国と全面衝突して勝てるわけがない。来れば戦争になってたくさん人が死ぬのにな」

ウフクスの陰鬱な笑み。バロメロオの目が正面のオキッグに据えられる。

「対イージェスたるダロウロス戦線には、オキッグ卿の侍衆一千騎と軍団が張りついているからな。向こうも動こうにも動けぬのだろうよ」

「安心はできぬがな」

オキッグが笑う。

「後アブソリエル公国のほうは、南方のナーデン王国と歴史問題でまた揉めそうだ。担当しているゼノビア閣下のイルム七騎士から聞いた情報だから確度は高い」

バロメロオの顔が曇る。

「オキッグ、友人は選べよ？　あいつら七騎士は美学を理解しないぞ？」

「選んでいたら、それがしは真っ先にバロメロオと縁を切っている」

苦々しいと主張するバロメロオの顔。ウフクスやイェスパーがうなずいていた。

「オキッグ、おまえの問題点のひとつは、どうにも一言多いことだ」

「すまぬな。正直であることは侍の美徳なのだ」

オキッグの口許の小枝が揺れる。

「目下の問題はラペトデス七都市同盟にバッハルバ大光国だけではない」

オキッグが続けた。

「竜族や禍つ式の動きが目立ってきたが、どうやら巨人族も動いている」

オキッグの意見で、諸将の意見が活発化したのか、ウフクスが口火を切った。

「合法とはいえ、古き巨人、その主従たる巨人たちと人族の境界線、タラテク峡谷の入り口での開発は微妙に戦争の火種となる。油田などは、境界など関係なく地下でつながっている」

陰鬱な表情のままでウフクスが続けた。

「人類にとっては資源開発の場だが、〈古き巨人〉たちにとっては生活の場。さらには各地に散らばる領土をつなぐ窓口だ」

「だからこその交渉だと推測します。おそらく、猊下は今度の交渉でタラテク峡谷口の出入りの禁止を引き出すと思われます」

答えるイェスパー。バロメロオが引きとる。

「イェスパー卿の意見が正解だろう。資源開発の側面も多少はあるが、タラテク峡谷口を封じてしまえば、間接的に古き巨人同士の交流を弱めておける。そして、残る出入り口は神聖イージェス教国方向に抜ける方向にしかない」

アザルリの喜悦の叫びが続いた。

「そこで狂信者どもと〈古き巨人〉どもが争ってくれれば、こちらに損はない。モルディーンの好みそうな誘導と多重戦略ってもんよ。本当はこっちと戦争してくれればいいんだが」

「巨人はともかく、古き巨人はなかなか動かないだろう。先制攻撃などで、立場の正当性を手放したくないはずだ」

オキツグが懸念を漏らす。ウフクスが皮肉げにつぶやく。

「タラテク峡谷全体が手に入れば、逆にイージェスに優位に立てるのだがな。モルディーン猊下の手腕に期待といったところだ」

「そこまで上手くはいかぬ、と言いたいが、なにしろ従兄殿、モルディーン猊下の性格は最悪だからな」

バロメロオが薄く笑い、盟友のオキッグに視線を向ける。

「分かっている。今回の猊下の召集も、どうやらタラテク峡谷と〈古き巨人〉に関連していることでの会議であろうな」

オキッグが苦笑し、盟友に答えた。長年モルディーンと付き合っている二人だけに、上司を疑わざるを得ない状況が納得できてしまう。

イェスパーは、右隣の同僚に意見を求めてみる。

「シザリオス卿はいかに考えます？」

「うむ」

腕組みをしたシザリオスが自信満々に答える。

「まったく完璧に話が分からぬ。つまらぬ俗事は諸将らに任せる」

イェスパーは、質問する相手を完全に間違えたことに気づいた。視線を動かすと、日傘を差したまま立ちつくしていたカヴィラがいた。先ほどから身じろぎひとつしない。

その間にも、他の翼将たちの意見が交わされていく。

「〈古き巨人〉までも動くというのは、やはりあの〈宙界の瞳〉が原因のひとつであろう」

「猊下のお遊びにも困ったものだ」

「それが猊下のいーところだよ♪」

「よくないです。早く私の単身赴任を解除してほしいです」

「いまだにあれがなんなのか、我が輩に説明がされないのはなぜだ？」

「とりあえず殺せ。串刺して挽き肉にして豚に食わせてクソにしろ。それで一件落着だ！」

会話は絡まってこじれていく。哲学から神学から猥談にまで飛んでいく話題。

「そこまで」

オキツグの掲げられた手が、雑談に移行するのを制止した。

「情報が錯綜しすぎているうえに、話題が逸れてきている。全体方針は、官僚団の詳細な報告を待って、作成完了次第、各自に送付する」

オキツグが、事務的にまとめた。十二翼将会議はこうやって終息することが多い。

会話が一段落し、オキツグが相好を崩した。

「これだけの翼将が集まるのも、いつ以来だろうか」

オキツグの目が一同を見回した。

「それがしことオキツグ。バロメロオ、カヴィラ、アザルリ、シザリオス、ウフクス、イェスパー、ベルドリト、ジェノンがそろったのは」

イェスパーにしろ、これほどの数の翼将が一堂に会する場面を見たことは少ない。

バロメロオの蒼氷色の瞳が細められる。

「しかし寂しいことだ。十二翼将も創立時からのものが欠けて、代替わりと入れ代わりを果たした」

「ラキ家の双子の若造、変身の道化者、コウガの十二代目とやらを入れねばならないとはな」

シザリオスの述懐。「本来全員が同等であるはずの翼将に、実力の大きな断層ができている」

ウフクスの眼に鬼火のような光が灯る。

「特に裏切り者の息子どもまで入れねばならないとは、猊下のお遊びにも困ったものだね」

刺の言葉を続けたウフクス。怨敵のように緑の魔女を睨みつける、イェスパーの隻眼。

「いきりたつなラキ家の。紳士たれ、だ」

シザリオスのとりなし。ベルドリトが心配そうな目を兄に向けていた。

オキツグが欠伸をして、場の緊張感を削いだ。

「ウフクス殿も戯れは止めていただきたい。それがしも二代目、東方出身の外様だ」

「は、オキツグ卿と争う気などないね」

ウフクスが返す。声には不敵な挑戦の響き。そしてわずかに譲歩の色を帯びていた。

「第一に、猊下の御心の忖度など不敬にあたる」

オキツグが厳粛な声で告げた。

「席次にこだわるな。新入りのものも、そのうち我らに並ぶ力をつける」

「かもしれんが、それぞれわずかだが差がある。だからこその席次を大事にしてもらいたい」

シザリオスの指摘。他意はなく事実を指し示すだけの声音。

「疑問だね」

カヴィラの掲げた携帯電話から、アザルリのひび割れた声。

「大賢者ヨーカーンに聖者クロプフェル。軍神バロメロオに英雄シザリオス、腐蝕のウフクスに虚ろわざるカヴィラ。そして俺こと、超絶天才アザルリ様。実力や実績はそれぞれ違うが、同等同格の我らを差し置いて、オキッグが翼将筆頭である理由はなんだ？」

粘つく声はさらに指摘を続ける。

「特に、実力と実績、名声と信望ともに最高であったクロプフェルに代わり、てめえごとき異国人が筆頭に納まっている理由を知りたいね」

アザルリの言葉で、翼将たちの間の空気が軋んだ。

言葉が指し示したものは、翼将たちが常に抱いている疑問だった。

軍事集団を率いるものや地方領主、単独の暗殺者までもが、同じ席につかされる。それぞれが自らの役職と力こそが優先されるべきだと考えるため、必然的に凄まじい牽制合戦となってしまう。

だがしかし、オキッグ自身は、春風のなかにいるように泰然自若としていた。

「さてね」

オキッグの口許の小枝が、可憐な花弁を揺らめかせる。

「ただ、翼将の結束を乱そうとする目論見に引っかかる愚か者もいないようだ」

オキッグの言葉は、事実というより遠回しの牽制だった。アザルリの毒の言葉で揺らめく者は、愚かであると提示したのだ。

「アザルリは、まず牢獄から出られる方策と償いを考えるべきだな」

車椅子のバロメロオが引きとり、全員が軽く笑う。これでアザルリの発言は無意味となった。

翼将とて、頭脳にして魂たるモルディーンの方針は指示されても、直接指揮を受けることは少ない。現場においてそれぞれの権限を受け持ち、それをオキッグとバロメロオがまとめるというのが慣例になっている。

超級の異能の徒をまとめるには、実力と実績のみがものを言うのだ。

「そろそろ時間だな」

オキッグの何気ない声。全員が即席会議が終わりだということを了承し、そもそもの目的を思い出す。

それぞれがモルディーンの使いから渡された親書を取りだし、いっせいに封を開く。

各親書に描かれていたのは、膨大で複雑な数式。呪弾の材料で描かれた呪式だと理解した瞬間、組成式が発光。空中に向かって、大量の朧な光の糸が舞い上がる。

幻想的な光景。光の糸が縒りあわされていき、指先、手首。爪先から足首。そして白と黒の衣装が紡がれていく。光によって織りあげられた麗姿が回転。

翼将たちの間、礼拝堂の空中に現れ浮遊するのは、虹色の瞳の大賢者。ヨーカーンその人だった。

「翼将諸卿よ、よくぞ急な召集に参られた」

空中に浮かぶ大賢者。ヨーカーンの周囲を、惑星をとりまく衛星のように八つの宝珠がゆっくりと回転していた。その宝珠の一つ一つに、強大な〈異貌のものども〉が封じられているという噂を、イェスパーは思いかえしていた。

憮然としている諸将のなかで、シザリオスだけが悔しそうだった。「正義の味方でもないのに、我が輩より派手な登場をするとは」と小さくつぶやいていた。

「おまえが現れるとはね。モルディーン猊下はどうなされた？」

バロメロオの分析の眼が、ヨーカーンの表情を観察する。彼にしても、ヨーカーンは相変わらず内心が読めない存在だった。

「猊下は火急の用ができてな。汝らとお会いすることができない」

翡翠色に変化した双眸で、ヨーカーンが翼将たちを見下ろす。翼将たちの視線が彷徨い、最後にオキツグとバロメロオに向かう。

翼将が頼りにする二人は、沈黙を保ったままヨーカーンを見据えていた。

オキッグの黒瞳と、バロメロオの蒼氷色の瞳。凄まじい二条の視線が、空中の大賢者に注がれていた。

「恐ろしいものだ。武神と軍神、二人の対極の最強者に睨まれると、さすがにこの我も肝が冷える」

不敵な物言いだが、ヨーカーンの氷河色の目に嘘はなかった。自らを最強の格闘者だと自負するシザリオスが、不満そうな顔をしていた。

ヨーカーンとオキッグとの絡まった視線には、互いへの極寒の感情が見え隠れしていた。

普段のヨーカーンは、モルディーンに対し「猊下」などという尊称を使わない。オキッグはそれが自分たち翼将への嫌がらせだということを知っていた。自然とオキッグの口調も慇懃無礼になった。

「ご本人の口からそれを聞きたい。回線をつないでいただきたいものだ」

ヨーカーンの虹色に揺らぐ瞳の色が、紅に固定される。

「猊下は、今は諸卿たちと会うことができない、しばし待てと言われたのだ。その意思に反論するとは、反乱の意思でもおありかな？」

峻厳な宣告に、最強の翼将たちが静まった。十二翼将の目的は、ただモルディーンの命令を遂行することのみ。オキッグとバロメロオは、不審の眼を丁寧に隠すにとどめた。

「素直で宜しい」

ヨーカーンが橙色の瞳で微笑む。

「では、また誠忠に励むがよい。すべては至上の君のために。我は結界の維持に戻ろうぞ」

嘲弄するようなヨーカーンの声が、礼拝堂に響きわたる。ヨーカーンの周囲の八つの宝珠が回転速度を上げ、爆光とともに八方に散った。

片手を掲げて、網膜が焼けるのを防いだイェスパー。ようやく目を開けると、大賢者の姿は霞のごとく消失していた。

「神出鬼没としか言いようがないですね」

「猊下の腰巾着め」

「殺せばいい」

「ヨーカーンさんはいい人だよ？　僕と遊んでくれるしね♪」

「むしろあいつは猊下と我らの敵だろう」

「まぁ落ちつきたまえ、翼将諸卿」

片目を閉じたまま、オキッグが同僚たちをなだめる。

「そのうちモルディーン猊下も御用が済み、我らに命をくだす時期が来るだろう。我らはそれまで待つ。それが翼将の務めだ」

オキッグが事実上の解散を宣告した。

翼将たちが去った礼拝堂に、二人が立っていた。隻眼の男と飛行眼鏡を頭にかけた青年。イェスパーとベルドリトだった。

光輪と光翼を背負い、十字印に掛けられた御子像を眺めているベルドリトの瞳。像の周囲では十二堕落天使が命を狙い、十二追放聖人が啓示の手助けをしていた。贖いの御子って変な顔だな、とベルドリトは昔から思っていたことを再確認した。

イェスパーは懐かしさを感じ、礼拝堂を見回す。

「父君に連れられ、ここで最初の誓約の儀式を行ったことを覚えているか？」

「そうだっけ？」ベルドリトが顔を戻した。屈託のない顔には晴れやかな表情。

「昔すぎて覚えていないや」

「そういうことにしておこう」

イェスパーが追及しないことを告げると、ベルドリトは納得したようでしていないように眉をしかめた。イェスパーの隻眼が周囲に向けられる。

信徒席の先、礼拝堂の壁側に設えられた台座。青銅の台座の上には、それぞれさまざまな芸術品が並んでいた。

イェスパーが近づいていき、ベルドリトが後を追いかけた。二人が並んで歩いていき、作品を見学していく。

台座の上には、紗に身を包んだ白亜の乙女像や、筋肉のうねりや静脈まで再現され、今にも駆けだしそうな荒馬の像があった。隣には繊細な模様が刻まれ空色に染められた、硝子製の水瓶。次に二重螺旋が捩りあわされ、さらに大きな二重螺旋の糸を構成するように石材が彫られた幾何学的彫刻。

それぞれの作品を支える台座には、名だたる芸術家や工芸家の銘が刻まれた真鍮製の板が付けられていた。

芸術の守護者を自認するオージェス王家は、才能ある若者を育て、旅立ったものがこうやって作品を寄贈してくるのだ。

端正な作品の端に混じっているのは、人や動物の姿を粘土で模したらしき塑像や、歪んだ壺や鉢などの微笑ましい作品群。オージェス王立初等学校の子弟たちの作品であろう。

眺めているイェスパーの口許が綻んでいるのは、自らを振りかえって懐かしく感じているのだろう。

その十番目の台には「イェスパー・リヴェ・ラキ寄贈。四八一年」という真鍮の板が付けられていた。

上には、藍色の壺、不器用で無骨、そして少し個性的な造形物が載っているはずだったが、それは台の上には存在しなかった。

「ない」

イェスパーの虚無の声に、ベルドリットが注意を向ける。続いて視線をたどる。

台の上には、ただ空間だけがあった。

「あ、ほんとだ。兄貴が猊下に献上した、変な壺がない」

「変ではない」

反論するイェスパー。

「あれは俺が道に迷っていた少年時代、精神を陶冶するために山に籠もって作った壺。そして忠誠の証として猊下に進呈した品。それがなぜなくなっているのだ⁉」

「変だって。兄貴のあの壺は凄かったよ。当時の異端審問官が動いたくらいだし。毎年見学者の何人かが倒れたり、小さな子がひきつけを起こすくらいだよ。うん、あの壺は変」

ベルドリトの身震いを無視し、イェスパーは足早に台に近寄り、台の左右を確かめた。台と壁との間を覗きこみ、挟まっていないかどうかと見てみる。

最後には重い青銅の台を持ち上げて、下にあるかどうかまでイェスパーは確認する。

とうぜんながら、そんな所にあるわけがなかった。

「なん、ということだ」

衝撃を受けたイェスパーの声。ベルドリトの冷静な言葉が返される。

「単に移送されて倉庫に保管されているんじゃないの？」

「この十六年、あそこに置かれていた。あれを見るたびに初心を思い出し、ついに翼将にもなれたので、猊下が特別に置いてくださされていたのだ。これは確実に盗難事件だ」

体内通信で警備部に問いあわせをしようとし、イェスパーは思い止まった。

「どうしたの兄貴？」

「これは俺の手で犯人を捜し出すべきことだ」

決意を固めるイェスパー。ベルドリトが飛行眼鏡を頭から下ろし、分析を開始し、すぐに外して元の位置に戻した。

「指紋や物証は見つからないね。掃除されているみたい」

「容疑者はこの館に出入りする全員だ」

ベルドリトの調査結果に、イェスパーがうなずく。隻眼には凄まじい憤怒。

「俺の猊下への忠誠を踏みにじった容疑者を捜し出すためなら、この館のすべての人間を、我が双剣で切り刻み、燻りだしてやる」

「ええと、国家防衛の職にある僕たちが、その臣下、国民を切ったりしてどうするのっ⁉　猊下への忠誠を見せようとするのはいいけど、かなり論理破綻したことを言っているよっ⁉」

悲鳴に近いベルドリトの声。イェスパーが男臭い顔で笑ってみせる。

「たとえ、たとえだよベルドリト。いくら俺でも、そこまでするわけがないだろうが？」

「本当に？　今も兄貴の目はまったく笑ってないよ⁉」

「まさか。人間は半数程度しか切り刻まないに決まっているだろうが。ベルドリトは心配のしすぎだぞ？」

「……言っていい？　兄貴について思っていることを言っていい？」

「なんだベルドリト？」

「これは弟だから言うし、兄貴の悪いところを指摘したほうが本人のためだからであって、べつに兄貴が嫌いだから言うんじゃないよ？　だからこれを言ったからって僕を嫌うのはダメだよ？」

「前置きが長い。早く言え」

「……たまにだよ？　たまにだけど、僕は兄貴の脳の実在を疑っている」

怯えるような上目遣いのベルドリトの指摘に、イェスパーが黙りこむ。

「むう」

考えこんでようやく出てきたのは、納得のような反論のような一言だけだった。

「そうか分かったぞ」

イェスパーの左目には知性と理解の光。

「意地悪問題とは、さすがの俺も参った。正解は、この館で斬っていい人数は三分の一まで、ということだな？」

「……もう考えなくていいよ？」

「待て、待つのだベルドリト、最後にもう一度だけ答える機会を兄にくれ」おずおずと答えるイェスパー。「正解は……その、四分の一までは斬っていい、そうであろう？」

ベルドリトは、大きく溜め息を吐くしかなかった。

「どうしても犯人を見つけねばならない」

イェスパー・リヴェ・ラキは、左手に肉叉を握りしめていた。

食卓の向かいにはベルドリトが座っていた。兄の決意もまったく聞いていないらしく、青年の手は、握った肉叉でパスタを何重にも絡めとっていた。

「見てみて兄貴。絶景、パスタの滝」

ベルドリトの天井を向いた口には、上から垂らされたパスタが飲みこまれていく。

「行儀が悪いぞベルドリト」

イェスパーの注意。ベルドリトが笑い、一気にパスタを飲みこむ。

「はいはーい♪　これからは真面目に食べま〜す」

二人の翼将は、いつものようにオージェス館内の食堂で食事をとっていた。

兄弟の背後を、料理を盆に載せた侍女たちが笑いながら歩いていった。右の席では、中年の官僚三人がパンを齧りながら予算案の折衝をしている。左の席では、軍の高級士官二人が口からスープの飛沫を飛ばしながら、軍事理論を激しく戦わせていた。

「外交官とは、腕のいい料理人と組んではじめて仕事ができる」と宣言するモルディーンの意向に従い、腕利きの料理人が揃っているので、食堂の料理の種類は豊富で味も素晴らしい。オージェス館の食堂が目当てで日参する官吏もいる、という噂があるくらいだ。

　イェスパーとベルドリトも、主人と直接会食するとき以外は、食堂を利用している。

　普段以上に、イェスパーの表情が引き締められる。

「絶対に犯人を捜し出す。あれは俺の猊下への忠誠の印なのだ」

「兄貴こそ、行儀悪い」

　ベルドリトの指摘。握った肉叉が自らの握力で曲がっていたことに、イェスパーも気づく。自らの必死さにイェスパーは苦笑し、曲がった肉叉を手放す。

「では犯人捜しに移ろう」

「とりあえず、兄貴の変な壺は……」

「変ではない。訂正しろ」

「はいはい、ええと変じゃなくもない壺は人間の頭ほどの大きさだし、このオージェス館の出入りは、監視機械と呪式の多重検査で厳重だから、隠しもって出ることはまず不可能だよね」

　ベルドリトが礼拝堂の入退室管理装置につなぎ、記録を呼び出す。

「いつから無くなっていたか分からないけど、とりあえず今朝から兄貴が壺の紛失に気づいた午後三時三九分までに、礼拝堂に入った人物は、三八一人。早朝と正午で二回の礼拝、非公式会談が三件あったみたいだね」ベルドリトの指先が華麗に踊る。「それから今でも邸内に残っている人は三五一人。これは、ニョルニルッとたいへんだね」

イェスパーの目には疑問の色が浮かんでいた。

「しかし、あの壺を盗んでどうしようというのだ？　金銭的価値は皆無なのだが」

「まぁ、事情を知っているなら、壺と交換にお金を要求してくるって線もあるかもね」

お手上げといったように、ベルドリトが椅子の背に凭れる。椅子の後ろの二本の脚だけで、器用に均衡をとっている。

イェスパーの耳が背後の会話を捉え、立ち上がった。唐突な動作にベルドリトの均衡が崩れ、手で椅子の座面を摑む。今度は前のめりになり倒れるのを、後ろへの体重移動で防ぐ。行きすぎたので回転し平衡を取りもどそうとし、ベルドリトの悪戦苦闘は続く。

イェスパーは後ろの席に近寄っていく。昼食を楽しんでいた侍女たちが息を吞む。

「な、なんですかイェスパー様？」

ラキ兄弟は、魔人妖人ぞろいのモルディーン側近の十二翼将のなかでは、比較的話しやすいと思われている。しかし、やはりイェスパーは龍皇国の武力の象徴たる侯爵で、一般の侍女たちには恐れおおい存在だ。隻眼・軍服という外見の厳しさもまた恐ろしかった。

「失礼を承知でいきなり尋ねたい。先ほど『礼拝堂の藍色の壺』という単語が聞こえたのでな。おまえは礼拝堂のあの藍色の壺を見かけたのであろうか？　いや、もしかしておまえが持っているのか？」

「え？　ええ、その、見かけたというか、作品の移動の報告もないのに無くなっていたのに気づいて……」

「おまえが犯人か、と聞いている。即答を求める！」

「だ、ダメだよ兄貴、女の子には優しく尋ねないと」

椅子の上に脚を畳んで座るベルドリトが、前進してきていた。

「……これでも優しく尋ねたつもりだが？」

「こちらも聞くよ？　兄貴はいったい何科の哺乳類なわけ？」

ベルドリトの指摘にイェスパーがたじろぎ、一歩下がる。

「同じ母から生まれたというのに、人間だと認めてもくれぬのか⁉」

「兄貴は少し黙っていて」

椅子の背を摑んで、ベルドリトは女性たちに首を傾げてみせる。

「教えて、お姉さんたち。僕たちその変な壺を探しているんだ、って可愛く尋ねたり。やりすぎ？　本当に困っているんだけど？」

並の男が言えば無視される言葉も、天使の笑顔と可愛らしい仕種が組みあわさったときには、別の結果を生んだ。

春が訪れたかのように場の雰囲気が和み、侍女たちが顔を見合わせる。女たちは照れたかのように、互いに答えるのをうながしあう。侍女たちの食卓に顎を載せ、両手で端を摑み、ベルドリトは返事を待っているだけでよかった。

「あの、わたしが朝に礼拝堂を掃除していたときは、変な壺は台座の上にありました」

一人の侍女が意を決して喋りだす。

「それって何時の話？」

「礼拝の前の定刻清掃、午前六時です。そのときはあの変な壺は確実にありましたわ」

「終了はいつもどおり六時半でした。そのときにもまだあの変な壺はありました」

「正午の礼拝のあと、午後一時にも、あの変な壺はありましたわ」

「そうです、私たちが作品たちを一個一個丁寧に拭きましたから。あの変な壺も」

「ほら、いい感じ。丁寧に頼めば、綺麗なお姉さんには通じるんだよ」

ベルドリトの正しさを、イェスパーも認めざるをえなかった。自作の壺が変と言われすぎること以外は。

「ほら、兄貴からも頼んでみて。もっと思い出してもらわないと、名探偵も推理できないよ。もちろん愛想良く尋ねてね」

重々しくうなずいたイェスパー。

女たちも、よく見れば隻眼の男が精悍な顔をしていたことに気づいた。不躾な態度も、軍人ゆえに仕方がないとすれば、むしろ好感の持てる無骨さだと感じはじめていた。

イェスパーの左目が圧力を増す。

「ひとつ尋ねたい」

ベルドリトが兄の順調な会話にうなずくと、イェスパーが続けた。

「犯人はこのなかの誰なのだ⁉　即答を求める！　白状せよ！」

女性たちの表情は、うららかな春から極寒の冬へと一瞬で戻っていった。

「白状せねば、しかるべく礼状をとり、実力行使をもって徹底尋問する！」

続くイェスパーの言葉に、ベルドリトは右の掌で顔を覆った。

イェスパーは庭園の芝生に寝ころんでいた。隻眼は吸いこまれそうなほど澄みきった蒼穹を、流れ行く雲を眺めていた。

「盗難事件の犯人が皆目分からぬ」

「そりゃね」

兄の傍らで、膝を抱えたベルドリトの溜め息。

「オージェス館内のすべてを知る侍女さんたちが、兄貴への協力を拒否したからね。物証も証言もなしで解決したら、それは名探偵の推理劇じゃなくて怪奇映画だよ。はい、すべては幽霊の仕業でした、おわり」

二人のいる芝生の遥か向こうには、石畳が通路を作り、抽象的な石材彫刻が林立していた。

その足元で侍女たちが忙しそうに歩いていき、庭師が額の汗を布で拭っていた。

平和な風景のなかで、イェスパーは途方に暮れていた。

空を眺めていた隻眼の瞳孔が細まる。跳ね起きたイェスパーは左右の腰から、双剣を抜き放っていた。ベルドリトも完全戦闘態勢で、兄の傍らを固めていた。

大気が、その雰囲気が変成しはじめていた。張りつめ、硬質化した空気。

突然、強大な咒式波長が大気を渡っていった！　それは無音の大海嘯。侍女たちが悲鳴とともに耳や鼻から鮮血を流して倒れ、庭師が口から泡を吹いて芝生に突っ伏した。

猛烈な吐き気にベルドリトが腰を折る。イェスパーの足がよろめき、魔杖剣に縋った。

大規模咒式の波長が消失。吐き気をなんとか堪えたベルドリトが、姿勢を戻す。

イェスパーの視線は、前方の森を見据えていた。

茂みが逆光に切り取られた。左右の木々の間を抜けてくる、凄まじい数の光の帯。咒印組成式の洪水が水平に迸っていく！　青白い光の帯の先端が絡まり紡がれ、物質化していく。

輝く組成式の尾を曳いて長大な魔杖長槍、兜、咒式甲冑が現れる。完全装甲された足が芝生を踏みしめ、地響きが起こる。

並んだ兜の下の唇、乱杙歯の間から呼気が漏れる。

一人一人が四メルトルから六メルトルの巨人。そのすべてが巨大にして長大。なかには一〇メルトル近い巨人までいて、頭に巣でもあるのか、頭上では鳥が舞っていた。

鈍色に輝く楯が並べられ、その上にまた後列の楯が並んでいく。それは城砦の壮観。

楯の間から、長大な魔杖長槍の群れが斜めに突き出される。先端に結わわれた数十もの真紅の軍旗が、悍馬の鬣となって風にたなびいていく。

雲霞のごとく広大な庭園を埋めつくしていく巨人族の群れ。

イェスパーは戦慄に全身を貫かれていた。オージェス館に張られた大賢者の結界を抜け、六〇〇体もの巨人が一度に侵入してきたのだ。

楯と矛の城砦から、指揮官であろう。一体の巨人が歩み出る。

「これなるは〈古き巨人〉の一つ、タラテク峡谷に住まう、ウガウク・ク様を信仰するウガウクの徒の軍勢！」

指揮官は大音声で叫ぶ。

「タラテク峡谷付近での、人族、オージェス王家の開発という示威行為には我慢がならぬ。ウガウク・ク様は耐えろと言われたが、我らは汝らに誅戮をくわえると決定した！」

籠手で装甲された手を掲げる指揮官。

「戦争を始める気か!?」

イェスパーが叫んでいた。自分でも無益だとは分かってはいたが、叫ばずにはいられなかった。紛争の火種はあったが、あまりにも唐突でいきなりの開戦。

「然り。これは宣戦布告である！　ウガウク・ク様に捧げる闘いである！」

指揮官の巨人が答えた。

「敵はモルディーン、武装せよ、隊伍を組め、進軍せよ侵略せよ！」

「応！　応！　応！　応‼」

巨人たちが怒号を唱和する。それは天地を揺るがす悪鬼の咆哮。

「まずは小僧二人を踏みつぶせいっ！」

指揮官の怒号とともに、魔杖長槍や魔杖剣が水平に突き出され、全軍前進。

イェスパーは死を覚悟した。一人一人が高位咒式士である巨人兵が、数百人単位で隊列を組んで攻めてくる。近づいてくるだけで、凄まじい圧迫感があった。

速度に優れる巨人の飛跳士が飛翔し、魔杖剣を振り上げてくる。

激突する寸前、全員の鼓膜を震わせる耳鳴りのような音。右手上空を見上げると、黒い影が急速接近。イェスパーが飛びのくと、傍らの大地に急速落下。爆煙とともに巨人兵が吹き飛ばされていく。

濛々とした煙が晴れていくと、そこには右膝をついた男の姿。巨人族にも匹敵する堂々たる体格。横顔の太い唇には、過剰に爽やかな笑みが刻まれていた。

「シザリオス卿⁉」

「ウフクス卿もいるぞ！」

「言わなくていい」

巨漢の隣に立っていたのは、緑の髪を垂らしたウフクス。いつもどおりの衣嚢に両手を突っこんだ無愛想な姿。

「我が輩が一番カッコよく見える瞬間を探していたら、いい場面に遭遇した！」

　吹き飛ばされた巨人が、背中からジェット噴射の焰を噴き出して姿勢制御。魔杖槍を抱えて、シザリオスに突きかかっていく。

　襲撃者の胸板に裏拳を叩きこみながら、シザリオスが立ち上がる。吹き飛んだ巨人の飛跳士が、さらに後方の飛跳士に激突。燃料に引火して爆発、黒と赤の火炎を撒き散らす。

　シザリオスの無骨な横顔を、炎が赤々と染める。

「あの、シザリオス卿？」

「味方の絶体絶命の危機、迫るは、どこからどうみても悪漢の大軍。正義の味方の参上に、これほど相応しい場面もあるまい！」

「少しは俺の話を聞いてくれませんか？　後方に連絡して応援を……」

「頭の悪いおまえらに、もっと頭の悪いシザリオスの言葉を翻訳してやる」ウフクスが言葉を紡ぐ。「あの程度の軍勢、二人でも充分すぎるということだ。私は興味がなかったが、命を奪い、死体をいくら作ってもバロメロオが責任をもって後始末をしてくれるそうでな」

　衣嚢に両手を突っこんだままのウフクス。真紅の唇は、毒花の笑みを浮かべていた。

「すべて駆除しにきた」

　背筋を寒くさせる笑みだったが、シザリオスには関係なかった。

「ははは、ウフクス卿はどうにも素直ではないな！　己が正義の血が熱く滾りまくったと、正直絶頂に言えばいいのに！」

「シザリオスの台詞のひとつひとつが気持ち悪い」

ウフクスの言葉を、シザリオスはまったく聞いておらず、巨大な足で大地を踏みしめた。

「では行くぞっ！」

シザリオスは丸太のような腕を回して走っていく。シザリオスは向かって右翼、ウフクスは左翼の巨人の軍勢に向かっていく。

「急げよシザリオス。あの男が到着したら、すべてが終わりになるからな！」

「分かっておる、到着前に完全勝利するぞっ！」

シザリオスの動作は、なにかの舞踊のようにも見えた。迫る敵軍の前で踊りが停止し、シザリオスが叫ぶ。

「変・身っ！」

炸裂する閃光。視界が回復したとき、そこにあったのは、赤に輝く装甲を身にまといしシザリオスの巨体。

「シ、シザリオス卿、その姿は!?」

「違うな」

腕を回し、左手を腰に、右手を斜め上方で固定する巨漢。

「超変身した我が輩は、宇宙の絶対正義の代行者にして狂信的正義の化身、シザリオンと呼ぶがいい！」

人として言ってはいけない単語を並べ、シザリオスが宣言した。

「その正義まみれの我が輩に向かってくるあそこのヤツらは、即断で悪っ！」

シザリオスの背中から光が爆裂。大軍に真正面から突進していく。

楯の背後では、魔杖長槍を掲げた巨人兵たちが頬を歪めて笑った。

巨人は戦争の専門家なのだ。

現代咒式戦は集団戦闘。化学・雷撃・重力系咒式士が遠隔攻性咒式で攻撃し、数法咒式士が敵咒式を無効化。鋼成系咒式士が防壁で咒式を防ぎ、生体系咒式士が刃を振るう。

組織化された各咒式士たちが、戦術によって連携する高度な軍事行動に対し、時代に乗り遅れた野蛮人のような単身の特攻など、相手にもならない。

飛んでいくシザリオスが、軍の咒式の必中の間合いに入った。初撃の爆裂や鋼の槍、雷撃や砲弾、強酸や毒液、重力波がそれぞれの軌跡を描いてシザリオスに殺到。爆裂、破砕、貫通、溶解、沸騰、圧縮とさまざまな破壊力が顕現。爆煙や蒸気が荒れ狂う。

一瞬で無意味な肉塊に変わったシザリオスが現れるのを、巨人兵たちが待つ。

爆煙が切り裂かれ、巨漢が飛び出る。

真紅に輝く装甲はまったくの無傷。仮面の奥に光る瞳には、不屈の闘志！

巨人の軍列は慌てることなく二つの四角形、方陣を組んでいた。斜辺が二つ並ぶので、対象に対して射線が多くとれる陣形。

指揮官の号令とともに、以前に倍する攻性呪式が炸裂。だが、破壊の波濤がシザリオスに届く直前に消失。

「大きなくせに何百倍もの人数で来るとは、汝ら巨人は、現代のいじめっ子と認定！」

茜色の籠手に包まれた拳が、眩い灼熱色の光芒をまとう。光は全身に広がり、一個の太陽の輝きとなる。

「よって成敗っ！」

全身が光の塊となったシザリオスが突進。大地を駆ける彗星と化して、楯の城砦に向かっていく。

銀の楯の表面に拳が激突。堅固な金属が、砂糖細工のように粉砕、絶対の防御を確信していた呪式兵の表情ごと爆裂。数十人が吹き飛ばされ、手足と内臓の破片が飛散。一瞬一撃で軍列が崩壊。

シザリオスが両腕を突き出して疾走、飛翔。縦ではなく、横回転しながらの突撃！

一撃で、巨体を誇る巨人兵が数十人単位で宙に舞う。超衝撃に手足が引き千切られ、体が装甲ごと両断され、内臓が桃色や赤紫色の破片となって舞っていく。暴風に枯れ草が吹き飛ばされているように軍列に大穴が穿たれていく、冗談としか思えない光景。

嵐をまとって、シザリオスが着地した。響くのは、大地に悲鳴をあげさせる足音。

身長九メルトルの巨体の影。山の巨人と呼ばれる一種。巨体には苔が茂り、頭の上では鳥が巣を作っていた。山の巨人は、すでに魔杖斧の先端に咒式を紡いでいた。

「死ね！」

轟音。化学鋼成系第五階位〈劣吁冥鎗弾射〉が高速展開し、劣化ウランとプルトニウムの砲弾が発射。〈劣吁婪鎗弾射〉の破壊力と二二〇〇度の焼夷効果、合わせて人体致死量が約一億分の三ミリグラムルというプルトニウムを撒き散らす禁断の咒式。

シザリオスが片手を振った。一拍遅れて、遥か彼方で着弾音と小さな土煙があがるのが見えた。信じがたいことだが、シザリオスは手の一振りで砲弾の方向を変えたのだ。

シザリオスが大地に拳を振り下ろし、爆煙で姿を隠す。濛々たる白煙のなかにシザリオスの姿を探そうと、山の巨人が顔を上げる。

違った。山の巨人が、大地から持ち上がっているのだ。

足の下にいたのは、シザリオス。右手一本で数十トーンの巨体を持ち上げていたのだ。それだけで山の巨人が軋み、周囲の巨人兵たちが呆気にとられて見つめる。巨神の偉業に見とれる信徒のように、悪鬼の顕現に怯える無力な子供のように。

指揮官らしき髭面の巨人が、震える舌を動かした。

「な、なんなんだおまえは!?　地獄の悪鬼か!?」

「失敬な、正義の味方に決まっているだろう！」

シザリオスは無造作に山の巨人を投げ捨てた。巨人兵たちの列の真ん中に。

凄まじい爆音。甲冑が曲がり、骨が折れ、戦斧が跳ね飛ぶ。その下では甲冑ごと巨人兵が挽き肉にされているだろう。

巨人の軍列が紡いでいた火炎咒式が発火し、爆裂。焔と爆風が撒き散らされる。紅と黒の火柱が立ち、シザリオスの横顔を斑に染める。高温の焔に折れた戦斧が飴のように曲がっていく。

シザリオスの背後には、侍女や庭師たちが逃げていく姿。

「もう、させぬ。女や子供は二度と死なせぬぞ！」

つぶやいて突進していくシザリオス。疾走する巨漢の周囲の風景が歪んでいく。

シザリオスの無効化は、重力子の放射による量子効果によって、相手の作用量子定数への干渉を阻害、位相空間そのものを破壊して顕在化した物体や熱量を消滅させている。いわば第六から第七階位級の重力咒式を恒常発動させているという、咒式士の常識を超えすぎた超咒式士。

シザリオスは咒式を知らない。正確に言えば、咒式の原理をまったく理解していないのだ。

おそるべき重力咒式も、膨大な数の身体強化咒式も、シザリオスの「正義の味方とはとにかくやたらめったら強い」という激烈な意志に従って無意識に作動しているだけ。ようするに思いこみである。

「〈ドレイドンの惨劇〉のようなことは、二度と繰りかえさせぬ！　それが我が正義っ！」

巨大なプラズマ弾となったシザリオスの突進に、今度もまた巨人兵たちが肉片となって吹き飛んでいく。重力を遮断(しゃだん)するものなど存在しないため、あらゆる防御は無力だった。

歴戦の巨人兵たちが応戦するも、呪式(じゅしき)は効かず、恐怖(きょうふ)が伝染していく。

逃走(とうそう)していく兵士と向かっていく兵士が激突し、陣形は千々(ちぢ)に乱れ、軍隊としては機能不全に陥(おちい)っていた。

シザリオス・ヤギン。偉大(いだい)なる無知の英雄(えいゆう)により、本人の言う正義の鉄槌(てっつい)がくだされていった。


「さてこちらも行くか」

左翼(さよく)の軍勢に向かったウフクスが立ち止まった。敵軍は整然とした隊列で進軍していたが、陣形(じんけい)の先端が延びていく。紡錘形(ぼうすいけい)となった隊列、それは一息で敵軍を打ち破る突撃(とつげき)陣形。

身長四から六メルトルの巨人たちが迫(せま)ってくるのは、巨象の群れの突進にも等しい圧力。

ウフクスが衣嚢(ポケット)から右手を抜(ぬ)き出す。

人差し指を伸(の)ばし、親指を立て、残りの指を折る。いわゆる拳銃(けんじゅう)の形を手で作った。

紡錘陣形の先頭の巨人が突進してくる。重甲冑に魔杖長槍(まじょうちょうそう)。穂先(ほさき)には必殺の爆裂呪式(ばくれつじゅしき)。ウフクスの指の銃はその姿を捉(とら)えていた。

「ばーん」

右手の人差し指を跳ね上げ、銃を撃(う)つマネをするウフクス。

巨人兵の進行速度が緩み、咒印組成式の光芒が霧散。足がもつれ、兵は倒れた。甲冑と巨体が大地に倒れる、重々しい響き。兵は痙攣し、耳や鼻に唇、さらには眼球からも血を漏らし、絶命した。

まるで体の内部から破壊されたかのような死にざまだった。

「ばーん」

ウフクスの左手が抜き打ちで銃を撃つマネ。飛び出そうとしていた咒式兵が胸を押さえて呻き、そして前の犠牲者と同様に、巨象が死にゆくがごとく倒れていった。

突撃しようとしていた最前列が、踏みこんだ足を強引に止める。急停止した前列に、後列が激突、鎧と鎧が衝突する耳障りな音。罵声と怒声。前列のなかでも勇敢な巨人が、咒式を展開させていく。

「気をつけろ、指先からなにかを放っている⁉」

「ばーん」

叫んだ分隊長らしき巨人が、白目を剥き、自由落下するように前方に倒れた。

巨人兵たちが、楯を連ねて密集し防御壁を構築する。楯と甲冑とで、咒式を防御する古代帝国の戦い方。重火力・高機動という現代咒式戦を自ら否定するほど、彼らは恐怖していたのだ。

楯の狭間から反撃の咒式を放つ。爆裂咒式が炸裂するも、ウフクスは横飛翔し回避。

獰猛で屈強であるはずの巨人たちの顔に、恐怖の刷毛が一塗りされた。

爆煙の向こうのウフクスは、両手の五指を開いていた。そう、彼女の銃は、ただの拳銃ではなく機関銃だったのだ。

「ばばばばばばばばばばはばば」

ウフクスの宣告とともに、銀色の楯が前に後ろに倒れた。続いて隣の楯も。楯の背後には、謎の突然死を迎えた巨人兵たちの死体。雪崩をうって、楯と巨人兵たちが倒れていく轟音。唇や鼻や耳、目からは、そろって血を吐き散らす。

「ばばばばはばばばばばばはばばば」とウフクスの口マネが続くと、前列背後にいた巨人兵が倒れ、さらに後列の兵たちも倒れていく。まるで不可視の弾丸がどこまでも貫通していったかのような光景。

「百眼士、分析し報告しろ！　なんだあれは、なんの咒式だ⁉」

「電波、放射線、重力、どれでもありません！　分かりません、まったく分かりませんっ⁉」

ただ漫然と攻めるだけでは無益だと、巨人の隊列が高速展開、鎧や楯が銀鱗となって動いていく。その間もウフクスの口マネは止まらず、隊の最前列が崩れていく。

それでも、鶴の翼が開かれるように隊列が左右に分かれていき、そして一気に閉じた。十重二十重とウフクスを取りかこむ長槍と剣の林。

背後から、巨人の決死の突撃が開始。

爆裂音。巨人兵たちの首から上が消失していた。七人の決死隊が、七体の首なし死体となり、勢いのままに大地に倒れ、白煙と血煙をあげる。ささくれた首の断面から赤い血潮が流れ、文字どおりの血の海を作る。

ウフクスは両手を衣嚢に戻した。

「実は、両手は関係ないのでした」

嘲弄の声に、怒れる巨人兵たちが突撃を再開。数を頼みに押しこんでくるのを、ウフクスの緑の瞳が一瞥。視線の先、左翼の軍列の巨人兵たちの肉体が爆裂し、破裂していく。

肘が爆散し、折れた尺骨が覗き、間欠泉のように血液が噴き上がる。頭蓋骨が内部から破裂、脳漿が飛び散り、眼窩から神経繊維の糸を曳いた眼球が飛び出す。

残酷な光景から逸らしたウフクスの視線が、右翼隊列へ向かう。一瞥で、数十人の巨人兵が先と同様に破裂していく。

太股が爆ぜ割れ、脂肪と筋肉が真紅の霧となる。破れた腹部から小腸が尾を曳いて溢れ、赤黒い血液が撒き散らされていく。

「視線だ、視線に咒式を載せているんだっ！」

叫んだ巨人兵が咒式発動、耐熱金属の堅固な壁を打ち立てる。次の刹那、壁の後ろで手足が爆裂。家族の名前を叫びながら、大地を這いずり、すぐに絶命。

「うぶっ」

ウフクスが嗚咽するかのように、緑の髪を揺らしてうつむく。

「けぷっ！」

唇から漏れたのは、嗚咽ではなかった。

「ごめん、やっぱ我慢できない。生物を前にすると生理的嫌悪感で吐きそう」

同胞の死体を前にしても、巨人たちは突進をかけてくる。謎の爆裂は円状に広がっていき、悲鳴と絶叫とともに人体が破裂していく。

「近寄らないで、お願いだから！」

ウフクスの悲鳴とともに、巨人たちは血と肉と骨と内臓の花を咲かせていった。

内心ではウフクスは必死だった。

爆薬とは、環状化合物に三つのニトロ基がつながると成立する。

β－グルコース分子がグリコシド結合により重合化したセルロースと、α－グルコース分子、いわゆる体内の栄養素たるブドウ糖が重合化したグリコーゲンは、よく似た構造を持つ物質である。

トリニトロセルロースという爆薬があるなら、ニトロ基をつければ、同じトリニトログルコースという爆薬を生成できる可能性がある。また、生物の脂肪を加水分解してグリセリンと脂肪酸に、そのグリセリンを硝酸エステル化すると、ニトログリセリンという爆薬になる。

真核生物である動植物は体内に窒素固定作用をもたないため、ニトロ基が三つもある物質を作りだせない。だが、原核生物と古細菌の一部は窒素固定を可能にする。

生体生成系第七階位〈爆換茂滅贊菌界園〉によって生成された咒式共生細菌は、脂肪を加水分解したエネルギーを使って窒素固定を行い、グリセリンとグリコーゲンを硝酸エステル化する。

この咒式によって、全身のグリコーゲンをトリニトログリコーゲンへ、全身の脂肪をニトログリセリンへと変換させられれば、体中に爆薬を抱えているのと同じになる。ウフクスは前もって、この咒式細菌を広域散布しており、巨人兵たちは耳や鼻の穴、眼や口の粘膜から吸いこんでしまっているのだ。細菌に浸食され、全身が生体爆薬になったのにも気づかない左翼軍勢三四〇人。あとは、ウフクスが気分のままに起爆していくだけ。

それは数百から数千、さらには数万人の対軍隊殲滅用の、準戦略級咒式。あまりにも残虐で無慈悲なため、国際条約で使用を禁じられた禁忌咒式だった。

ウフクスの生物嫌いが徹底しているのは、細菌に自動指示式をも載せていたことであろう。それは咒式の発動か、本人の半径一〇メルトルに接近という条件で自動発動する指示式。つまり、ウフクスの背後から隙を衝こうが、高速で接近しようが、条件を満たせば自動的に起爆する。

戯れのために、最初は心臓の冠状動脈や脳の一部を破壊するだけにとどめて指先の咒式だと思わせ、次に視線の咒式だとウフクスは思わせたのだ。

「私の前で息を吸うな、吐くな。喋るな食うな出すな。動くな動くな。止まれ止まれ、生きとし生けるものは、すべて止まれ！」

ウフクスは衣嚢に両手を突っこんだ姿で歩いていく。人間の倍以上の巨体が並ぶ間を、彼女は無人の野を行くように歩く。足が進むたびに、周囲の巨人兵たちが冗談のように簡単に吹き飛んでいく。

「私の前で生きるな。お願いだから」

ウフクスの顔には焦燥感。生物に対する凄まじい恐怖と嫌悪感を、ついに抑えきれなくなったのだ。

呪式の正体が分からない巨人兵たちが、必死に呪式を展開していく。遠くから爆裂呪式を放とうとした若き巨人兵は、顔面を血石榴に変えられる。手の呪式が遅れて爆裂し、上半身が挽き肉となった。

倒れた巨人兵の頭部から零れた脳漿を、仲間が踏みつけて逃げていく。逃げた巨人の胴体の中心が破裂。巨大な穴が空いたかのように、上半身と下半身が分断される。

すでに軍列は崩壊。生き残っている巨人兵たちが魔杖長槍や魔杖剣を投げ捨て、逃げだしていた。

「ひいっ、そんなに激しく動いて生物感を主張しないでっ！」

ウフクスの悲鳴とともに呪式波長が戦場の大気を疾っていく。轟音、爆音、悲鳴に怒号。犠牲者たちの肉の爆裂が、さざ波となって連なっていった。

　ウフクス・ジゼロット。死と腐敗の咒式細菌を操る超級の咒式士。彼女による最悪の大量虐殺が続いていく。

「な、んだあれは？」

　イェスパーの掠れた声。

「あれが翼将だよ」

　イェスパーとベルドリトが振り向くと、喪服のカヴィラが、いつもの無言で立っていた。真っ黒な日傘の下、黒絹に包まれた手のなかで、携帯が吠える。

「こっちだバーカ、アザルリ様だ」

　アザルリの音声が続ける。

「おまえらも成長したが、まだまだだ。一つ眼と不思議小僧の上位、俺様を含めた翼将たちは本気で怪物だぜ？」

　不覚にもイェスパーはうなずいてしまった。翼将として自らより上位に属するものの恐ろしさに、ただただ震撼していたのだ。

　イェスパーの視線の彼方では、シザリオスの無敵の突進のたびに、凄まじい光が発生し、熱風がイェスパーたちの髪を揺らす。ウフクスが不敵に歩むと、周囲の巨人たちが爆裂していく。

　爆音。飛んできた鎧や魔杖剣の金属片を、イェスパーの手が払う。ベルドリトは兄の気遣いに目を細める。

モルディーンによる翼将の序列は、恩顧などで漫然となされたものなどではない。厳然とした実力差による区別だったのだ。

「この星の覇者はなにものか？　竜？　禍つ式？　それとも巨人？」

アザルリが高らかに哄笑する。

「アホか。人間様だっての！　なぜなら人間の殺意と悪意こそ最強最大だからな！」

拳を掲げ、天高く舞い上がるシザリオスの姿。巨人たちの肉の残骸が、舞い散る羽毛となって落下していく。

「とりあえず、なんとかかんとか拳っ！」

シザリオスが空中で体を捻って着地。地響きとともに、イェスパーたちの元に戻った。衣嚢に手を突っこんだ姿勢で、ウフクスも戻ってきていた。

二人の翼将の背景には、折れた魔杖長槍に、砕けた魔杖剣。籠手に覆われた巨人の手の肘から上が消失していた。歩行する姿勢のままの両足が足首だけ残っていた。

それは六〇〇体の巨人の、無残な破片の荒野。炎上する音だけが虚ろに響いていた。

岩のような拳で、シザリオスが自らの胸を叩く。

「我が輩とウフクス卿との正義の友情力で、悪漢どもは全滅だ！」

「実は気持ち悪いので、シザリオスにも咒式細菌を吸わせ、起爆命令も出した。だがなにも起こらない。こいつの咒式無効化能力は異常だ」

「はははは、また冗談を。正義の化身、翼将の一人たるウフクス卿が、そんなことをするわけがないではないか！」

シザリオスが豪快に笑う。

「さてはあれか、我が輩が正義の赤をとったから、虚無っぽい黒狙いの演出か？　それだと赤と桃の結婚式に向かう途中でちんぴらに刺され、長椅子の上で絶命するぞ？」

「……もういい。シザリオスと話すと疲れる」

耳鳴りと悪寒。天をも貫く強大な咒式波長。不可視の力の嵐が吹き荒れる。イェスパーとベルドリトは、今度は圧力に耐えた。

「右だ」耳から血を流しながら、シザリオスが遠くを眺めていた。

シザリオスの顔の向く方向に、全員が視覚増幅咒式を発動。

庭園の彼方に咒式の集中。凄まじい光量と他に比肩しようもないほど莫大で複雑な咒式が、斜めに駆け上がっていった。

空中で光が編まれていき、隠蔽咒式が解除。光の渦のなかから、金属の柱が伸ばされた。見ていると、柱の伸長はどこまでも続いていき、直角に曲がり、垂直に落下。岩盤に亀裂が入る。

「おお、おお、我が信徒、巨人たちよ。あれほど人族と争ってはならぬと言ったのに、なんということだ」

金属の柱は、巨大な生物の足だった。続いて門から現れたのは、四肢があり二足歩行をする生物。全体としては巨大な人型。

しかし、各部は違った。肌は鈍い金属の輝き。顔は幾何学的な部品によって構成され、緑の真円の四つの瞳。唇はなく鋸のような歯が口を象っていた。

「これなるは〈古き巨人〉の一つ、ウガウク・ク。タラテク峡谷問題を諌めるために参上したが、それではもうすまさぬ。信徒の巨人を殺されては、どうにも引き下がれぬ」

機械再生されたかのような響く声。

巨大な全身甲冑を着込んでいるようにも、機械仕掛けの巨像のようにも見えるが、これこそが〈古き巨人〉の自然な姿なのだ。

「巨人たちの復讐者として、古き巨人として、人族の勇者たちにお相手願いたい」

翼将たちが知覚呪式で計測すると、身長一二・三八メルトルという建造物にも匹敵する体格。右手には大樹のように太く長大な剣。柄を底辺とした、鋭利な二等辺三角形の刃が伸びた長剣。

太古の人類が〈古き巨人〉を巨神だと思ったのも無理はない。

それほどの威容。巨大生物を前にしたときに感じる、凄まじい圧迫感があった。たとえるなら、幼児が怒れる巨大熊の前に立ったとき、イェスパーたちと近い感覚を覚えるだろう。

ウフクスが相手に有効な呪式細菌を検索し、シザリオスが巨大な拳を握りこむ。

「あれは任せていただこう」

四人の翼将の間を歩いていくのは、五振りの太刀を背負い、大小の刀を腰に差した後ろ姿。

サナダ・オキツグその人だった。

「現れたか」

苦々しげにウフクスが吐き捨て、シザリオスが苦い顔をした。二人の翼将の注目にも拘わらず、オキツグの視線は前方を見据えたまま。

見えたのは、古き巨人が剣を掲げていくところだった。

オキツグが側の低木に右手を伸ばす。左手で謝罪しつつ、可憐な花が咲いた小枝を手折る。侍の口許には、小枝が銜えられ、先端では典雅な花が咲いていた。小枝が上を向き、侍が走りだす。

「やれやれ、最後はやはりあの男が決めてしまうか」

ウフクスが吐き捨てた。

オキツグの怒濤の疾走。足元は土煙に覆われ、視認することができない。イェスパーに見えるのは、腰に差された大小の刀と、背中に背負われた五振りの太刀。

「クロプフェル殿、逃げ遅れているものたちを全員転移させ、結界で空間を封鎖していただきたい！」

　オキッグの疾走に背後から追いついてくる土煙。並んだのは、黒毛の荒馬。侍の手が手綱を摑み、飛翔して愛馬に飛び乗る。

　オキッグの前方で、光の流星群が走っていき、森に突入。なにかを摑んだらしく、急激に引きもどされていく。続いて蒼穹に向かって青白い光が駆け登っていく。それは庭園の四方から突き立つ光の柱。

　四つの光の柱の頂点が、左右に別れていき、互いに結ばれた。

　それは庭園全体を覆う、格子状の巨大な立方体。

「聖者殿の救出と結界が完成したか。これでようやく刃が抜ける」

　人馬一体となったオキッグは、矢のような速度で古き巨人に向かっていく。

「真田興継刀堂、参る！」

「噂に名高い翼将筆頭か！　これなる相手に不足なし！」

　ウガウク・クと距離が詰まると、その巨大さと恐ろしさが分かる。

　人間をそのまま十倍の大きさにしても、体重の増加に筋力の増加が追いつかず、支えきれないというのが生物学の結論だ。

　それを現実に成立させている〈古き巨人〉の体は、実は珪金化物であるという。体を構成する炭素を珪素に置き換えた生物で、水素がリチウム、窒素がリン、リンが砒素と周期表にある元素が一つずつずれている。それにより常識外れの体を成立させているのだ。

まさに建造物の体格をしたウガウク・クが、巨大な剣を振った。剣の先端から咒式が発動。騎馬の前方の地面が破裂。突き出してくる壁、オキツグが手綱を引いて突進方向を強引に変更。その方向も壁。急停止した駿馬の体が揺れる。蹄を支えるべき地面を突き破って、石柱が跳ね上がってきたのだ。

オキツグの周囲の大地から、粉塵を撒き散らしながら、石材の立方体や直方体が突き出てくる。

地形が一変。一辺が四から一〇メルトルの立方体や直方体が噴出してくる。屹立していく石材の側面から、また立方体や直方体が飛び出してくる。それは古き巨人が得意とする化学鋼成系の基本による石材の生成咒式。だが、庭園の風景を一変させるという生成量が尋常ではない。石の迷宮が騎馬武者に襲いかかる。オキツグが手綱と鐙を操り、駿馬が立方体や直方体の頂点を飛び跳ね、さらに石材の枝の殺到を回避していく。神業のような操馬術。そして駿馬だった。

石材の処刑迷宮を抜けて、オキツグの駿馬が着地。待ち構えしウガウク・クの切っ先に宿っていたのは咒印組成式。紡がれていたのは、化学鋼成系第二階位〈槍矛射〉の咒式。

巨人の周囲では、青白い光の組成式が多重展開し、自律展開していた。燐光で描かれた多重螺旋に円陣数式は、ウガウク・クの巨大な姿が見えなくなるほど、多層多重に紡がれていたのだ。

オキッグに向かって、ウガウク・クの強大な咒式が発動。通常の〈槍矛射〉は、十数本から数十本の鋼の投槍を撃ち出す程度の咒式。だが、古き巨人の莫大な咒力は、ひとつの式から数百本の槍を生み出し、さらにそれを多重多層展開していた。

オキッグの右手は玖と番号が刻まれた〈鬼丸國綱〉を、左手は柄に拾と銘が刻まれし、粟田口國吉作の魔杖短刀〈骨喰國吉〉を抜き放った。

古き巨人の咒式が発動。放たれた一千本の死神の襲来。

耳鳴りのような音とともに、視界を埋めつくす黒い雲霞。横殴りの豪雨のように、すべてを喰らいつくす蝗のように、咒式の槍が殺到してくる。それは絶望の光景。

オキッグが左右の魔杖刀を振る。銀光が凄まじい速度で交差し交錯し、黒い豪雨を切り裂いていく。周囲に壁があるかのように、槍の大群が消されていく。

オキッグの以外のすべてが怒濤の豪雨に呑まれた。背後の石の立方体が直方体が、穿たれ抉られていく。庭園の石像や林の木々が砕かれ、破壊されていった。破片と砕片が乱舞し、轟音と爆音が鳴り響く。

遠く背後にいた翼将たちにも槍は襲いかかる。イェスパーとベルドリトは槍を刃で切り払い、シザリオスが拳で叩き落とし、カヴィラは日傘を傾けて弾いた。ウフクスが全員の防御の背後の安全地帯に立っていた。

槍の暴風雨は止まず、立方体が割れ砕け、塔のような直方体が倒壊。倒れていく途中でまた槍の大群に貫通され、空中で爆砕させられる。

広場の光景はさらに一変していた。直線で構成されていた立方体や直方体は、破壊しつくされ、形を留めている物体が一つとしてなかった。平面だった石の床は、穿たれ割られ、数百本もの槍が突き立った戦場跡の光景となっていた。

石が崩れる轟音が鳴りやまないうちに、ウガウク・クはすでに次弾の咒式を紡いでいた。砲弾系の上級咒式、劣化ウランにプルトニウムが付与された砲弾を放つ、化学鋼成系第五階位〈劣吁冥鎗弾射〉を、先ほどと同じ咒式組成式の数で紡いでいたのだ。

高位咒式をここまで多重発動するなど、人間の咒式士には不可能だ。そして戦車なみの百発の砲弾の一点集中を、どうやって防げばいいというのだ。

「ならば異境の剣士よ、これを受けきってみよ！」

ウガウク・クの叫びとともに爆音。必殺の咒式、〈劣吁冥鎗弾射〉の超多重発動！　放たれたのは、高速飛翔する劣化ウランとプルトニウム弾頭の群れ。極大の咒式の連続展開の負荷で、ウガウク・クの金属質の顔に亀裂が入る。

オキツグの振るう〈骨喰國吉〉の二五九ミリメルトルの刀から、不気味な鳴き声、金属が擦れるような細い声が響く。虎鶫の鳴き声のようだと表現するものもいるかもしれない。

音速を超えて飛来する咒式砲弾が、オキツグに一点集中。凄まじい運動エネルギーで飛翔し、その高硬度の身体で、すべてを破壊する砲弾たちは、だが、それ以上に直進することはできなかった。

鈍色の悪魔たちは、オキッグの刃の前に堅固な壁があるかのように停止していた。空中で痙攣するように身を捩るだけで、進めなかったのだ。

まるで短刀が砲弾を受け止めているように見えるが違った。常識外れの超磁場、電磁雷撃系の最大防御咒式なみの電磁防壁が展開しているのだ。

オキッグが〈骨喰國吉〉を振り抜き、一際高く虎鶫の声が鳴り響く。光の爆発。砲弾を構成している咒式が、分解。その存在と質量を保てず、量子となって無音で散華していく。

遠隔攻性咒式では、オキッグに触れることすら不可能なのだった。

最大攻撃を停止し、巨人は大剣を構える接近戦に切り換える。再開した騎馬武者の突進。

オキッグが手を交差させ、〈鬼丸國綱〉と〈骨喰國吉〉を鞘に戻し、右手が背中に伸ばされた。五指は五振りの太刀のうち、七の文字が彫りこまれた柄を握る。

鞘から引き抜かれるは、美しい魔杖刀。通称を〈三日月宗近〉といい、八〇〇ミリメルトル、二七ミリメルトルの反りをもった刀身は三日月にも比される。刀身に描かれた刃紋が二重三重に重なり、下半分は見事な三日月となっている。それこそがこの名魔杖刀の真の由来だった。両手で魔杖刀を握ったオキッグが、ついに古き巨人の間合いに到達。蒸気の息吹とともに、ウガウク・クが巨大な刃で薙ぎはらう。

オキッグの騎馬が横に跳ねて回避。対象を捕捉できなかった刃が、庭園の岩塊に直撃。爆音とともに大剣が駆け抜けた。

　オキッグが追撃を警戒し、黒馬は円軌道を描いて駆けていく。宙に浮いていた刃を、巨人が腕を畳んで戻す。

　直方体の角が、ようやく剣の駆け抜けた直線に沿ってずれていった。岩塊は落下して重々しい音を奏でる。鋭利な四角形の断面を見せて、御影石の角が床に転がった。

　一撃で建造物なみの大きさの石を破壊する剣技からも分かるとおり、古き巨人はけっして鈍重ではない。むしろ珪金化物の体は、高い防御力と常識外れの筋力を生み出す、理想的な戦闘兵器ともいえる。

　オキッグは構わず突進。迎え撃つウガウク・クが放つのは、天空から降りそそぐ剣の瀑布。百トーン近い体重の巨人が放つ、全力の打ち下ろし。それは極大咒式にも匹敵する一撃。

　轟音。爆風にも似た剣風が、庭園を吹き抜けていく。

　巨大質量の一撃は、しかし大地に届くことはなかった。

　動揺しているのか、ウガウク・クの緑の複眼が激しく明滅していた。峰に左手を当てて掲げた刀に、巨大な刃が受け止められていたのだ。

　軋り声をあげる二振りの刃。オキッグの足は鐙を踏みしめ、跨がる駿馬の蹄が床石を踏み割り、亀裂の中心に埋まっていた。

　咒式の六角形が重なり、鎧が生成されていく。東方の紺色の鎧がオキッグの全身にまとわれ、表面では焔の模様が渦巻いていた。顔の下半分は厳めしい老爺の仮面が覆っている。

それは極東の戦場において、友軍に絶対の勝利と畏怖を、敵に恐怖と絶望を与えたとされる武神サナダ・オキッグの戦装束。

そして鎧と馬の周囲には、莫大な咒式が展開していた。対峙している巨人をも上回るような、膨大で強大な咒力波長。

「なんなのだ⁉」

ウガウク・クは絶叫していた。地上で最強の打撃力を誇る、古き巨人の一撃を真っ向から受け止める人類など、聞いたこともない。そしてありえない！

「いったい汝はなんなのだっ⁉」

すべての疑問を風のごとく流して、オキッグの横顔には不敵な笑みがあった。

「〈侍〉っ！」

太刀が捻られ、巨大な剣が弾かれる。古き巨人は、大きく跳躍。ウガウク・クとオキッグの間合いが大きく離れる。

「勇敢に勇壮に、そして潔く。故郷でもすでに廃れた〈武士道〉だが、そうであるからこその〈武士道〉！」

三日月宗近の典雅な刃を、オキッグが振りかざす。どこかの異空に届かせたいかのような太刀筋だった。

「それがしが死んでも、その侍の意志は受け継がれていく。汝らに、汝らの次の世代に。だからこそ、それがしは信念を、侍の道を通すっ！」

オキッグの上空の風景が歪む。雲が途中からずれて流れ、青空が軋んでいた。

歪む蒼穹が、破片となって散る。空中に開いた大穴。内部には、極彩色の螺旋が渦巻いていた。大穴から、なにかが顕現しようとしている。

反撃に移ろうとしていたウガウク・クが、思わず見入ってしまっていた。

水平に現れたのは、宝塔のような兜。続いて這いだしてきたのは、大邸宅ほどもある女神の柔和な顔。眠たげな半開きの瞳。その左右にも顔があり、さながら三つ子のようだった。次元の穴から、その威容の全体が顕現していく。

大木を捩りあわせたように巨大な二本の腕、背後にも四臂を持ち、それぞれの手に宝剣や弓、独鈷杵を握る。中央は神々しい女神、左は憤怒、右は童女という三面の軍神は東方の鎧をまとっていた。それは〈魔利支天〉と呼ばれる東方の軍神の威容。陽炎を神格化したもので護身、隠身、得財、勝利を司る。

斜めだった巨体が上がっていき、ついに屹立する軍神。三十階建ての高層ビルほどもある巨大な軍神が庭園上空に浮かぶ。

人形のような、女神の六つの眠たげな瞳が、古き巨人を見下ろす。その双眸は、大地に跋扈する生命体どもの愚行を見下ろしていた。

荘厳な光景に、ウガウク・クは畏怖することすらできなかった。軍神の裁きを待つかのように、ただ硬直していた。

宙に浮かぶ軍神の左胸に突き立てられていたのは、刃だった。それはオキッグの持つ〈三日月宗近〉と相似形の銀の刃だった。

オキッグの刃が振られると、共鳴するように軍神の胸の刃が振動する。眠たげな眼に苦痛が疾り、巨軀が動きはじめた。

ウガウク・クが恐慌から回復し反撃に移るのと、オキッグが刃を振るったのは同時。

巨人の渾身の刃と、女神の右上肢の刃が振り下ろされたのも同時。

ウガウク・クの高硬度の刃が、それに倍する巨大な刃の一振りで両断。千の流星となって散っていき、石床に降りそそぐ前に量子干渉が散乱、夢のように消失した。ウガウク・クの口からは、重金属の蒸気のような吐息。

「こうなることは分かっていた。タラテク峡谷問題が発生した時からな」

「〈三日月宗近〉に囚われし、軍神よ！」

オキッグの再度の呼びかけ。膨大な咒力の放出。軍神の左右三臂の手が、握っていた三振りの太刀を振り上げる。三振りの刃は、天にも届かんばかりに伸びていく。

ウガウク・クの眼は、オキッグに注がれていた。

「人中の竜よ、それでもこれなる古き巨人は屈しない。最後の時まで見ているがいい」

オキッグが巨人の言葉にうなずいた。侍は、柄を握る手に力をこめた。

「〈魔利支天〉よ、今こそ力の一端を解放せよ!」

オキッグが白刃を振り下ろす。女神も同様の動作で振り下ろした。

三条の斜めの轟雷となりて、太刀が叩きこまれる。大気が、天が避けたかのような音。長大な三振りの刃の先端は、音速を遥かに超えたのだ。

ウガウク・クは、凄まじい斬撃の大瀑布をその身に受けることになった。掲げて防ごうとした折れた大剣ごと四つに分断。右肩と左肩、そして頭頂点に叩きこまれた刃が、なんの抵抗もないように下方に迸る。ウガウク・クの珪金化物の体が、紙細工のように破砕された。

破壊。衝撃波で風景が吹き飛ばされ、切り刻まれる。ウガウク・クの破片が天高く跳ね上がり、土煙や砂塵の逆さの大瀑布の先端で踊る。そして零れていった。

すべてが緩慢に見える、凄絶な破壊の光景。そこには荘厳な美すら存在していた。

天に昇っていく激流が、不可視の壁に当たって弾ける。クロプフェルの結界が、凄まじい破壊のそれ以上の広がりを防いだのだ。

破壊と破滅の大瀑布が、重力に従って落下していく。ウガウク・クが巨人が、鎧が魔杖剣が瓦礫が砂塵が、一気に大地に叩きつけられる。砂を含んだ烈風が、イェスパーたちのいる地点まで吹きすさぶ。腕や袖を掲げて防ぐ翼将たち。

荒涼とした風が、砂塵を吹き流していき、やがて視界が開ける。

凄まじい破壊の痕跡。元がなんであったのか判別もできないほど破壊された、金属と肉が散乱する荒野。大地に刻まれた三条の断層は、底が見えない奈落となっていた。それは風景が一変するほどの凄絶な咒式刀術だった。

生者の絶えた風景のなか、刃を提げた騎馬武者、サナダ・オキツグただ一人だけが立っていた。

馬上の侍は、肩に刃を担いだ。

「ウガウク・ク、すまぬがそれがしは人間なのだ。やはり人の側にしか立てないのだ」

イェスパーとベルドリトは戦慄に貫かれていた。ウフクスが吐き捨てる。

「これだけの大破壊を行いながらも、オキツグはまだ七番目の太刀の、それも力の一端しか見せていない。まったくイヤミなヤツだ」

師と自らの間のあまりの力の隔たりを確認させられ、イェスパーの拳が強く握りこまれた。上位翼将は次元の違う存在、究極の戦闘者だったのだ。

巨人の襲撃事件で、オージェス館は鍋が沸騰したかのような大騒ぎになっていた。外の大騒乱を無視するかのように、礼拝堂の内部は静かだった。

現場に戻ったイェスパーが腕を組んでいた。

「いろいろと邪魔があったが、肝心の盗難事件の犯人が皆目分からぬ」

「だって、なにも推理していないもの」

ベルドリトが今日になって何回目かの溜め息を吐いた。

オキツグを筆頭として、バロメロオにクロプフェル。カヴィラと携帯の向こうのアザルリにジェノン、ウフクスにシザリオス。礼拝堂には翼将たちが集まっていた。

イェスパーとベルドリトの迷探偵ぶりを見学しにきていたものもあろうし、襲撃事件の事務処理から逃げてきたものもいるだろう。巨人の動向に関して呑気に議論しているものもいた。

白髪白髯、純白の修道服のクロプフェルが、微笑みを浮かべていた。

「やつがれも手伝ってしんぜよう」老人が深い皺を刻まれた額に手をあてて、記憶を検索する。

「邸内や周囲で進入や破壊、なんにしろ咒式を使えば、やつがれの知覚結界に検知される。今日は六一二四回の意図的な咒式反応を検知したが、礼拝堂に侵入した咒式士はいない」

イェスパーの目が曇る。

「聖者殿が嘘を言うわけないから、それは絶対確実だ。だとしたらますます分からないな」

「人数だけでも絞らないと、『僕の推理によると、犯人はおまえだ！』ってできないよ。百人以上の容疑者を前にそれができたら凄いけど、アホみたいな光景だよ」とベルドリトの嘆息。

「先ほどの襲撃事件には遅れたけど、こちらの楽しい事態には間にあったようだね」

その声に礼拝堂の全員が振りかえる。入り口には黒髪に黒瞳、枢機卿長の略装。翼将たちの主、モルディーンの姿があった。

傍らにはおまけに大賢者ヨーカーンが付き添っていた。枢機卿長は、後ろ手に礼拝堂の扉を閉めていく。

「先ほどは呼びつけておいて会議に出られなくてすまなかったね」

モルディーンの謝罪に、翼将たちがうなずく。モルディーンの瞳が笑みを湛える。

「それで、今の状況は兄弟探偵の『怪奇、消えた壺事件』とでもいったところかい？」

「申し訳ありませぬ。このような失態を猊下に見られてしまうとは」

イェスパーが恐縮し、モルディーンが笑う。扉を閉めた手が、なぜか内部から鍵までかけていく。

「謝らないといけないのは、こんな楽しいことに私を最初に呼ばないことだよ？」

「申し訳ありませぬ」

イェスパーが再び恐縮した。床に座るベルドリトが袖を振って嘆いた。

「よく考えたら、さ。非公式会談の人間は入退室記録を残さないようにしているや。猊下、誰と誰が来たか教えてよ〜？」

「それは教えられないよ。『そこにいたけど、いなかった』ことになっているからこそ、話せる相手もいる」モルディーンの右手の指先が持ち上げられ、唇に当てられる。「ちなみに、私も本当は執務室で書類を片づけているはずなので『ここにいるけど、いない』ことになっているからね？」

モルディーンの悪戯っ子めいた宣言を掻き消すように、扉を叩く音と叫びが響いた。

「猊下、ここにいるのは分かってるんですよ!?」

翼将の一人、キュラソーの必死の声。

「出てきてください猊下！　先ほどの襲撃で猊下の署名を必要とする書類や報告書が、山のように発生しているのですよ!?」

扉の向こうの女忍者の悲痛な叫び。続いて隣にいるらしき、秘書官たちのなだめの声があった。それはキュラソーを沸騰させるだけだった。

「誰だ！　ラキ兄弟の探偵ごっこなんて、おもしろそうなことを猊下に報告した愚か者はっ!?　おまえか、それともおまえかっ!?」

翼将たちの瞳にそろって深い憐れみの色が浮かび、キュラソーの不幸の元凶たるモルディーンを注視した。だが、当の本人は肩を竦めてみせるだけだった。

しばらくして扉を叩く音が消えた。翼将同士が目線を合わせ、気まずい沈黙。

甲高い破砕音に、全員が反射的に戦闘態勢をとり、モルディーンを囲んで完全防御。硝子の破片をまとって、侵入する影が礼拝堂の床に転がり、停止。

礼拝堂の硝子窓を突き破ってきたのは、黒背広の女。キュラソーだった。肩を上下させて荒い呼吸をし、額からは一筋の鮮血。どうやら硝子で切ってしまったらしい。

必死の形相、切れ長の黒瞳には手負いの獣のような眼光。

翼将たちの哀れみの視線にキュラソーが気づき、少し頰を染めて乱れた襟元を直していった。

「いや、我々は君の秘書としての境遇を憐れんでいるのであって、けして君の微乳を哀れんでは……」続けようとするオキツグの口を、バロメロオが車椅子から必死に伸ばした手が塞いだ。翼将全員が、バロメロオの英雄的行為を心中で称賛した。

キュラソーは、左手に抱えていた膨大な書類の束を掲げる。

「猊下、どうか書類の採決を！」

「すべて目を通したから、全部許可でいいよ」

モルディーンがあっさりと答え、キュラソーの顔から感情や情情が消失した。首が折れて、床に崩れ落ちた女忍者。翼将たちはそれぞれの作法で、彼女の魂の安息を願った。

跳ね上がるように立ち上がり、キュラソーは礼拝堂の席に座った。そして猛烈な勢いで、書類に代理署名をしていく。

なにごともなかったかのように、モルディーンが翼将たちに視線を戻した。

「で、犯人は分かったのかね？」

ラキ兄弟は考えこむ。他の翼将は黙ったまま。

イェスパーの顔に決断の色が浮かぶ。

「やはり……」

「やはり容疑者すべてを殺すしかない、ってバカ結論はなしだよ？」

ベルドリトが注意した。

「待てベルドリト、殺すのは五……」ベルドリトの冷ややかな目に、イェスパーが言いなおす。

「いや、違った。実はとんち、そう、とんち問題なんだと、たった今理解した」

イェスパーが断言した。

「この館の六分の一の人間までなら殺してもいい、これが正解なのだろう？」

呆然と立ちつくすクロプフェル。書類から跳ね上がったキュラソーの目は、真円となっていた。

二人の心象背景は火山が大噴火。火山弾が逃げまどう人々の上に降りそそいでいた。

床に直に座っていたベルドリトが、兄の愚行を指摘する。

「あのね兄貴、ぜんぜん違うよ。最初からまったく推理になっていない。いい？　論理的に説明するよ？　まず容疑者だけが怪しいなんて、古い推理小説のなかだけだよ」

ベルドリトの瞳が輝きはじめる。

「正解は、何分の一にするんじゃなくて、倍にするべきなんだよ！　それ以外の登場人物、台詞のある人からない人まで漏れなく皆殺しにすれば、絶対に推理は外れないんだよ⁉」

「推理という言葉の概念が、今、無限に広がった⁉」

クロプフェルの表情が漂白されていった。キュラソーは緑の小人さんを見たような顔をして、椅子から床に倒れた。

　二人の心象背景では、太陽系の惑星が直列。地上では地震・雷・暴風雨に津波と、ありとあらゆる天変地異が起こっていた。

　イェスパーがうなずく。

「一理ある」

「今ここで無から有、宇宙創生が行われた⁉」

　三重の衝撃で、瞳から瞳孔が消失し、白目になる聖者。キュラソーは、道徳の教科書の表紙に載るような感情皆無の顔。

　二人の心象背景は、恒星や惑星の連鎖大爆発。巨大な恒星が炎を撒き散らし、惑星が次々と崩壊していく。ついに銀河系が壊滅した。

　離れて立っていたウフクスもうなずいていた。濃緑色の瞳の目尻が潤んでいた。

「いいこと言った。ちょっと感動したよベルドリト。私の人類皆殺し作戦開始のときは、真っ先におまえを殺してあげるからね」

　無言のカヴィラが握る携帯から、アザルリの忍び笑い。

「俺様とウフクス、どっちが早いか競争だ。ああ、早く監獄から出て思う存分人殺しがしてぇ。口先だけのアホどもの肛門から鉄串を差しこんで、口から糞を出させてやりてぇ！」

　シザリオスが巨軀を前に押し出す。

「二人とも殺人はいかんぞ！　そんな悪いことをすれば、我が輩が正義的にブチ殺すぞ！」

「十四歳、もしくは限定条件で十六歳までの美少年と美少女を救うためなら、私もこの車椅子の軛から立ち上がろうぞ」

　車椅子のバロメロオが付け加える。

「……前々から気づくまい気づくまいと、必死に真実から目を逸らしていたけど……」

　床に倒れていたキュラソーの唇から、悲しいつぶやきが漏れた。

「……この職場には、まともな人間がいない！」

　キュラソーの指先が、床に丸を描きつづけていた。ただひたすらに。

　モルディーンの肩が揺れていた。笑いを堪えているのだろう。

「では処刑開始だ」

　さも当然のように双剣を引き抜こうとするイェスパーと、剣を鞘から払いつつ立ち上がるベルドリト。聖者が救いを求めるように、モルディーンへと必死の視線。

　苦笑したモルディーン。

「落ちつきたまえ」

　一言で、部屋を出て虐殺に向かおうとする二人を止めた。モルディーンが部屋の中央へと歩む。

　部屋の突き当たり、龍皇旗と光輪十字印の下で、モルディーンの歩みが止まる。

「ですが、これでは俺の面目が立ちません。俺が猊下に捧げた忠誠の証が盗まれるなど、そしてその犯人を捕まえられないなど、なんたる無様、なんたる失態！」

歩いていく主人の背中に向け、イェスパーが叫んだ。双つの刃が交差し、自らの喉笛を挟む。

「この失態を償うには、我が命を！」

「えぇー!?　命が軽量級だよっ!?」

ベルドリトが、イェスパーの腕を必死に押さえて自刎を防ぐ。

「心の表れとは人それぞれだ」

背中から放たれた声に、イェスパーの手が止まった。

「君たちは作品によって美を表す芸術家や工芸家なのか？　または詩や物語によって、世界と対峙する詩人か文筆家なのかな？」

ベルドリトが首を振った。イェスパーが無言の瞳で否と示した。

「そう、どれとも違う。君たちは我が刃にして楯。力としての代弁者たる十二翼将だ」

静かな声が高原の風となり、翼将たちの間を吹きわたっていく。

「君たちが私に忠誠を誓ってくれたとき、私が下した言葉をもう一度言おう」

背中で語りつづけるモルディーン。

「君たちの忠誠も献身も、私は強制しない。君たちが内心でなにを考えようと、私は構わない。ただ行動で示してくれればいい」

一言で室内の雰囲気が厳粛なものへと一変していった。イェスパーは、かつてモルディーンと自らの間で行われた忠誠の儀式が再現されていたことに気づいた。

「君たちの命を、理想を預けられたものとして、生きる場所も死ぬ場所も、私が責任をもって用意する。とても愉快な遊び場をだ」

モルディーンが翼将たちへと振りかえった。柔和だが決然とした意志を宿した双眸が、翼将たちの胸を貫く。

声が重なる。

「だが、ひとたび私に命と理想を預けた君たちが、私事をもって勝手に自らの生死を判断することは許さない。私自身にも、そうすることを許さない。断じて許さない」

この場の誰よりも武力を持たない男の声が、皇国最強の咒式士たる翼将たちを圧倒していた。声の圧力が、イェスパーの膝を自然に折らせ、緋色の絨毯に右膝をつかせた。

オキッグが微笑みを浮かべた。率先するかのように右膝をついて、オキッグが臣下の礼をとった。バロメロオは車椅子の上で頭を垂れた。

ベルドリトも倣って右膝をついた。クロプフェルとカヴィラが、ウフクスとシザリオスが、キュラソーが、全翼将が右膝をついていった。ヨーカーンは不敵な笑みを浮かべ、道化た動作で右膝をついた。

翼将たちの中心で、モルディーンの宣言が朗々と響く。

「すべては人々のために。弱きもののためだけに」

　オキッグが腰の刀を抜き放ち、切っ先を握る。

　気づいたイェスパーが双剣を畳み、重ねた刃のほうを握る。ベルドリトも自らの魔杖剣の刃を握る。

　オキッグの刀と双子の剣の柄が、モルディーンに向かって差し出された。三人の握る柄の反対側、刃の切っ先は、自らの胸に向かって当てられていた。意図を察した他の翼将たちも、それぞれの武器を抜き放った。オキッグやラキ兄弟に倣って刃を握り、柄を主人に向けていた。

　自らの忠誠に一点の偽りなく、必要あらば主人に柄を押されて刺し殺されることをも覚悟するという誓約。ツェベルン龍皇国の貴族や騎士の正式叙任の儀式。

「死ぬも生きるも、すべては人々のために。弱き人々のために」

　オキッグが、翼将たちが唱和する誓いの儀式。

「そして我が至上の主の仰せのままに！　我ら一同、その飛翔を支える十二の翼とならん！」

　翼将のそれぞれの脳裏には、それぞれの誓約の儀式の瞬間が思い出されていたのだろう。

　それは若く愚かで、しかし熱く激しい誓約。理想か野望か、愛か憎しみか、救いか殺意か。

ただ他人は愚かと嘲笑うだけの狂気の誓約であろう。

　だがそれは、今でもそれぞれの翼将の胸に、それぞれの意味とそれぞれの熱で残っているのだ。

　大仰なことになってしまい、モルディーンが苦笑した。枢機卿長は、臣下が差し出した柄に軽く手を当てていき、それぞれに刃を戻すようにうながした。

連なる納刀の鞘鳴り。

「ここまでは通常の儀式を翻訳しただけ。あとの私の創作も忘れてはいけないよ?」

いつもの雰囲気に戻り、モルディーンが微笑む。

「私はただ、とても愉快な遊び場を用意してあげるだけの存在。大事なのは生きているかぎり、自らの頭で考えること。死ぬその瞬間まで考えつづけることだけだよ」

「分かりました、これからは自らの頭で考えます!」

片膝をついたままの姿勢で、イェスパーが決意表明の叫びをあげる。

「だから、『自分で考えろと言われて、自分で考えた』のなら、それが矛盾していることに気づきなさい」

「分かりました」

「君との会話は、いつも不条理なものになるね」

枢機卿長は薄く笑って、歩きだした。

「君の真っ直ぐな心が失われないかぎり、壺はまたいつか出てくる。世の中はそういうものだ」

すれ違いざま、イェスパーの左肩に手を触れ、モルディーンは軽い激励を与えた。イェスパーが弾かれたように振り向くと、モルディーンの背中は扉に向かっていた。

翼将筆頭のオキッグ、結界の守護者クロプフェルと秘書のキュラソー、そしてヨーカーンが枢機卿長の後ろ姿に続く。

翼将たちもそれぞれ立ち上がり、後に続いて去っていった。

ベルドリトも立ち上がると、イェスパーだけが片膝をついた姿勢のままでいた。

イェスパーは自らの左肩に手を当て、そこにこもる熱を確かめた。

自らの、そして翼将たちに託された決意を、イェスパーは再確認した。

そして、一連の事件の真相に気づいた。

トリオラン織りの絨毯の深い毛足、本棚に並ぶ革の背表紙の書籍。窓から差しこむ蒼く無音の月光が、執務室を隅々まで照らしだしていた。

静謐が降り積もる。

椅子に座り、出窓の方向を向いたモルディーンの背中があった。モルディーンの視線は手元を見つめ、作業をしていた。

枢機卿長が座る椅子の背後には、オキッグが立っていた。七振りの刀と太刀と口許の小枝が、影を床に投げかけている。椅子の背後の机に腰掛けていたのは、ヨーカーン。いつもの微笑を唇に刻んでいた。

月光が三人の輪郭を照らしだす。

モルディーンの手が動いていくだけの、静かな時間が流れていく。

「そこで証拠隠滅というわけかな？」

ヨーカーンの問い。モルディーンの左手が藍色の陶器の破片を握り、右手は断面に接着剤を塗っていく。出窓には壊れた壺が鎮座していた。

「贖罪としての修理だよ」

なにごともなかったかのように、モルディーンが続けた。

「落として壊したものなりに、責任を感じて直しているのだよ」

「やはり汝が真犯人か」

呆れ顔のヨーカーンの前で、モルディーンは破片を壺に当てはめていく。

「明白な自白をしていたからね」

次の破片を手に取り、モルディーンはまた接着剤を塗っていく。

「わざわざ現場に行って、そこに自分がいたことを示し、関係のない綺麗ごとで推理の最後をうやむやにしてしまう。君たちやほとんどの翼将は、真相に気づいていても、雰囲気に従ってくれたけどね。普通は、どう考えても私が怪しいと考えると思うよ」

ヨーカーンが喉を鳴らして笑う。

「では、先ほどの三文芝居はなんだ？」

「本心だよ。いくらか割り引いて、演出はしたけどね」

壺に破片が嵌められ、納まった。モルディーンがはみ出た接着剤を布で拭う。

「ま、あの場合、イェスパー君の期待を裏切るわけにもいかないよ。膨大な書類への署名がイヤで紙飛行機にして飛ばして遊んでいたら、礼拝堂の窓から入っていって大事な壺を割りました、とはね。しかしイェスパー君の壺は、何回見ても変な壺だ。これは一つの才能だな」

壺の修復具合を確かめるモルディーン。全体を直視しないように気をつけて確認している。

事故のあとは簡単だ。礼拝堂の入退室管理装置を自らの権限で無効化し、壺の破片と紙飛行機を回収するだけ。ただそれだけのことだった。

「ついでに、彼に遠回しに私が犯人だと宣言し、それでも表には出さないようにと含めてみた。雰囲気を読んでくれる翼将が、どれだけいるかという審査にもなった」

ヨーカーンの中性的な容貌に、厭わしい表情が広がる。

「汝のなにもかもが嘘で偽り。今この瞬間、欺きの枢機卿長、白面卿と呼ばれる汝を殺したほうが、世のため人のためになるのだろうな」

笑った大賢者の喉に、白刃が突きつけられていた。三日月のような魔杖刀の柄を握るのは、オキツグ。ヨーカーンの指先は、モルディーンの頸動脈の寸前で停止していた。

遅れた剣圧が、ヨーカーンの前髪を揺らした。大賢者の知覚にも止まらぬ、超高速抜刀。月光を宿した刃の上で、ヨーカーンの真紅の唇が艶かしい笑みを作る。

「冗談だよオキツグ。今はモルディーンの首を取る時期ではない」

「こちらも冗談だ。今はヨーカーン殿の首を刎ねる時期ではないからな」

オキッグが飄々とした表情で続ける。

「それに、首を刎ねられる経験は一回で充分だろう？」

自らの首筋を、ヨーカーンの華奢な指先が撫でた。唇には猛毒の微笑み。

「異邦の剣士よ、あの経験はなかなか愉快だったよ」

「それはどうも。それがしは平和主義者だから、二度と貴殿と戦いたくはないがね」

オキッグが不敵な笑みを返した。二人の翼将の間で、大気が圧縮される。

「巨人の刺客が侵入してきたときに、結界を弱めたのはなぜだね？」

「侵入させるとおもしろそうだと思ってね」

紅蓮色となったヨーカーンの双眸が、オキッグを見据える。侍も一歩も退かない。

「猊下のお命を危険に晒したということは、万死に値するが？」

「ヨーカーン君を、そう責めないでやってくれたまえ」

モルディーンが壺を修理しつつ語った。

「今回は偶然とはいえ、シザリオス君やウフクス君、翼将たちの力の一端が見物できた。まことに眼福だった。さらにはオキッグ君の七の太刀まで見物できたのは幸運だったよ。やはり古き巨人くらいはぶつけないと、すべて玖や拾番以下の太刀で片づけられてしまうからね」

大賢者に刃を突きつけたまま、オキッグは主君の横顔を眺める。唇に浮かぶ微笑で、オキッグは予想していた事実を確認してしまった。

タラテク峡谷問題に限らず、いずれ人と古き巨人族との激突は避けられない。そこでモルディーンは脇を甘くして、わざと先制攻撃を誘ったのだ。もしかしたら間接的に巨人の軍勢の進軍を唆し、信徒たる巨人の大量死で、優しい古き巨人の登場を引き出させたのかもしれない。

翼将が全員集結している時期に、わざわざ巨人が襲撃してくるのを偶然だと片づけられるほど、オキツグは楽天家ではない。最初から巨人たちの襲撃の日時を操り、迎撃のために翼将が集められたのだろう。

巨人からの領土への不法侵入と先制攻撃を受けたことにより、あくまで協定を守っているモルディーン側は、正当性を手に入れ、古き巨人との交渉で圧倒的に優位に立つ。襲撃のもののついでに翼将の実力を測る当て馬とし、反目しがちな翼将の手綱までをも引き締めた。

オキツグの主は、モルディーンは、一つの問題から、逆に二重三重の利益を引き出したのだ。今さらながら主君のやり方を知ってしまった。だからこそ、オキツグやバロメロオは懸念するのだが。

侍と大賢者の眼差しが再度激突した。迎えるヨーカーンの青い瞳は氷の温度。

「真相を理解したようだな。平和の真の敵とは、我などではなく、モルディーンのことだ」

「もちろん理解している」オキツグが一瞬戸惑う。だが決然と答えた。「平和で楽しい世界のためなら、猊下でも斬る。だが今はそうではない」

「そこまで理解できて、なぜ我とオキッグは分かりあえないのだろうかね」

「大賢者殿には常なる人の心がない。心がないから信念がない。信念がないから、信用できない。これほど分かりやすい理由もないだろう？」

オキッグとヨーカーン、互いの内心を隠した笑みが深まっていく。張りつめた空気が弾ける寸前、呑気な声が割ってはいる。

「最後の破片が納まったな」

二人の翼将に言葉の鍔迫り合いを、まったくの他人ごとのようにモルディーンが語った。その手は壺に破片を嵌めこんでいた。

空気が弛緩していった。オキッグが刃を返し、太刀を鞘に納めていく。ヨーカーンも指先を引いていき、袖の中に戻していった。

モルディーンの手が完全接着を確認。片手で藍色の壺を掲げ、月光に透かして修復具合を確かめてみる。異形の藍色の壺の周囲は、次元が歪んで見えた。

「うん、これでいい。あとはなに食わぬ顔で置いておけばいい。誰かが反省して直したということにしておいてくれるだろう」

ヨーカーンが目を閉じ、耳を澄ます。モルディーンは椅子に座ったまま、誰に聞かせるわけでもなく続けた。

「壊れたものは、直すことができる。そして、そこに当然としてあるものよりは、記憶に刻まれる存在となる。だから壊して直してみるのもいいものだ」

　モルディーンの瞳が接着された壺を、その先の窓の外を眺めた。

「もう少しすれば、完全に開幕する」

　唇にはささやかな笑み。それは内心を隠す秘密めいた紗幕。

「狂気の誓約、遠い日の約束、その連なりの最初の一幕がね」

　オキッグとヨーカーン、翼将二人がそれぞれの思惑でうなずいた。

「だが、今、重大な問題が起こった」

　モルディーンの目に鋭い光が宿っていた。掲げられた手は、忠誠の、そして異形の壺を掴んだままだった。

「どうしたモルディーン？」

「どうなされました？」

「接着剤がはみ出て、手まで接着してしまったようなんだ」

　モルディーンの真剣な答えと横顔に、オキッグとヨーカーンが呆気にとられた顔をした。

　月は変わらず。

　透徹した蒼い光を、地上に投げかけていた。

あとがき

ダ、ダメよ浅井くん、覚醒剤の使用とあの小説の七巻を出すのは法律で禁止されているのよ!?

……という投げやりな掴みで、ついカッとなってバールなようなもので殺ってしまった小説も七巻です。司法はもうちょっとしっかりしたほうがいいですね。嘘。このましっかりしないでください。まぁ、どこかの高校で閲覧禁止らしいですが！　そんなことを親切に教えてくれる読者様もどうかと思いますが！　好きってことにします。

モタモタな私としては八月刊行の予定でしたが、一ヵ月早く出しました。実は漫画化に合わせての同時刊行です。ビーンズエースという雑誌に載るそうです。いまだに漫画家さんとは一度も会ったことも喋ったこともありませんが、なるようです。そんなマクー空間。

いつものように、解説と見せかけた嫌がらせでお茶を濁しましょう。

「黄金と泥の辺で」（逃げちゃダメだ、逃げちゃダメだ、六巻後じゃダメだ！）

お金がないと、それだけでいっぱい辛い目に遭います。辛い目に遭いすぎると、ダメな人になる確率がジャンピングチャンス。

「しあわせの後ろ姿」（ざわ……ざわ……。六巻後、だと!?）

今の時代、男の子はたいへんですな。がんばれ。負けるな。

「三本脚の椅子」（もう、ブルセラ六巻後は堪忍してけろ！）

榊一郎さんの授業で、自分が出した題から作りました。なにごとも無駄にしない、地球に優しいエコエコな作り手です。アザラクなほうではないです。絶対に。

「優しく寂しいくちびる」（四巻前、恐ろしい子！）

締め切り当日の七時間で書きました。三重の意味で楽しんでいただければと。

「翼の在り処」（新手の六巻後使いが現れた！）

書き下ろし一本でも本は出ましたが、締め切り後に勝手に延長戦をしてみました。


協力。助言…榊一郎、長谷敏司、高殿円、高瀬彼方、有沢まみず、藤原祐、仁木健、中里融司、時海結以、森橋ビンゴ。音楽助言…十文字青。脚本協力…J子。考証協力…亜留間次郎。諸々緊急協力…N山、N・T・B・B、A・S、曠野、寒椿ｓａｏ、NAC、H・T、N、S、W田。応援…公式放任機関の方々。御告げ…ムハジャキン・トントゥク。（敬称略）

機会があればまたどこかで。

〈初出〉

黄金と泥の辺　「ザ・スニーカー」二〇〇四年一〇月号
しあわせの後ろ姿　「ザ・スニーカー」二〇〇四年一二月号
三本脚の椅子　「ザ・スニーカー」二〇〇五年四月号
優しく哀しいくちびる　書き下ろし
翼の在り処　書き下ろし

されど罪人は竜と踊る VII

まどろむように君と

浅井ラボ

角川文庫 13823

平成十七年 七月 一日 初版発行
平成十八年十二月二十五日 六版発行

発行者——井上伸一郎
発行所——株式会社角川書店
東京都千代田区富士見二—十三—三
電話 編集(〇三)三二三八—八六九四
営業(〇三)三二三八—八五二一
〒一〇二—八一七七
振替〇〇一三〇—九—一九五二〇八
印刷所——暁印刷 製本所——BBC
装幀者——杉浦康平

S 165-7 ISBN4-04-428907-7 C0193